HEYNE
BÜCHER

Das Buch

Im Jahre 1969 rettete der junge Leutnant Jake Cazalet in Vietnam einer jungen Französin das Leben. Für Jacqueline de Brissac und Jake ist es Liebe auf den ersten Blick, und sie erleben eine leidenschaftliche Liebesnacht. Doch dann stellt sich heraus, daß Jacquelines totgeglaubter Ehemann, ein französischer General, lebt. Jacquelines und Jakes Wege trennen sich für immer.

Zurück in den Vereinigten Staaten, macht Jake Cazalet rasch politische Karriere, und er strebt schließlich das Amt des Präsidenten an. Als er zwanzig Jahre nach Vietnam Jacqueline de Brissac in Paris wiedertrifft, erfährt er, daß ihre gemeinsame Nacht damals nicht folgenlos geblieben ist: Er ist der Vater von Jacquelines Tochter Marie. Doch es ist im Sinne aller Beteiligten, dies weiterhin geheimzuhalten.

1997 ist Jake Cazalet Präsident der Vereinigten Staaten. Eine rechte israelische Terrororganisation will ihn dazu erpressen, den Befehl zur Bombardierung des Irak, des Iran und Syriens zu geben, um damit die drei Erzfeinde Israels auf einen Schlag auszulöschen. Und die Terroristen wissen genau, wie sie Cazalet dazu bringen, den tödlichen Befehl zu geben: Sie haben seine Tochter Marie entführt und drohen mit ihrer Ermordung.

Der Autor

Jack Higgins, geboren 1929 in Newcastle on Tyne, wurde weltbekannt durch Thriller wie »Der Adler ist gelandet« oder »Schwingen des Todes«.

JACK HIGGINS

DIE TOCHTER DES PRÄSIDENTEN

Roman

Aus dem Englischen
von Hans Schuld

WILHELM HEYNE VERLAG
MÜNCHEN

HEYNE ALLGEMEINE REIHE
Nr. 01/13002

Titel der Originalausgabe
THE PRESIDENT'S DAUGHTER

Umwelthinweis:
Das Buch wurde auf chlor- und säurefreiem
Papier gedruckt.

Deutsche Erstausgabe 8/99

Printed in Germany 1999
Umschlagillustration: IFA-Bilderteam/Gottlieb
Umschlaggestaltung: Atelier Ingrid Schütz, München
Satz: (3278) IBV Satz- und Datentechnik GmbH, Berlin
Druck und Bindung: Pressedruck, Augsburg

ISBN 3-453-15724-9

http://www.heyne.de

In liebevoller Erinnerung
an meinen guten Freund George Coleman

Mehr Wahrheit findet sich in einem einzigen Schwert
als in zehntausend Worten.

Aus dem Koran

VIETNAM

1969

1

Jake Cazalet war sechsundzwanzig Jahre alt, als etwas geschah, das tiefgreifende Folgen für sein ganzes weiteres Leben haben sollte.

Er stammte aus einer alten, hochangesehenen Bostoner Familie; seine Mutter war außerordentlich wohlhabend, sein Vater Senator und ein renommierter Anwalt, so daß eine juristische Laufbahn für den jungen Jake geradezu vorgezeichnet schien. Dank seiner privilegierten Herkunft brauchte er sich um die Einberufung keine Gedanken zu machen, zumal er das College in Harvard besuchte, und Vietnam schien weit weg.

Nach einem hervorragenden Abschluß wechselte Jake auf die juristische Fakultät von Harvard, wo er ebenfalls überaus erfolgreich war und jeder ihm eine große Zukunft vorhersagte. Er begann an seiner Dissertation zu arbeiten – und dann geschah etwas Seltsames.

Schon seit einiger Zeit verstörten ihn die Bilder des brutalen Kriegs in Vietnam, die Abend für Abend im Fernsehen gezeigt wurden und ihm manchmal wie ein Blick in die Hölle erschienen. Als er sein sorgenfreies Leben mit dem Leben verglich, wie es dort drüben zu sein schien, ging eine unerwartete Wandlung in ihm vor – was nicht zuletzt damit zusammenhing, daß er dieses Land kannte und sogar ganz geläufig die Sprache beherrschte. Im Alter von dreizehn Jahren hatte er ein Jahr lang in Vietnam gelebt, da sein Vater dort an der US-Botschaft tätig gewesen war.

Eines Tages standen die Studenten wie üblich in der Cafeteria des Colleges an der Theke Schlange, um sich ihr Mittagessen zu besorgen; darunter waren viele neue Kommilitonen, zu denen auch ein knapp Zwanzigjähriger gehörte, der wie alle anderen ein weißes T-Shirt und Jeans trug und seine Bücher unter den Arm geklemmt hatte. Der einzige Unterschied war, daß ihm der rechte Arm fehlte. Die meisten beachteten ihn gar nicht, nur ein großspuriger Flegel namens Kimberley musterte ihn ungeniert.

»He, wie heißt du?«

»Teddy Grant.«

»Hast du den Rest drüben in Vietnam verloren?«

»Sozusagen.«

»Geschieht dir recht.« Kimberley tätschelte ihm die Wange. »Wie viele Kinder hast du denn dort abgeschlachtet?«

Der gequälte Ausdruck auf Grants Gesicht war Cazalet unerträglich. Er zog Kimberley weg. »Dieser Mann hat seinem Land gedient. Was hast du dagegen bisher getan?«

»Und wie ist's mit dir, du reiches Jüngelchen?« höhnte Kimberley. »Bist doch auch nicht drüben, oder?« Er wandte sich um und tätschelte erneut Grants Gesicht. »Wenn wir uns künftig begegnen, machst du mir gefälligst Platz, klar?«

Jake Cazalet betrieb als einzigen Sport Boxen und gehörte sogar zur Studentenmannschaft. Daß Kimberley zwanzig Pfund mehr wog als er, kümmerte ihn nicht. Außer sich vor Wut verpaßte er ihm einen Doppelschlag in den Magen, so daß er zusammenklappte. Der Boxclub im Zentrum Bostons, in dem er trainierte, wurde von einem alten Engländer namens Wally Short geleitet.

»Falls du je in eine echte Prügelei gerätst, will ich dir einen nützlichen Tip geben. In England sprechen wir davon, jemanden auf die Hörner zu nehmen; hier bei euch heißt es Kopfnuß, aber jedenfalls donnerst du dabei deinen Schädel kurz und gezielt direkt an seine Stirn.«

Genau das tat Cazalet, als Kimberley wieder hochkam und sich auf ihn stürzen wollte. Krachend landete er auf dem Tisch, die Mädchen kreischten, und ein Höllenlärm brach aus, bis schließlich der Sicherheitsdienst samt einem Erste-Hilfe-Trupp erschien.

Cazalet fühlte sich so gut wie seit Jahren nicht mehr. »Du verdammter Narr«, sagte Grant zu ihm, »du kennst mich doch nicht mal.«

»O doch«, erwiderte Jake Cazalet.

Später stand er im Büro des Dekans und hörte sich dessen Strafpredigt an. »Es scheint zwar«, schloß der Dekan,

»daß Kimberley sich danebenbenommen hat, aber ich kann auf dem Campus keine Gewalt dulden. Ich muß Sie für einen Monat vom Unterricht ausschließen.«

»Danke, Sir, ich mache Ihnen die Sache einfacher. Ich breche das Studium ab.«

»Wie bitte?« Der Dekan war sichtlich betroffen. »Aber warum denn das? Was wird Ihr Vater dazu sagen? Und überhaupt, was wollen Sie denn dann tun?«

»Ich gehe jetzt direkt zu diesem Rekrutierungsbüro in der Stadt und trete in die Armee ein.«

»Jake«, bat der Dekan erschüttert, »denken Sie noch mal in Ruhe darüber nach, ja?«

»Auf Wiedersehen, Sir«, erwiderte Jake Cazalet lediglich und ging.

Achtzehn Monate später hatte er bereits die Hälfte seiner zweiten Dienstzeit hinter sich, war aufgrund seiner Kenntnisse in Vietnamesisch als Fallschirmjäger im Rang eines Lieutenants zu den Special Forces gekommen, war ausgezeichnet und zweimal verwundet worden und fühlte sich wie ein ungefähr tausend Jahre alter Kampfveteran.

Der Sanitätshubschrauber überflog in tausend Fuß Höhe das Delta in Richtung Katum, wo es ein befestigtes Camp gab. Cazalet hatte man mitgenommen, weil man ihn dort brauchte, um einen hochrangigen vietnamesischen Offizier zu verhören.

Cazalet war nur rund einen Meter siebzig groß, hatte hellblondes Haar, das leicht rötlich schimmerte, und braune Augen; seine Nase war in seiner Zeit als Boxer einmal gebrochen worden, und die weiße Narbe, die quer über seine rechte Wange lief und von einem Bajonett stammte, sollte in den kommenden Jahren so etwas wie sein Markenzeichen werden.

Er hatte die Ärmel seiner Tarnuniform hochgekrempelt, das Barett der Special Forces ins Gesicht gezogen und entsprach durch und durch dem Bild eines Mannes, aus dem der Krieg einen rücksichtslosen Kämpfer gemacht hatte. Harvey, der junge Arzt, der zugleich Bordschütze war, und Hedley, der schwarze Chef der Crew, musterten ihn beifällig.

»Es heißt, er ist schon überall gewesen«, flüsterte Hedley. »Bei den Fallschirmjägern, den Luftlandetruppen und jetzt den Special Forces. Sein alter Herr ist ein Senator.«

»Na klar, einem Mann, der alles hat, muß man schließlich was bieten«, meinte Harvey und wollte seine Zigarettenkippe aus der Tür werfen. »Oho, was ist denn da unten los?«

Hedley blickte hinaus und griff nach dem schweren Maschinengewehr. »Es scheint, als gäb's Probleme hier in River City, Lieutenant.«

Cazalet kam zu ihm. Unter ihnen erstreckten sich bis ins Unendliche Reisfelder und schilfbewachsene Ufer. Auf dem Damm, der das Gebiet durchquerte, hatte ein Bus angehalten, da ein Karren den Weg blockierte.

Harvey spähte über seine Schulter. »Mal wieder eine Pyjamaparty, Sir.«

Sie entdeckten wenigstens zwanzig Vietcong in ihren typischen schwarzen Kitteln und den kegelförmigen Strohhüten. Ein Mann stieg aus dem Bus, man hörte das rasche Knattern einer AK47, und er stürzte zu Boden. Zwei oder drei Frauen sprangen heraus und versuchten schreiend zu flüchten, doch auch sie wurden niedergemäht.

Cazalet ging zum Piloten. »Bringen Sie uns runter. Ich springe ab und sehe, was ich tun kann.«

»Sie müssen irre sein.«

»Tun Sie's einfach. Gehen Sie runter, setzen Sie mich ab, und dann fliegen Sie schleunigst weiter, um die Kavallerie zu holen, genau wie der gute alte John Wayne.«

Er suchte sich eine M16, schlang sich etliche Patronentaschen um den Hals, befestigte ein halbes Dutzend Granaten an seinem Gürtel und steckte sich Leuchtpatronen in seine Tarnjacke. Hedley antwortete mit einigen Maschinengewehrsalven, als die Vietcong begannen, den Helikopter zu beschießen.

»Hat Ihr Todestrieb Sie jetzt übermannt oder so was?« grinste er.

»Oder so was.« Der Hubschrauber schwebte inzwischen knapp über dem Boden. Cazalet sprang hinaus.

»Warten Sie auf mich«, rief jemand. Er schaute sich um und

sah, daß Harvey ihm folgte. Über die Schulter hatte er seine Arzttasche geworfen.

»Sie sind verrückt.«

»Sind wir doch alle«, erwiderte Harvey. Während der Helikopter rasch wieder an Höhe gewann und abdrehte, rannten sie durch das Reisfeld zum Damm, wo mittlerweile noch mehr Leichen lagen.

Der Bus wurde unablässig weiter beschossen, die Fenster gingen zu Bruch, aus dem Innern ertönten Schreie, und erneut sprangen einige Frauen heraus. Zwei von ihnen wollten auf das Schilf zurennen, aber von irgendwoher tauchten drei Vietcong mit schußbereiten Gewehren auf, die ihnen den Weg abschnitten.

Cazalet feuerte mehrere kurze Salven aus seiner M16 ab und erledigte zwei von ihnen. Für einen Moment blieb alles ruhig. Harvey kniete sich neben eine der Frauen, um nach ihrem Puls zu fühlen.

»Die hat's schon mal erwischt«, sagte er und schaute auf. »Achtung, hinter Ihnen«, rief er erschrocken.

Im gleichen Moment traf ihn eine Kugel ins Herz. Cazalet wirbelte herum und feuerte reflexartig auf die beiden, die hinter ihm auf dem Damm standen. Einen erwischte er, der andere huschte zurück ins Schilf. Dann herrschte nur noch Stille.

Im Bus waren noch fünf Menschen, drei vietnamesische Frauen, ein alter Mann, der ins nächste Dorf wollte, und eine hübsche dunkelhaarige Europäerin, die völlig verängstigt schien. Sie trug khakifarbene Hosen, und ihr Hemd war voller Blut, das allerdings nicht von ihr stammte.

Eine Kugel schlug in den Benzintank des Busses ein, und Flammen loderten auf.

»Ist nicht gut, hierzubleiben«, sagte der alte Mann, mit dem sie sich auf französisch unterhalten hatte. »Wir müssen uns im Schilf verstecken.« Er wiederholte seine Aufforderung auf vietnamesisch für die anderen Frauen, die etwas erwiderten, worauf er nur die Schultern zuckte.

»Sie haben Angst«, erklärte er der jungen Europäerin. »Aber Sie kommen jetzt mit mir.«

Sein Ton war so eindringlich, daß sie unverzüglich gehorchte. Geduckt sprangen sie aus dem Bus und wollten loslaufen, als ihn ein Schuß in den Rücken traf. In Todesangst rannte sie den Damm hinunter ins dichte Schilf.

Cazalet, der sich dort ein Stück weiter entfernt versteckt hatte, beobachtete, wie sie sich ihren Weg durch das verschlammte Wasser bahnte, das Schilf beiseite stieß und schließlich eine freie Wasserfläche erreichte. Auf der anderen Seite, kaum fünfzehn Meter entfernt, standen plötzlich zwei Vietcong, die ihre AKs anlegten. Sie waren so nahe, daß sie jeden Zug in den fast noch kindlich jungen Gesichtern sehen konnte.

Sie schloß innerlich mit ihrem Leben ab, als Cazalet mit einem markerschütternden Schrei aus seiner Deckung sprang und die beiden erschoß; sie versanken lautlos im Wasser.

In der Nähe ertönten einige Rufe. »Nicht antworten«, befahl er und wich zurück. Sie folgte ihm.

Erst nach mehreren hundert Metern blieb er stehen. »Das reicht wohl.« Sie befanden sich im Schutz eines letzten Schilfgürtels am Rand des Reisfelds, das in eine kleine Anhöhe überging. Er zog sie zu sich hinunter. »Das ist aber viel Blut. Wo sind Sie verletzt?«

»Es ist nicht meins. Ich habe versucht, der Frau zu helfen, die neben mir saß.«

»Sie sind Französin.«

»Stimmt. Jacqueline de Brissac.«

»Jake Cazalet, und ich wünschte, ich könnte sagen, es sei mir ein Vergnügen, Sie kennenzulernen«, erwiderte er auf französisch.

»Sehr gut«, lobte sie. »Das haben Sie aber nicht in der Schule gelernt.«

»Nein, als ich sechzehn war, habe ich ein Jahr in Paris gelebt. Mein Dad war dort an der Botschaft.« Er grinste. »Ich hab' alle meine Sprachen auf diese Weise gelernt. Er ist ziemlich viel rumgekommen.«

Ihr Gesicht war mit Schlamm bespritzt, ihr Haar zerzaust, und sie versuchte hilflos, es zu glätten. »Ich muß schrecklich aussehen«, meinte sie lächelnd.

Es traf Jake Cazalet wie der sprichwörtliche Blitz: Er verliebte sich augenblicklich und bis über beide Ohren, wie er es noch nie erlebt hatte, sondern höchstens aus schwärmerischen Gedichten kannte.

»Es ist wohl aus mit uns?« fragte sie, da nach wie vor die Stimmen der Vietcong zu hören waren.

»Nein, der Hubschrauber, mit dem ich nach Katum unterwegs war, ist weitergeflogen, um Hilfe zu holen. Falls man uns nicht entdeckt, haben wir eine gute Chance.«

»Das ist ja merkwürdig. Ich bin gerade in Katum gewesen.«

»Guter Gott, was wollten Sie denn da? Das ist doch mitten im Kriegsgebiet.«

Sie schwieg einen Moment lang. »Ich habe nach meinem Mann gesucht.«

Cazalet war zumute, als habe ihm jemand einen Faustschlag versetzt. Er schluckte. »Nach Ihrem Mann?«

»Ja. Captain Jean de Brissac von der französischen Fremdenlegion. Er hielt sich vor drei Monaten mit einem zwanzigköpfigen Erkundungstrupp der Vereinten Nationen im Gebiet von Katum auf.«

Eine merkwürdige Mischung aus Gefühlen überlief ihn – Bedauern, Mitleid … und vielleicht sogar ein wenig Erleichterung. »Ich hab' davon gehört. Sind nicht alle …?«

»Ja«, erwiderte sie ruhig. »Bei einem Angriff umgekommen. Da der Vietcong Handgranaten benutzt hat, waren die Leichen nicht zu identifizieren, aber ich habe die blutbefleckte Uniformjacke meines Mannes und seine Papiere gefunden. Es besteht also kein Zweifel.«

»Warum sind Sie dann hier?«

»Eine Pilgerfahrt, wenn Sie so wollen. Außerdem mußte ich Gewißheit haben.«

»Es überrascht mich, daß man Ihnen erlaubt hat hierherzukommen.«

Sie lächelte ein wenig. »Oh, mein Ehemann, Comte de Brissac, stammte aus einer sehr alten Offiziersfamilie, die über ziemlich viel Einfluß verfügt und jede Menge Verbindungen nach Washington und eigentlich überallhin hat.«

»Also sind Sie eine Gräfin?«

»Ich fürchte ja.«

»Na«, grinste er, »mir macht das nichts, wenn's Ihnen nichts ausmacht.«

Ehe sie etwas erwidern konnte, ertönten ganz in der Nähe Stimmen, die sich etwas zuriefen, und Cazalet antwortete rasch auf vietnamesisch.

»Warum haben Sie das getan?« flüsterte sie bestürzt.

»Sie schlagen sich durchs Schilf. Ich habe gesagt, hier drüben sei keine Spur von uns.«

»Sehr raffiniert.«

»Danken Sie nicht mir, sondern meinem Dad für ein Jahr an der Botschaft in Saigon.«

»Dort auch?« Sie mußte unwillkürlich lächeln.

»Ja, dort auch.«

»Sie sind ein wahrhaft ungewöhnlicher Mann, Lieutenant Cazalet. Ich glaube«, fügte sie nach einem kleinen Zögern hinzu, »wenn wir hier rauskommen, bin ich Ihnen etwas schuldig. Dürfte ich Sie zum Dinner einladen?«

»Aber mit Vergnügen, Gräfin«, erklärte Jake übermütig.

Aus der Ferne hörte man das dumpfe Dröhnen von Rotoren, das rasch lauter wurde. Eine ganze Reihe Huey-Cobra-Kampfhubschrauber kam näher. Cazalet nahm eine rote und eine grüne Leuchtpatrone aus seiner Tasche und feuerte sie hinauf in den Himmel. Die Stimmen der Vietcong, die sich zurückzogen, wurden schwächer. Cazalet ergriff ihre Hand.

»Genau wie im Film rückt die Kavallerie gerade zur rechten Zeit an. Jetzt brauchen Sie sich keine Sorgen mehr zu machen.«

Sie umklammerte seine Hand, als sie hinaus in das Reisfeld liefen und der erste Kampfhubschrauber landete.

Das Excelsior war ein Gebäude im französischen Kolonialstil aus den alten Tagen, und das Restaurant im ersten Stock wirkte mit seinen weißen Tischtüchern, Leinenservietten, Silberbestecken und der Kerzenbeleuchtung auf den Tischen wie ein verwunschener Zufluchtsort vor dem Krieg. Cazalet, der in der Bar wartete, war eine auffallende Erscheinung in seiner Tropenuniform, auf der die Ordensbänder einen farbenprächtigen Blickfang bildeten. Er war aufgeregt wie seit Jahren nicht mehr. Natürlich hatte es Frauen in seinem Leben gegeben, aber nie hatte er für eine soviel empfunden, um an eine dauerhafte Bindung denken zu können.

Als sie in einem schlichten, mit Perlen besetzten weißen Kleid die Bar betrat, machte sein Herz einen regelrechten Satz. Sie hatte ihr Haar mit einer Samtschleife zurückgebunden, trug kaum Make-up und neben ihrem Ehering nur einen Diamantreif sowie einige goldene Armbänder. Ihre ganze Erscheinung strahlte kühle Eleganz aus.

Der vietnamesische Oberkellner stürzte augenblicklich auf sie zu.

»Was für eine Freude, Gräfin«, grüßte er in fließendem Französisch und küßte ihr die Hand. »Lieutenant Cazalet wartet in der Bar. Möchten Sie gern gleich an Ihren Tisch?«

Lächelnd winkte sie Jake zu sich. »Ja, ich denke schon. Wir nehmen eine Flasche Dom Perignon zur Feier des Tages.«

»Darf ich nach dem Anlaß fragen, Gräfin?«

»Ja, Pierre, wir feiern, daß wir noch leben.«

Er lachte und führte sie zu einem Ecktisch auf der Veranda. »Der Champagner kommt sofort.«

»Stört es Sie, wenn ich rauche?« fragte sie Cazalet.

»Nicht, wenn ich auch eine bekomme.«

Als er sich vorbeugte, um ihr Feuer zu geben, sagte er: »Sie sehen wunderbar aus.«

Einen Moment lang wurde ihr Gesicht ganz ernst, ehe sie wieder lächelte. »Und Sie richtig prächtig. Erzählen Sie mir etwas von sich. Sind Sie Berufssoldat?«

»Nein, Freiwilliger mit zweijähriger Verpflichtung.«

»Sie meinen, Sie haben sich tatsächlich freiwillig hierher gemeldet? Aber warum denn?«

»Aus Scham, denke ich. Ich kam um die Einberufung herum, weil ich im College war, ging anschließend zum Jurastudium nach Harvard und schrieb an meiner Doktorarbeit, als einiges passierte.« Er zuckte die Schultern. »Da beschloß ich, in den Verein einzutreten.«

Der Champagner wurde serviert und die Speisekarte gebracht. Sie lehnte sich zurück. »Was war denn passiert?«

Ruhig erzählte er ihr alles, was in der Cafeteria geschehen war, und welche Konsequenzen sich daraus ergeben hatten. »Ja, und so bin ich eben hier gelandet.«

»Und der Junge, der den Arm verloren hatte?«

»Teddy Grant? Ihm geht's prima. Er studiert weiter Jura. Ich habe ihn getroffen, als ich auf Urlaub war, da er jetzt in den Semesterferien für meinen Vater arbeitet. Teddy ist ein kluger Bursche, sehr klug sogar.«

»Und Ihr Vater ist so etwas wie ein Diplomat?«

»So ungefähr. Ein hervorragender Anwalt, der früher für das Außenministerium tätig war. Jetzt ist er Senator.«

Sie hob die Augenbrauen. »Was hat er denn zu Ihrem Entschluß gesagt?«

»Er hat's mit Fassung getragen und nur gemeint, ich solle heil und gesund zurückkommen und danach von vorn anfangen. Als ich zum letzten mal auf Heimaturlaub war, steckte er gerade mitten im Wahlkampf. Um ehrlich zu sein, es war ihm sogar eher recht, einen Sohn in Uniform zu haben.«

»Und einen Helden?«

»Das habe ich nicht gesagt.«

»Nein, aber Ihre Orden sprechen für sich. Doch wir vergessen ganz den Champagner.« Sie griff nach ihrem Glas. »Auf was sollen wir trinken?«

»Wie Sie schon sagten: darauf, daß wir noch leben.«

»Auf das Leben also.«

»Und das Streben nach Glück.«

Sie stießen an. »Wann kehren Sie zurück?« fragte er.

»Nach Paris?« Sie schüttelte den Kopf. »Ich habe es jetzt nicht mehr eilig. Eigentlich weiß ich gar nicht, was ich als nächstes tun soll.«

»Nachdem Sie nun mit der Vergangenheit abgeschlossen haben?«

»So ungefähr. Aber jetzt wollen wir bestellen.«

Jake Cazalet war so irrsinnig glücklich, daß er sich später nicht einmal daran erinnern konnte, was er gegessen hatte, außer daß dabei ein Steak gewesen war. Eine kleine Kapelle begann zu spielen, und sie gingen ins Restaurant, um zu tanzen. Daran, wie federleicht sie in seinen Armen gelegen hatte, würde er sich allerdings immer erinnern, ebenso an den Duft ihres Parfüms – und an ihre Unterhaltung.

Noch nie im Leben hatte er mit jemandem ein solches Gespräch geführt. Sie wollte einfach alles über ihn wissen. Sie tranken eine zweite Flasche Champagner, bestellten Eiscreme und danach Kaffee.

Er gab ihr eine Zigarette und lehnte sich zurück. »Schon komisch. Da sitzen wir nun hier, und dabei könnten wir genausogut dort oben im Schlamm vermodern.«

Ein Schatten flog über ihr Gesicht. »Wie Jean?«

»Tut mir leid.« Zerknirscht griff er nach ihrer Hand.

»Nein, eher müßte ich mich entschuldigen«, lächelte sie. »Ich habe behauptet, ich hätte mit der Vergangenheit abgeschlossen und dann ... Wissen Sie was? Ich möchte gern eine Fahrt in einer dieser Pferdekutschen machen. Begleiten Sie mich?«

»Ich hab' nur darauf gewartet, daß Sie mich darum bitten.«

In den Straßen Saigons herrschte ein so lärmender Betrieb wie immer. Es wimmelte von Autos, Motorrollern, Radfahrern und Menschen. Vor den Bars standen Mädchen und hielten nach Kunden Ausschau.

»Ich frage mich, was sie alle machen, wenn wir abziehen«, meinte Cazalet.

»Sie sind auch irgendwie zurechtgekommen, als wir Franzosen weggegangen sind. Das Leben geht immer weiter, so oder so.«

Er nahm ihre Hand. »Daran sollten Sie immer denken.«

Sie wehrte sich nicht, erwiderte nur seinen Druck und schaute nach draußen. »Ich liebe Städte, alle Städte, ganz besonders bei Nacht. Paris zum Beispiel. Man hat ständig das Gefühl, daß alles mögliche geschehen könnte, gleich hinter der nächsten Ecke.«

»Was für gewöhnlich auch stimmt.«

»Sie sind kein echter Romantiker.«

»Dann bringen Sie mir bei, einer zu werden.« Als sie ihm ihr Gesicht zuwandte, küßte er sie sehr sanft und legte einen Arm um sie.

»Ach, Jake Cazalet, was sind Sie für ein wunderbarer Mann«, seufzte sie und lehnte ihren Kopf an seine Schulter.

Im Excelsior reichte sie ihm wortlos den Schlüssel, den sie an der Rezeption geholt hatte, und ging die breite, mit Teppich ausgelegte Treppe hinauf. An der Tür ihrer Suite blieb sie stehen und wartete, bis Cazalet aufgeschlossen hatte.

Sie durchquerte das Zimmer und trat hinaus auf den Balkon. Regungslos schaute sie hinunter auf die belebte Straße. Cazalet schlang seine Arme um ihre Taille.

»Bist du dir auch sicher?«

»O ja«, flüsterte sie. »Wie wir schon sagten, das Leben ist dazu da, es zu leben. Laß mir ein paar Augenblicke Zeit, dann komm nach.«

Friedlich schlafend lag sie neben ihm, während Cazalet eine Zigarette rauchte. Es war so wundervoll gewesen, wie er es noch nie erlebt hatte. Mit einem unterdrückten Seufzer sah er auf seine Uhr. Schon vier, und um acht mußte er zu einer Einsatzbesprechung im Stützpunkt sein.

Vorsichtig schlüpfte er aus dem Bett und begann sich anzuziehen. »Du gehst, Jake?« fragte eine leise Stimme.

»Ja, ich habe Dienst. Eine wichtige Besprechung. Können wir uns zum Mittagessen treffen?«

»Das wäre wunderbar.«

Er beugte sich über sie und küßte ihre Stirn. »Dann bis später, mein Liebling.«

Da der Generalstab an der Einsatzbesprechung teilnahm, konnte sich niemand davor drücken. Sein Colonel, Arch Prosser, erwischte ihn beim Kaffee und sagte: »General Arlington will mit Ihnen reden. Sie haben sich wirklich wieder mal vorbildlich verhalten.«

Der General, ein kleiner lebhafter Mann mit weißem Haar, schüttelte ihm die Hand. »Bin verdammt stolz auf Sie, Lieutenant Cazalet, genauso wie Ihr ganzes Regiment. Was Sie da draußen gemacht haben, ist jede Anerkennung wert. Es wird Sie interessieren, daß auch andere meine Auffassung teilen und ich ermächtigt worden bin, Sie zum Captain zu befördern.« Er hob eine Hand. »Ja, ich weiß, Sie sind noch sehr jung für diesen Rang, aber das spielt keine Rolle. Ich habe Sie zudem für das Kriegsverdienstkreuz vorgeschlagen.«

»Ich bin sprachlos, Sir.«

»Ach was, Sie haben es verdient. Ich hatte übrigens das Vergnügen, vor drei Wochen im Weißen Haus Ihren Vater zu treffen. Er war in blendender Verfassung.«

»Das freut mich, General.«

»Und er ist sehr stolz auf Sie, wozu er auch allen Grund hat. Ein junger Mann Ihrer Herkunft hätte sich leicht vor Vietnam drücken können, aber Sie haben Harvard verlassen und sich freiwillig gemeldet. Sie machen unserem Land Ehre.«

Er schüttelte ihm noch einmal kräftig die Hand und ging weiter. Cazalet wandte sich an Colonel Prosser. »Kann ich jetzt gehen?«

»Ich sehe keinen Hinderungsgrund, Captain.« Prosser grinste. »Aber Sie verlassen nicht den Stützpunkt, bevor Sie sich beim Quartiermeister gemeldet haben und mit den korrekten Rangabzeichen versehen worden sind.«

Er parkte seinen Jeep vor dem Excelsior, rannte aufgeregt wie ein Schuljunge die Treppe hinauf und klopfte an die Tür ihrer Suite. Sie öffnete. Tränen liefen ihr übers Gesicht.

»Oh, Jake.« Sie warf die Arme um seinen Hals. »Gott sei Dank, daß du da bist. Ich wollte gerade weg und wußte nicht, ob ich dich noch mal sehen würde.«

»Weg? Aber – was ist denn passiert?«

»Man hat Jean gefunden. Er lebt, Jake! Eine Patrouille hat ihn schwer verwundet im Busch aufgelesen. Man hat ihn heute morgen hierher ins Mitchell Military Hospital geflogen. Bringst du mich hin?«

Jake hatte das Gefühl, das ganze Zimmer drehe sich um ihn, aber er ließ sich nichts anmerken. »Natürlich. Ich habe draußen meinen Jeep stehen. Brauchst du noch etwas?«

»Nein, Jake, fahr mich nur hin.«

Sie entglitt ihm bereits wie ein Schiff, das den Hafen verließ und einen anderen Kurs einschlug.

Im Krankenhaus betrachtete er durch das Fenster in der Tür des Privatzimmers Captain Comte Jean de Brissac, dessen Kopf völlig bandagiert war. Neben seinem Bett standen Jacqueline und ein Arzt, der sie nach draußen begleitete.

»Wie geht es ihm?« fragte Jake.

»Eine Kugel hat seinen Schädel verletzt«, antwortete der Arzt, »und er war halb verhungert, als man ihn gefunden hat, aber er wird überleben. Sie haben beide sehr viel Glück gehabt.«

Nachdem er sich verabschiedet hatte, lächelte Jacqueline de Brissac unter Tränen. »Ja, das haben wir, nicht?« Ihre Stimme brach. »O Gott, was soll ich nur machen?«

Jake wußte, daß er um ihretwillen stark sein mußte, und eine geradezu unheimliche Ruhe überkam ihn. Mit seinem Taschentuch wischte er sanft die Tränen von ihrem Gesicht. »Du gehst natürlich zu deinem Ehemann.«

Sie schaute ihn einen Moment wortlos an, dann wandte sie sich um und öffnete die Tür des Privatzimmers. Cazalet ging den Korridor entlang zum Haupteingang. Auf der obersten Treppenstufe blieb er stehen und zündete sich eine Zigarette an.

»Weißt du was, Jake? Ich bin verdammt stolz auf dich«, sagte er leise und marschierte rasch auf den Jeep zu, wobei er die Tränen zu unterdrücken versuchte, die ihm in die Augen stiegen.

Als seine Zeit um war, kehrte er nach Harvard zurück, vollendete seine Doktorarbeit und trat in die Kanzlei seines Vaters ein, doch fast zwangsläufig führte ihn sein Weg schließlich in die Politik. Zunächst wurde er Kongreßabgeordneter und heiratete mit fünfunddreißig Jahren Alice Beadle, eine nette, anständige Frau, für die er große Zuneigung empfand – obwohl die treibende Kraft im Grunde sein Vater gewesen war, der fand, es sei angebracht, eine Familie zu gründen. Die Ehe blieb jedoch kinderlos. Alice hatte gesundheitliche Probleme und bekam schließlich Leukämie, gegen die sie jahrelang ankämpfte.

Jake hatte zwar mitverfolgt, daß Jean de Brissac im Lauf

der Zeit in den Rang eines Generals aufgestiegen war, doch Jacqueline schien wie eine Erinnerung, die so weit zurücklag, daß alles, was geschehen war, ihm wie ein Traum vorkam. Dann starb de Brissac an einem Herzanfall. Die *New York Times* brachte einen Nachruf samt einem Foto des Generals mit seiner Frau. Cazalet erfuhr, daß sie nur ein Kind gehabt hatten, eine Tochter namens Marie. Er spielte mit dem Gedanken, Jacqueline zu schreiben, entschied sich dann aber dagegen. Womöglich war es ihr peinlich, an die Vergangenheit erinnert zu werden, und außerdem hatte sie im Moment Sorgen genug.

Nein, das beste war es, nicht mehr daran zu rühren ...

Nachdem er zum Senator gewählt worden war und allgemein als vielversprechender Mann galt, mußte er öfter in Regierungsangelegenheiten Auslandsreisen unternehmen; für gewöhnlich allein, da Alice nicht in der Lage war, ihn zu begleiten. Daher war er auch 1989 nur mit seinem treuen Berater und Privatsekretär, einem einarmigen Anwalt namens Teddy Grant, in Paris, wo sie unter anderem eine Einladung zum Ball des Präsidenten erhielten. Cazalet saß am Schreibtisch im Wohnzimmer seiner Suite im Ritz, als Teddy sie ihm vorlegte.

»Sie können nicht absagen, es ist eine Pflichtveranstaltung wie im Weißen Haus oder im Buckingham Palast, nur eben im Elyseé-Palast.«

»Ich habe auch gar nicht vor abzusagen«, erwiderte Cazalet. »Und ich weise Sie darauf hin, daß es hier heißt: Senator Jacob Cazalet und Begleitung. Also suchen Sie mal schön Ihre schwarze Krawatte für heute abend heraus, Teddy.«

»Hab' nichts dagegen«, erklärte Teddy. »Kostenlosen Champagner, Erdbeeren, hübsche Frauen – zumindest für Sie.«

»Hübsche *französische Frauen*, Teddy. Aber ich bin nicht mehr zu haben, schon vergessen? Und nun raus mit Ihnen.«

Der Ball fand in einem ungemein beeindruckenden Saal statt und war genauso prunkvoll, wie man es erwarten konnte. Die ganze Welt schien versammelt zu sein – wunderschöne Frauen und gutaussehende Männer, von denen viele Uniform trugen, und kirchliche Würdenträger in pur-

purnen oder scharlachroten Soutanen. Ein Orchester spielte, und Cazalet betrachtete die tanzenden Paare, während Teddy losgezogen war, um neuen Champagner zu besorgen.

»Jake?« sagte eine Stimme.

Er drehte sich um. In einem schwarzen seidenen Ballkleid und mit einer kleinen Diamantentiara im Haar stand sie vor ihm. »Mein Gott, Jacqueline, du bist es wirklich.«

Sein Herz machte einen Satz, als er ihre Hände nahm. Sie war noch immer so schön, daß es ihm schien, die Zeit sei stehengeblieben. »Und du bist jetzt Senator Cazalet. Ich habe deine Karriere mit Interesse verfolgt. Ein künftiger Präsident, wie man sagt.«

»Was so alles geredet wird.« Er zögerte einen Moment. »Es hat mir sehr leid getan, als ich letztes Jahr vom Tod deines Mannes hörte.«

»Ja. Es ging allerdings schnell. Ich glaube, mehr kann man nicht verlangen.«

Teddy Grant kehrte mit einem Tablett zurück, auf dem zwei Gläser Champagner standen. »Teddy, das ist Comtesse de Brissac ... eine alte Freundin«, stellte Cazalet vor.

»Doch nicht *der* Teddy Grant aus dieser Cafeteria in Harvard?« lächelte sie. »Das freut mich aber wirklich, Sie kennenzulernen, Mr. Grant.«

»Ich glaube, ich verstehe nicht ganz«, meinte Teddy.

»Schon gut, holen Sie noch ein Glas Champagner, ich erklär's Ihnen später.«

Teddy verschwand reichlich verwirrt, und Jake setzte sich mit Jacqueline an den nächsten Tisch. »Deine Frau hat dich nicht begleitet?«

»Alice kämpft seit Jahren gegen Leukämie.«

»Oh, das tut mir leid.«

»Sie ist sehr tapfer, aber die Krankheit bestimmt nun einmal ihr Leben. Aus diesem Grund haben wir auch keine Kinder. Es ist schon beinahe komisch. Mein Vater, der ebenfalls letztes Jahr gestorben ist, drängte mich, Alice zu heiraten, weil er meinte, ich solle eine Familie haben. Die Wähler betrachten Politiker ohne Familie immer etwas skeptisch.«

»Hast du sie nicht geliebt?«

»Ich habe Alice sehr gern, aber Liebe?« Er schüttelte den Kopf. »Die Liebe habe ich nur einmal kennengelernt.«

Sie berührte seinen Arm. »Es tut mir leid, Jake.«

»Mir auch. Wir haben alle verloren – Alice, du und ich. Manchmal denke ich, daß ich dabei am schlechtesten weggekommen bin, da ich nicht einmal Kinder habe.«

»Aber du hast eins, Jake«, sagte sie leise.

Die Zeit schien stehenzubleiben. »Was meinst du damit?« fragte er schließlich.

»Sieh mal dort hinüber, gleich an der Tür zur Terrasse.«

Das Mädchen hatte langes Haar und trug ein schlichtes weißes Kleid. Einen Sekundenbruchteil hatte er fast den Eindruck, ihre Mutter zu sehen.

»Du würdest doch mit so was nicht spaßen?« flüsterte er.

»Nein, Jake, das wäre grausam. Sie wurde in dieser einen Nacht in Saigon empfangen und neunzehnhundertsiebzig in Paris geboren. Ihr Name ist Marie, und sie hat gerade ihr erstes Semester in Oxford hinter sich.«

Jake konnte seinen Blick nicht von diesem Mädchen losreißen. »Hat der General es gewußt?«

»Er hat sie für seine Tochter gehalten – zumindest habe ich das immer geglaubt, bis die Ärzte ihm kurz vor dem Ende sagten, wie schlimm es tatsächlich um ihn stand.«

»Und?«

»Offenbar hatte ihm jemand einen Brief geschickt, während er in diesem Militärhospital in Vietnam lag, nachdem man ihn im Landesinnern gefunden hatte. Darin hieß es, seine Frau sei mit einem amerikanischen Offizier gesehen worden, der ihre Suite erst um vier Uhr morgens verlassen habe.«

»Aber wer ...?«

»Ein Mitglied des Stabs, vermuten wir. Dieser böswillige Klatsch! Manchmal verzweifle ich an den Menschen. Er hat es jedenfalls die ganze Zeit über gewußt, mein lieber Jean. Ehe er starb, unterzeichnete er eine Erklärung gemäß den Bestimmungen des Code Napoléon, daß er Maries gesetzlicher Vater sei, um somit ihre Stellung und ihren Titel juristisch abzusichern.«

»Und sie weiß nichts?«

»Nein, ich möchte es auch nicht, und für dich ist es ebenfalls besser, Jake. Du bist ein guter Mann, ein Ehrenmann, aber auch ein Politiker. Die amerikanische Öffentlichkeit lehnt Politiker mit unehelichen Töchtern wohl eher ab.«

»Aber es war doch ganz anders! Verdammt, alle dachten, dein Mann sei tot.«

»Jake, hör mir zu. Es heißt allgemein, du könntest eines Tages Präsident werden, aber wenn jemand aus dieser Sache einen Skandal macht, sind deine Chancen gleich null. Und denk einmal an Marie. Ist es nicht besser, sie behält einfach den General als ihren Vater in Erinnerung? Falls man ihr nichts erzählt hat, gibt es nur noch zwei Menschen auf der Welt, die es wissen – du und ich. Sind wir uns einig?«

Jake betrachtete das hübsche Mädchen an der Terrassentür, ehe er antwortete. »Ja. Ja, du hast recht.«

Sie nahm seine Hand. »Bestimmt. Und jetzt ... möchtest du sie sicher gern kennenlernen?«

»Mein Gott, ja!«

»Du wirst sehen, sie hat deine Augen, Jake, und dein Lachen.«

Marie de Brissac hatte sich angeregt mit einem stattlichen jungen Offizier unterhalten. »Mama«, lächelte sie. »Ich habe es zwar schon einmal gesagt, aber du siehst wirklich fantastisch aus in diesem Kleid.«

Jacqueline küßte sie auf beide Wangen. »Danke, *chérie*.«

»Das ist Lieutenant Maurice Guyon von der französischen Fremdenlegion«, stellte Marie vor. »Er kommt gerade von einem Feldzug aus dem Tschad zurück.«

Guyon schlug militärisch korrekt die Hacken zusammen und küßte Jacqueline die Hand. »Es ist mir eine Ehre, Gräfin.«

»Darf ich euch mit Senator Jacob Cazalet aus Washington bekannt machen? Wir sind gute Freunde.«

»Ist mir ein besonderes Vergnügen, Senator!« erklärte Guyon begeistert. »Ich habe letztes Jahr im *Paris Soir* einen Artikel über Sie gelesen. Ihre Heldentaten in Vietnam waren bewundernswert, Sir, und Ihre Karriere ist wirklich beachtlich.«

»Danke, Lieutenant. Wenn jemand wie Sie das sagt, bedeutet mir das sehr viel.« Jake Cazalet wandte sich zu Marie und ergriff die Hand seiner Tochter. »Darf ich Ihnen sagen, daß Sie ebenso wundervoll aussehen wie Ihre Mutter?«

»Senator.« Sie lächelte, musterte ihn dann allerdings etwas verwirrt. »Sind Sie sicher, daß wir uns nicht schon einmal begegnet sind?«

»Ganz sicher. Meinen Sie, das hätte ich vergessen können?« Jake küßte ihre Hand. »Wenn Sie mich jetzt entschuldigen würden? Ich möchte gern mit Ihrer Mutter tanzen.«

Auf der Tanzfläche flüsterte er Jacqueline zu: »Alles, was du gesagt hast, ist wahr – alles. Sie ist wundervoll.«

»Bei solch einem Vater muß sie das wohl sein.«

In seinem Blick lag die ganze Zärtlichkeit, die er für sie empfand. »Weißt du, ich glaube, ich habe nie aufgehört, dich zu lieben, Jacqueline. Wenn nur ...«

»Pst.« Sie legte einen Finger an seine Lippen. »Ich weiß schon, Jake, ich weiß. Aber wir können zufrieden sein mit dem, was wir haben. Und jetzt wollen wir Ihnen mal ein bißchen Bewegung verschaffen, Senator!« meinte sie übermütig.

Er sah sie nie wieder. Die Jahre verstrichen, seine Frau starb schließlich an der Leukämie, gegen die sie so lange gekämpft hatte, und erst bei einem zufälligen Treffen mit dem französischen Botschafter anläßlich eines Empfangs in Washington drei Jahre nach dem Golfkrieg hörte er wieder etwas von Jacqueline. Er und Teddy unterhielten sich mit dem Botschafter auf dem Rasen des Weißen Hauses.

»Man muß Ihnen wohl gratulieren«, sagte der Botschafter. »Es heißt, Sie sind so gut wie nominiert als Präsidentschaftskandidat.«

»Dafür ist es noch ein klein wenig zu früh«, wehrte Jake ab. »Immerhin denkt auch Senator Freeman daran, sich zur Wahl zu stellen.«

»Hören Sie nicht auf ihn, Herr Botschafter, er wird das Rennen machen«, versicherte Teddy.

»Dann wird es auch so sein«, meinte der Botschafter zu

Cazalet. »Schließlich ist Teddy, wie jedermann weiß, Ihre *éminence grise.*«

»Das stimmt«, lächelte Jake, und vielleicht lag es an der Musik, aber etwas drängte ihn zu fragen: »Übrigens, kennen Sie zufällig eine Freundin von mir, die Comtesse de Brissac? Ich habe sie leider seit vielen Jahren nicht mehr gesehen.«

Ein seltsamer Ausdruck flog über das Gesicht des Botschafters. »*Mon dieu,* das hatte ich ganz vergessen. Sie haben ihr in Vietnam das Leben gerettet.«

»Ja, genau, das hatte ich auch völlig vergessen«, rief Teddy. »Dafür haben Sie doch damals Ihr Kriegsverdienstkreuz bekommen.«

»Sind Sie nicht in Verbindung geblieben?« fragte der Botschafter.

»Nicht so richtig.«

»Die Tochter war mit einem Captain Guyon verlobt, einem prächtigen jungen Mann. Ich kannte die Familie. Bedauerlicherweise ist er im Golfkrieg gefallen.«

»Das tut mir sehr leid. Und die Gräfin?«

»Krebs, mein Freund, und soweit ich weiß, geht es mit ihr zu Ende. Wirklich ein Jammer.«

Cazalet eilte durch einen Korridor im Weißen Haus. »Ich muß hier raus, und zwar schnell«, sagte er zu Teddy. »Setzen Sie sich mit unserer Botschaft in Paris in Verbindung und lassen Sie feststellen, wie es der Comtesse de Brissac momentan geht, und dann rufen Sie am Flughafen an, daß man die Gulfstream für einen Flug nach Paris bereithält.«

Nach dem Tod seiner Mutter hatte er vor ein paar Jahren ein beachtliches Vermögen geerbt, aber da sein Interesse allein der Politik gehörte, hatte er sich damit begnügt, alles treuhänderisch anzulegen, und es anderen überlassen, sich darum zu kümmern. Allerdings verschaffte ihm das Geld einige Privilegien, wozu auch der Privatjet gehörte.

Teddy telefonierte bereits über sein Handy, und als sie in ihre Limousine stiegen, meldete er: »Man ruft mich zurück.« Er schloß die gläserne Trennscheibe zwischen den Rücksitzen und dem Fahrer. »Jake, gibt es Probleme, von denen ich wissen sollte?«

Cazalet griff in die Bar und nahm ein Kristallglas heraus. »Gießen Sie mir einen Scotch ein.«

»Jake, ist alles in Ordnung?« fragte Teddy besorgt, da Cazalet sonst nie während des Tages trank.

»Aber klar. Die einzige Frau, die ich jemals wirklich geliebt habe, stirbt an Krebs, und meine Tochter ist ganz allein, also geben Sie mir einen Scotch.«

Verdattert goß Teddy Grant ihm ein. »Ihre Tochter, Jake?«

Cazalet kippte den Scotch in einem Schluck hinunter.

»Das war gut«, seufzte er, und dann erzählte er ihm alles.

Am Ende erwies sich der überstürzte Flug über den Atlantik als vergebens. Jacqueline de Brissac war zwei Wochen zuvor gestorben und vor fünf Tagen beerdigt worden. Cazalet hatte das Gefühl, sich in Zeitlupe zu bewegen, und überließ es Teddy, sich um alles zu kümmern.

»Sie ist auf einem Friedhof in Valency im Mausoleum der Familie de Brissac beigesetzt worden«, berichtete er und legte den Telefonhörer in ihrer Suite im Ritz auf.

»Danke, Teddy. Wir werden ihr die letzte Ehre erweisen.«

Cazalet sah um zehn Jahre älter aus, als sie die Limousine bestiegen. Teddy Grant musterte ihn beunruhigt. Jake bedeutete ihm mehr als irgendein anderer Mensch auf dieser Welt, sogar mehr als sein langjähriger Lebensgefährte, der Professor für Physik in Yale war.

Cazalet war wie ein älterer Bruder, den er nie gehabt hatte. Seit jenem Vorfall in der Cafeteria in Harvard hatte er ihn beruflich gefördert, ihm eine Anstellung in der Anwaltskanzlei der Familie besorgt und schließlich den absolut einzigartigen Job als sein persönlicher Assistent angeboten, den Teddy mit Begeisterung angenommen hatte.

Bei einer Besprechung in einem Senatsausschuß hatte er einmal neben Cazalet gesessen und ihm Hinweise und Ratschläge gegeben, worauf anschließend ein älterer Mitarbeiter des Weißen Hauses wutschnaubend zu Cazalet gekommen war.

»Verdammt, Senator, ich verwahre mich entschieden dagegen, daß dieser kleine Schwule ständig bei den Sitzungen erscheint. Ich will keine warmen Brüder in diesem Ausschuß.«

Es wurde still im Raum. »Teddy Grant hat sein Jurastudium in Harvard magna cum laude abgeschlossen«, erwiderte Jake Cazalet mit eisiger Miene. »Er hat die bronzene Tapferkeitsmedaille und das vietnamesische Tapferkeitskreuz für seinen mutigen Einsatz in Vietnam erhalten. Und er hat einen Arm für dieses Land geopfert. Aber vor allen Dingen ist er mein Freund, und seine sexuelle Neigung geht nur ihn etwas an.«

»Also, hören Sie mal!«

»Nein, Sie hören jetzt mal zu. Ich trete aus diesem Ausschuß aus. Gehen wir, Teddy.«

Nachdem der Präsident von der Sache gehört hatte, endete es jedoch damit, daß statt Jake Cazalet der Regierungsbeamte gehen mußte, und Teddy hatte es Jake nie vergessen.

Es war neblig, als sie den Friedhof erreichten, und ein leichter Regen hatte eingesetzt. Teddy ging in das kleine Verwaltungsbüro, in dem ein Angestellter Dienst tat, um sich nach dem Weg zu erkundigen. Er kehrte mit einem Zettel und einer Rose in einem Plastikhalter zurück.

»Nehmen Sie die Straße nach Norden, dann nach links«, wandte er sich an den Fahrer. »Dort steigen wir aus.«

Er warf einen Blick auf Cazalet, der müde und angespannt aussah. Der alte Friedhof war dicht mit neugotischen Grabmälern und Gedenksteinen bestanden. Als sie ausstiegen, öffnete Teddy einen schwarzen Regenschirm.

»Hier lang.« Sie folgten einem schmalen Pfad. Er blickte noch einmal auf den Zettel. »Da ist es, Senator«, sagte er beinahe feierlich.

Ein Engel des Todes schmückte die Spitze des Mausoleums. Auf einer mit Eisen beschlagenen Eichentür, die in einen Rundbogen eingelassen war, stand der Name de Brissac.

»Ich möchte gern allein sein, Teddy.«

»Natürlich.« Teddy gab ihm die Rose und ging zurück zur Limousine.

In einem Vorraum befand sich eine Tafel mit den Namen

der Familienmitglieder, die hier zur Ruhe gebettet waren. Für den General hatte man jedoch eine neue angefertigt, auf der in goldenen Lettern erst kürzlich Jacqueline de Brissacs Name hinzugefügt worden war.

Jake wickelte die Rose aus, küßte sie und steckte sie in einen Halter, dann setzte er sich auf die Steinbank und weinte, wie er noch nie in seinem Leben geweint hatte.

Er wußte nicht, wieviel Zeit vergangen war, als er Schritte auf dem Kies hörte und aufsah. Marie de Brissac erschien im Eingang. Sie trug einen Burberry-Trenchcoat, hatte ein Tuch über dem Kopf und ebenfalls eine Rose in der Hand. Hinter ihr stand Teddy Grant, der seinen Schirm über sie hielt.

»Entschuldigen Sie, Senator, aber ich dachte, sie sollte es wissen.«

»Schon gut, Teddy.« Cazalet war so aufgewühlt, daß sein Herz förmlich raste.

Teddy ging zurück zur Limousine, und er war allein mit seiner Tochter. Wortlos schaute er sie an. »Seien Sie nicht wütend auf ihn«, bat sie. »Ich wußte es ja bereits. Meine Mutter hat es mir ein oder zwei Jahre, nachdem wir uns auf diesem Ball getroffen hatten, erzählt, als sich die ersten Anzeichen ihrer Krankheit zeigten. Es sei an der Zeit, meinte sie.«

Sie steckte ihre Rose in einen anderen Halter. »Siehst du, Mama«, flüsterte sie leise, »von jedem eine – von den beiden Menschen, die du am meisten in der Welt geliebt hast.« Sie wandte sich um und lächelte. »So ist es, Vater.«

Als Cazalet wieder zu weinen begann, umarmte sie ihn und drückte ihn an sich.

»Ich muß das alles in Ordnung bringen«, sagte er später. Sie saß neben ihm auf der Bank und hielt seine Hand. »Du mußt mir erlauben, dich offiziell als meine Tochter anzuerkennen.«

»Nein«, entgegnete sie. »Meine Mutter war strikt dagegen, und ich bin es auch. Du bist ein bedeutender Senator, und als Präsident der Vereinigten Staaten von Amerika kannst du noch sehr viel mehr erreichen. Eine uneheliche Tochter würde dir jedoch sämtliche Chancen verbauen. Deine politischen Gegner würden dich mit Wonne fertigmachen.«

»Ich scheiß' drauf.«

Sie lachte. »Ist das eine Ausdrucksweise für einen künftigen Präsidenten? Nein, so ist es am besten. Nur du und ich wissen davon, und niemand sonst wird es je erfahren.«

»Und Teddy.«

»Ach ja, Teddy. Er ist ein guter Mensch und dein Freund. Meine Mutter hat mir von ihm erzählt. Du darfst nicht wütend sein, daß er mich angerufen hat.«

»Bin ich gar nicht.«

»Teddy, kommen Sie mal her?« rief sie.

Teddy Grant stieg aus der Limousine und kam zu ihnen. »Tut mir leid, Jake.«

»Es war schon richtig, Teddy. Ich bin Ihnen sogar dankbar, aber sie will mir nicht erlauben, öffentlich dazu zu stehen. Sagen Sie ihr, daß sie das falsch sieht.«

»Nein, ich fürchte, sie hat recht. Sie könnten sich alle Chancen verderben. Die Opposition würde nur eine richtig schmutzige Affäre daraus machen, wie das eben so ist in der Politik.«

Jakes war zwar gefühlsmäßig bis ins Innerste aufgewühlt, doch vom Verstand her wußte er, daß sie beide recht hatten. Verdammt! »Gut.« Er drückte ihre Hand. »Aber wir müssen uns regelmäßig treffen.«

Sie lächelte nur und blickte zu Teddy, der an ihrer Stelle erwiderte: »Tut mir leid, Jake, das würde bloß Gerede geben. Was glauben Sie, wie die Presse sich darauf stürzen würde! Alle würden glauben, Sie hätten sich eine kleine Freundin zugelegt.«

Cazalets Schultern sackten zusammen. Sie strich sanft über seine Wange. »Vielleicht hin und wieder bei einigen Empfängen und ähnlichen Gelegenheiten.«

»Gott, das ist furchtbar.«

»Du bist mein Vater, und ich liebe dich, nicht nur, weil du dieser glorreiche junge Kriegsheld warst, der meine Mutter in irgendeinem gottverlassenen Sumpf gerettet hat, sondern auch, weil du ein anständiger Mann bist, der während einer schrecklichen Krankheit standhaft bis zum Ende an der Seite seiner Frau geblieben ist. Dafür bewundere ich dich, Jake Cazalet, und ich liebe dich – um deiner selbst willen. Ja, ich bin wirklich glücklich, deine Tochter zu sein.« Sie drückte ihn an sich und schaute zu Teddy, dem Tränen in den Augen standen. »Passen Sie auf ihn auf, Teddy. Ich gehe jetzt.« Rasch verließ sie das Mausoleum und verschwand im Regen.

»Gott im Himmel, Teddy, was soll ich nur tun?« sagte Jake Cazalet mit gebrochener Stimme.

»Dafür sorgen, daß sie stolz auf Sie ist, Senator. Sie werden der verdammt beste Präsident werden, den unser Land je gehabt hat. Und jetzt kommen Sie.«

»Kennedy hatte recht«, meinte Cazalet auf dem Weg zur Limousine. »Jeder, der an Fairneß in diesem Leben glaubt, täuscht sich leider gründlich.«

»Sicher, Senator, das Leben ist grausam, aber es ist nun mal das einzige, das wir haben. Ach, und übrigens – ich hatte gerade einen Anruf auf meinem Handy. Senator Freeman hat beschlossen, nicht zu kandidieren. Damit sind Sie nominiert. Jetzt geht's richtig voran.«

LONDON, SIZILIEN, KORFU
ÖSTLICHES MITTELMEER

1997

2

Ein kalter Westwind trieb im Lauf der Nacht Regenwolken auf London zu. Gegen Morgen hatte er sich zwar gelegt, doch es goß noch immer in Strömen, als ein Wärter in einem dunkelblauen Regenmantel das Tor zum Hof des Wandsworth-Gefängnisses öffnete. Er hieß Jackson und war früher bei der Grenadiergarde gewesen, woran noch sein exakt gestutzter Schnurrbart erinnerte.

»Na los«, meinte er mit einem aufmunternden Schubs zu Dermot Riley. »Vorwärts.«

Riley, der nur dünne Gefängniskleidung trug, spähte hinaus in den leeren, von hohen Backsteinwänden umgebenen Hof.

»Da werde ich ja total durchweicht«, sagte er mit dem harten Akzent der Provinz Ulster.

»Keine Sorge, ich bin schließlich kein Unmensch.« Jackson reichte ihm einen kleinen Taschenschirm.

»Ich möchte lieber zurück in meine Zelle.«

»Eine Stunde Hofgang pro Tag, so heißt es in den Vorschriften, und die restlichen dreiundzwanzig können Sie in Ihrer Zelle sitzen. Man kann Sie schließlich nicht mit ehrlichen Ganoven zusammenlegen, oder? Sie wissen ja, wie sehr die sich wünschen, mal einen von der IRA in die Finger zu kriegen. Diese Bombe im West End letzte Woche hat sechzehn Menschen getötet und Gott weiß wie viele verletzt. Sie sind nicht sehr beliebt, Riley, überhaupt nicht. Und jetzt vorwärts.«

Er schob Riley in den Regen hinaus und schloß hinter ihm die Tür. Riley öffnete den Schirm, zog eine Zigarette aus seiner Tasche, zündete sie mit einem billigen Plastikfeuerzeug an und begann seinen Rundgang.

Beinahe verwundert merkte er, wie gut es ihm, trotz des Regens, tat, sich Bewegung zu verschaffen, und die Zigarette weckte seine Lebensgeister noch mehr. Aber im Grunde war alles besser, als dreiundzwanzig Stunden pro Tag mutterseelenallein in der Zelle zu hocken. Bislang hatte er sechs Monate hinter sich und somit nur noch vierzehneinhalb Jahre vor sich. Manchmal meinte er, wahnsinnig zu werden, wenn er an diese Jahre dachte, die ihm endlos erschienen. Es wäre nicht so schlimm gewesen, wenn man ihn heim nach Ulster in ein Gefängnis geschickt hätte. Dort würde er wenigstens mit alten Kameraden zusammen sitzen, aber hier in Wandsworth …

Das Tor öffnete sich, und Jackson rief: »Kommen Sie, Riley, Sie haben einen Besucher.«

»Einen Besucher?«

»Ja, Ihr Rechtsverdreher.« Als Riley im Regen stehenblieb, wiederholte er ungeduldig: »Ihr Anwalt, kapieren Sie nicht, Sie irischer Dummkopf! Bewegen Sie sich endlich.«

Jackson führte ihn nicht in den großen Besucherraum, sondern öffnete am Ende eines Seitengangs die Tür zu einem Zimmer mit einem Tisch und zwei Stühlen. An einem großen vergitterten Fenster stand ein Mann mit einer Hornbrille, der einen dunkelbraunen Anzug, ein weißes Hemd mit einer gestreiften Krawatte und einen rehbraunen Burberry-Trenchcoat trug. Er schien um die Vierzig zu sein, hatte schwarzes lockiges Haar und ein freundliches offenes Gesicht.

»Hallo, Mr. Riley. Ich weiß nicht, ob Sie sich an mich erinnern. George Brown ist mein Name. Ich war an dem Tag, als Sie verurteilt wurden, im Gericht.«

»Aha«, erwiderte Riley gleichmütig.

»Ich bin beauftragt worden, die Möglichkeit einer Berufung zu überprüfen. Es gab gewisse Unregelmäßigkeiten, beispielsweise Zeugenaussagen, die eventuell getürkt waren.« Er wandte sich zu Jackson, der an der Tür stand. »Würde es Ihnen wohl etwas ausmachen, draußen zu warten, Mr. …?«

»Jackson, Sir.«

»Laut Paragraph drei der Vorschriften haben ein Anwalt und sein Mandant das Recht, allein miteinander zu reden, wenn es um die Frage der Berufung geht.«

»Wie Sie wünschen«, nickte Jackson.

Nachdem er die Tür hinter sich geschlossen hatte, sagte Riley: »Was zur Hölle soll das? Ich habe Sie noch nie im Leben gesehen, und mein Pflichtverteidiger hat mir längst erklärt, daß eine Berufung hoffnungslos ist.«

Brown holte ein ledernes Zigarettenetui aus der Innentasche seines Jackets und bot ihm eine an. »Fünfzehn Jahre«, sagte er, während er Riley Feuer gab, »sind eine lange Zeit. Hier ist es schon schlimm genug, aber man wird Sie bald nach Parkhurst auf der Isle of Wight schicken, dem schärfsten Knast in England, wo die härtesten Burschen sitzen. Wenn man Sie dorthin bringt, ist das, als schließe sich der Sargdeckel über Ihnen. Ich kenne mich damit aus. Ich bin wirklich Anwalt, obwohl mein Name natürlich nicht Brown ist.«

»Was bezwecken Sie mit diesem Gerede?«

»Setzen Sie sich, und ich erzähl's Ihnen. Ich möchte Ihnen ein Angebot machen, das Sie nicht ablehnen können.«

»Und das wäre?«

Brown ging zurück zum Fenster und blickte hinaus. »Würden Sie gern wieder frei sein?«

»Flucht, meinen Sie?«

»Nein, ich meine, tatsächlich wieder frei sein, mit sauberer Weste.«

Riley schwieg einen Moment, bis er mit erstickter Stimme sagte: »Dafür würde ich alles tun – alles.«

»Ja, das habe ich mir beinahe gedacht, aber es kommt sogar noch besser. Wenn Sie tun, was ich Ihnen sage, werden Sie nicht nur wieder ein freier Mann sein, sondern auch noch zwanzigtausend Pfund in der Tasche haben, um ganz neu anzufangen.«

»Mein Gott«, flüsterte Riley. »Und wen muß ich dafür umbringen?«

Brown lächelte. »Niemanden, das versichere ich Ihnen, aber lassen Sie mich Ihnen eine Frage stellen. Kennen Sie Brigadier Charles Ferguson?«

»Nicht persönlich«, sagte Riley, »aber ich habe von ihm gehört. Er leitet eine Abteilung des Geheimdienstes, die auf den Kampf gegen Terrorismus spezialisiert ist und nichts mit dem

SIS oder dem MI5 zu tun hat. Man nennt sie die Privatarmee des Premierministers, und sie haben der IRA in den letzten Jahren das Leben ziemlich schwer gemacht.«

»Und Sean Dillon?«

»Was, der hat auch mit dieser Sache zu tun?« Riley lachte. »Sean kenne ich wie mich selbst. Wir haben damals in den Siebzigern gemeinsam in Derry gekämpft und den englischen Soldaten ordentlich die Hölle heiß gemacht, dabei waren wir fast noch halbe Kinder. Aber wie ich gehört hab', arbeitet Sean heutzutage für Ferguson.«

»Erzählen Sie mir von ihm.«

»Seine Mutter ist bei seiner Geburt gestorben, und sein Vater ging mit ihm nach London. Sean ist ein geborener Schauspieler; sogar ohne Maske konnte er sich vollkommen verändern, hab' ich selbst erlebt. Der Mann mit den tausend Gesichtern, so hat der britische Geheimdienst ihn genannt, und sie haben es in zwanzig Jahren nie geschafft, ihn in die Finger zu kriegen.«

»Sein Vater wurde bei einem Besuch in Belfast von britischen Soldaten umgebracht, soweit ich weiß«, sagte Brown.

»Das stimmt. Sean war damals neunzehn. Er fuhr nach Hause und trat ohne Zögern der Bewegung bei. Einige Zeit war er der gefürchtetste Aktivist der IRA.«

»Und was lief schief?«

»Er konnte sich mit dem Bombenlegen nie anfreunden, obwohl gemunkelt wird, daß er hinter dieser Granatenattacke auf Downing Street Nr. 10 während des Golfkriegs steckte. Danach verschwand er aus Europa und bot seine Dienste sozusagen jedem an, der ihn bezahlte, wobei er absolut unparteiisch blieb. Heute arbeitete er für die PLO und morgen jagte er in Beirut palästinensische Kanonenboote in die Luft.«

»Und wie kam die Verbindung mit Ferguson zustande? Ich kenne die Geschichte zwar, aber ich hätte sie gern von Ihnen bestätigt gehört.«

»Na ja, zu Seans vielen anderen Talenten gehört, daß er so ungefähr *alles* fliegen kann, was überhaupt fliegt. Er brachte gerade Medikamente für Kinder nach Bosnien, als er abgeschossen wurde. Die Serben wollten ihn erschießen, da tauchte Ferguson auf und bot ihm einen Handel an, das heißt, er erpreßte Sean, für ihn zu arbeiten.«

»Um den Bock zum Gärtner zu machen«, sagte Brown.

»So ungefähr. Das hat ihn bei den Leuten daheim nicht besonders beliebt gemacht.«

»Das ist verständlich, nicht?«

Riley schwieg einige Zeit, ehe er fragte: »Also, was wollen Sie eigentlich?«

»Im Grunde Sean Dillon«, lächelte Brown und bot ihm noch eine Zigarette an. »Oder besser gesagt, die Leute, die ich vertrete, wollen ihn haben.«

»Und wer sind diese Leute?«

»Das ist nicht Ihre Sache, Mr. Riley, aber ich kann Ihnen garantieren, daß Sie ein freier Mann sind, wenn Sie genau tun, was ich Ihnen sage, und wir Dillon haben. Oder haben Sie damit Probleme?«

»Nicht im geringsten. Was muß ich tun?«

»Zuerst einmal beantragen Sie ein Gespräch mit dem Gefängnisdirektor und verlangen eine Unterredung mit Ferguson. Sagen Sie, Sie hätten wichtige Informationen, die nur für seine Ohren bestimmt sind.«

»Und dann?«

»Ferguson wird garantiert mit Ihnen sprechen wollen. In den vergangenen zwei Wochen hat es eine Reihe kleiner Bombenanschläge in Hampstead und Camden gegeben. Es ist eine bekannte Tatsache, daß im Moment wenigstens drei aktive Gruppen der IRA in London tätig sind.« Er nahm ein Blatt Papier aus seiner Brieftasche und reichte es ihm. »Sie erzählen Ferguson, daß er unter dieser Adresse eine solche Gruppe finden wird, samt einem Waffenlager mit Sprengstoff und so weiter.«

Riley las die Anschrift. »Holland Park – ist die Sache koscher?«

»Eine Gruppe gibt's dort nicht, nur genügend Sprengstoff, um zu beweisen, daß Sie die Wahrheit gesagt haben. Es ist schließlich nicht Ihre Schuld, wenn dort niemand ist.«

»Und Sie erwarten, daß Ferguson deshalb dafür sorgt, daß mein Urteil aufgehoben wird?« Riley schüttelte den Kopf.

»Höchstens wenn es ihm gelingen würde, eine solche IRA-Gruppe einzubuchten – aber das hier langt nicht.«

»Doch, er wird nämlich mehr von Ihnen wissen wollen, und Sie werden ihm einiges erzählen. Vor zwei Jahren hat eine arabische Terrorgruppe mit dem Namen ›Armee Gottes‹ einen Jumbo beim Start in Manchester in die Luft gesprengt. Mehr als zweihundert Menschen kamen dabei ums Leben.«

»Und?«

»Der Anführer war ein Mann namens Hakim al Sharif. Ich weiß, wo er sich versteckt hält, und Sie sagen es Ferguson. Er würde sonstwas darum geben, diesen Bastard in die Finger zu kriegen, und für diese Aufgabe wird er mit Sicherheit Dillon benutzen.«

»Und was mache ich?«

»Sie bieten an, ihn zu begleiten, um zu beweisen, daß Sie es ehrlich meinen.« Brown lächelte. »Es wird funktionieren, Mr. Riley, aber nur, wenn Sie ganz genau meine Anweisungen befolgen. Also hören Sie gut zu.«

Brigadier Charles Ferguson saß am Schreibtisch seines Büros im dritten Stock des Verteidigungsministeriums mit Blick auf die Horse Guards Avenue. Er war ein stattlicher, recht ungepflegt wirkender Mann mit einer grauen Haarmähne und trug zu einem zerknitterten braunen Anzug eine Guards-Brigade-Krawatte. Ungeduldig drückte er auf seine Sprechanlage.

»Brigadier?«

»Ist Dillon da, Chief Inspector?«

»Gerade eingetroffen.«

»Ich muß Sie beide sprechen. Dringend.«

Die Frau, die gleich darauf das Büro betrat, war um die Dreißig und trug einen rehfarbenen Hosenanzug von Armani sowie eine schwarze Hornbrille und hatte kurzgeschnittenes rotes Haar. Sie war keine auffallende Schönheit, nach der man sich umdrehen würde – eher hätte man sie für eine Chefsekretärin oder eine Geschäftsführerin halten können, doch es handelte sich bei ihr um Detective Chief Inspector Hannah Bernstein. Sie entstammte einer orthodoxen jüdischen Familie und hatte in Cambridge einen Magister in Psychologie gemacht; ihr Vater war Chirurg und Medizinprofessor, ihr Großvater Rabbi, und beide waren zutiefst bestürzt gewesen, als sie sich für eine Laufbahn bei der Polizei entschieden hatte. Dort hatte sie rasch Karriere gemacht und war bei der Abteilung für Innere Sicherheit gewesen, als Ferguson sie als seine Assistentin angefordert hatte. Ihr harmloses Äußeres und ihre gepflegte Sprechweise, wie sie typisch für die Oberschicht war, täuschten, denn im Dienst hatte sie bereits bei drei Gelegenheiten getötet und auch selbst schon eine Kugel bekommen.

Sean Dillon, der ihr folgte, war nur knapp einen Meter fünfundsechzig groß, hatte so hellblondes Haar, daß es fast weiß war, und klare Augen, die völlig farblos zu sein schienen. Er trug dunkle Cordhosen, eine alte schwarze Lederjacke und einen weißen Schal um den Hals und strahlte eine unruhige, animalische Vitalität aus, was durchaus attraktiv wirkte. Sein linker Mundwinkel war ständig zu einem Lächeln verzogen, als nehme er das Leben niemals allzu ernst.

»Gott segne das rechtschaffene Tagwerk, Brigadier«, grüßte er fröhlich. In seiner Stimme klang der typische Akzent der Provinz Ulster.

Ferguson legte den Füllhalter zur Seite und nahm seine Lesebrille ab. »Dermot Riley, sagt Ihnen der Name was?«

Dillon kramte ein altes Silberetui aus der Tasche, nahm eine Zigarette heraus und entzündete sie mit einem Zippo-Feuerzeug. »Und ob. Wir waren noch halbe Kinder, als wir beide damals in den Siebzigern in der Derry Brigade der Provisional IRA kämpften. War eine harte Zeit.«

»Und englische Soldaten erschossen«, sagte Hannah Bernstein.

»Sie hätten ja daheimbleiben können«, erwiderte Dillon ungerührt und wandte sich wieder an Ferguson. »Er wurde letztes Jahr von der Antiterroreinheit von Scotland Yard hier in London gefaßt. Soll angeblich zu einer der Gruppen gehört haben, die hier Anschläge planten.«

»Soweit ich mich erinnere, fand man in seiner Unterkunft Semtex und alle möglichen Waffen.«

»Stimmt«, sagte Dillon, »aber er hat vor Gericht nichts zugegeben. Man hat ihm fünfzehn Jahre aufgebrummt.«

»Richtig so«, erklärte Hannah.

»Na ja, das kommt auf die persönliche Sichtweise an. Für Sie ist er ein Terrorist, während Dermot selbst sich für einen tapferen Soldaten in einem gerechten Kampf hält.«

»Jetzt offenbar nicht mehr«, sagte Ferguson. »Ich habe gerade einen Anruf des Gefängnisdirektors aus Wandsworth erhalten. Riley möchte mir einen Handel vorschlagen.«

»Ehrlich?« Dillons Lächeln verschwand. »Warum sollte er so etwas tun wollen?« fragte er mißtrauisch.

»Wenn Sie je in Wandsworth gesessen hätten, wüßten Sie warum. Das ist die Hölle auf Erden, und Riley hat sechs Monate darin geschmort und noch vierzehneinhalb Jahre vor sich. Ich denke, wir hören uns mal an, was er zu sagen hat.«

»Und das soll ich übernehmen?«

»Immerhin kennen Sie den Typen. Und Sie begleiten uns, Chief Inspector.« Er schob seinen Stuhl zurück und stand auf. »Der Daimler wartet schon, also fahren wir gleich los.«

Nachdem sie kurze Zeit im Sprechzimmer von Wandsworth gewartet hatten, öffnete sich die Tür; Jackson schob Riley herein und ließ sie allein.

»Sean, du?« fragte Riley.

»Höchstpersönlich, Dermot.« Dillon zündete sich eine Zigarette an, nahm einen Zug und reichte sie ihm.

Riley grinste. »Das hast du damals in Derry auch immer gemacht. Erinnerst du dich, wie wir die Briten gelackmeiert haben?«

»Das haben wir wahrhaftig, Alter, aber die Zeiten ändern sich nun mal.«

»Na, du hast dich allerdings geändert«, sagte Riley. »Bist ja von einer Seite auf die andere gewechselt.«

»Genug damit«, unterbrach Ferguson. »Nachdem die alten Kameraden sich begrüßt haben, lassen Sie uns zur Sache kommen. Was wollen Sie, Riley?«

»Raus, Brigadier.« Riley setzte sich auf einen der Stühle. »Sechs Monate sind genug. Länger halte ich es nicht aus, lieber wäre ich tot.«

»Wie die Menschen, die Sie umgebracht haben«, sagte Hannah.

»Und wer sind Sie?«

»Detective Chief Inspector, Spezialabteilung«, erklärte Dillon, »also benimm dich besser.«

»Ich habe in einem Krieg gekämpft, Frau«, begann Riley, doch Ferguson unterbrach ihn.

»Und jetzt haben Sie genug von der glorreichen Sache. Also, was können Sie mir anbieten?«

Da Riley zu zögern schien, sagte Dillon: »Dieser alte Knabe ist zwar knallhart, Dermot, aber ein Ehrenmann. Kannst es ihm ruhig erzählen.«

»Na gut. Sie und Ihre Leute haben immer gedacht, es gebe drei aktive Gruppen, die in London operierten. Aber es gibt noch eine vierte, die ganz anders aufgebaut ist. Drei Burschen und eine Frau, die alle gute Jobs in der City haben, in einem netten Haus in Holland Park wohnen – und zudem alle in England geboren worden oder hier aufgewachsen sind. Also die optimale Tarnung.«

»Namen?«

»Die nutzen Ihnen nichts. Über keinen von ihnen gibt es polizeiliche Akten, aber bitte sehr.«

Er ratterte vier Namen hinunter, die Hannah Bernstein in ihr Notizbuch eintrug. Dillon sah ihr ungerührt zu.

»Adresse?«

»Park Villa, Palace Square. Ein altes viktorianisches Haus in einem hübschen Garten.«

»Und du hattest mit ihnen zu tun?« fragte Dillon.

»Nein, aber ein Freund von mir, Ed Murphy, war ihr Lieferant. Er ist eines Abends ein bißchen redselig geworden. Du weißt ja, wie es ist, wenn man einen miteinander trinkt. Jedenfalls hat er mir alles über sie erzählt.«

»Und wo ist Murphy jetzt?«

»Letztes Jahr wieder nach Irland zurückbeordert worden.«

Dillon wandte sich an Ferguson und zuckte die Schultern. »Wenn ich zu dieser Gruppe gehören würde, wäre ich längst abgehauen, spätestens nachdem Dermot eingebuchtet worden war.«

»Aber wieso denn?« fragte Hannah. »Es bestand doch keinerlei Verbindung zwischen ihnen.«

»Die gibt es immer«, erklärte Dillon.

»Hören Sie auf mit der Zankerei«, sagte Ferguson. »Es ist einen Versuch wert.«

Er klopfte an die Tür, und als Jackson öffnete, zog er einen Umschlag aus seiner Tasche. »Bringen Sie das zum Direktor und lassen Sie es gegenzeichnen. Es ist eine Vollmacht, daß dieser Häftling in meinen Gewahrsam überstellt wird. Danach bringen Sie ihn zurück in seine Zelle, damit er seine Sachen holt. Wir warten in meinem Daimler draußen im Hof.«

Jackson schlug wie auf dem Exerzierplatz die Hacken zusammen. »Zu Befehl, Brigadier.«

Zahlreiche Menschen standen vor dem Haupttor im Regen und warteten auf Gefangene, die entlassen wurden. Unter ihnen war auch der Anwalt, der sich George Brown genannt hatte. Neben ihm parkte ein schwarzes Londoner Taxi, dessen Fahrer wie ein ganz normaler Londoner Taxifahrer aussah, was er auch war, allerdings von einer ganz besonderen Sorte. Er hatte dunkles lockiges Haar, das graumeliert war, und eine Nase, die irgendwann einmal gebrochen worden war.

»Meinen Sie, es wird klappen?« fragte er.

In diesem Moment öffneten sich die Tore, und mehrere Männer kamen heraus; kurz darauf folgte der Daimler.

»Ich weiß es«, sagte Brown und klappte seinen Regenschirm zu.

Ferguson und Hannah saßen Dillon und Riley gegenüber, der im Vorbeifahren aus dem Fenster sah und Brown sofort erkannte. Rasch wandte er den Blick ab.

Ehe Brown einstieg, machte er einem Ford auf der anderen Straßenseite ein Zeichen, dem Daimler zu folgen.

»Wohin jetzt?« fragte der Taxifahrer.

»Man wird feststellen, wohin Ferguson ihn bringen läßt.«

»Vielleicht in ein bewachtes Versteck?«

»Möglich, aber am sichersten wäre Dillons Haus in Stable Mews, was zudem noch sehr bequem liegt, denn Fergusons Wohnung ist direkt um die Ecke am Cavendish Square. Deshalb lasse ich sie beschatten, dann wissen wir Bescheid. In der Zwischenzeit warten wir hier. Ich habe den Besuchstag gewählt, weil ich heute nur einer von zwei- oder dreihundert Leuten war und niemand sich an mich erinnern wird – bis auf den Gefängniswärter, der mich zu Riley gebracht hat. Jackson ist sein Name.« Er blickte auf seine Uhr. »Es müßte jetzt gerade Schichtwechsel sein. Sehen wir mal, ob er rauskommt.«

Tatsächlich erschien Jackson zwanzig Minuten später und lief die Straße entlang zur nächsten U-Bahn-Station. Er war ein leidenschaftlicher Billardspieler und hatte an diesem Abend ein Turnier in der British Legion, der Veteranenvereinigung der Streitkräfte, deshalb hatte er es eilig, nach Hause zu kommen, um vorher noch zu duschen und sich umzuziehen.

Kurz nachdem er den U-Bahnhof erreicht hatte, wo der übliche lebhafte Betrieb herrschte, hielt das schwarze Taxi am Straßenrand. Brown stieg aus und folgte Jackson in einigem Abstand die Rolltreppe hinunter auf den Bahnsteig, wo die Menschen dicht an dicht standen. Jackson drängte sich bis ganz nach vorn durch. Als man den Zug herankommen hörte, schlängelte sich Brown näher zu ihm, was in dem Gedrängel keinem auffiel, und Jackson spürte nur kurz eine Hand in seinem Rücken. Das war das letzte, an das er sich in diesem Leben erinnerte, ehe er kopfüber auf das Gleis stürzte, direkt vor den Zug, der mit lautem Getöse heranbrauste.

Der schwarzhaarige Taxifahrer hatte bereits mehrere Fahrgäste abwimmeln müssen und schwitzte vor Nervosität. Endlich erschien Brown im Eingang der U-Bahn-Station, eilte auf den Wagen zu und stieg hinten ein.

»Alles erledigt?«

»Sicher, der Sargdeckel ist sozusagen zugeklappt«, erwiderte Brown.

»Sie bleiben bei Dillon«, sagte Ferguson. »Sein Haus liegt nur fünf Minuten von meiner Wohnung entfernt.«

»Sehr bequem«, erwiderte Riley.

»Und seien Sie vernünftig. Versuchen Sie nicht, Räuber und Gendarm mit mir zu spielen und abzuhauen.«

»Warum sollte ich? Ich will sauber aus dieser Sache rauskommen, Brigadier, und nicht den Rest meines Lebens ständig über die Schulter schauen müssen.«

»Sehr gut.«

Der Daimler bog in Stable Mews ein und fuhr an einem grauen Kleinbus der Britischen Telefongesellschaft vorbei, der auf dem Bürgersteig parkte. Hinter einer kleinen Absperrung sah man einen geöffneten Kabelschacht, in dem ein Telefontechniker arbeitet, der einen Schutzhelm und die unverkennbare gelbe Montur mit dem Logo der Telefongesellschaft trug.

»Also«, sagte Ferguson, »Sie beide steigen jetzt aus. Chief Inspector Bernstein und ich haben noch zu arbeiten.«

»Wann wollen wir zuschlagen?« fragte Dillon.

»Irgendwann heute abend. Eher früher als später.«

Während der Daimler davonfuhr, schloß Dillon die Tür des kleinen, sehr viktorianisch wirkenden Hauses auf und ging voran. Ein türkischer Läufer in Purpur und Blau bedeckte den Boden des Korridors. Die Tür zu einem Wohnzimmer stand offen, das einen polierten Holzfußboden hatte; es gab eine Polstergarnitur aus schwarzem Leder, hier und da lagen orientalische Teppiche. Und über dem Kamin hing ein Ölbild, eine Ansicht der Themse bei Nacht aus viktorianischer Zeit.

»Mensch«, sagte Riley, »das ist ja ein Atkinson Grimshaw. Der ist eine gewaltige Stange Geld wert, Sean.«

»Woher weißt du so was?«

»Ach, ich mußte mal zu Liam Devlin. Er hatte in seinem Cottage in Kilrea bei Dublin wenigstens sechs Grimshaws an den Wänden.«

»Jetzt nur noch fünf.« Dillon schenkte zwei Gläser Bushmills Whiskey ein. »Den da hat er mir geschenkt.«

»Also lebt der alte Knacker immer noch.«

»Und ob. Ist inzwischen fünfundachtzig, behauptet aber steif und fest, siebzig zu sein.«

»Die lebende Legende der IRA.«

»Der Beste«, sagte Dillon, »selbst an meinen besten Tagen und seinen schlechtesten. Auf Liam.« Er hob sein Glas.

Draußen an der Ecke kletterte der Mann aus dem Kabelschacht, in dem er gearbeitet hatte, und öffnete die Tür des Kleinbusses. Ein zweiter Mann, der ebenfalls die Montur eines Telefontechnikers trug, saß auf einem Hocker und hantierte mit einem Richtmikrofon, neben dem ein Tonband lief.

Er drehte sich um und lächelte. »Perfekt. Hab' alles gehört, was sie gesagt haben.«

Um neun Uhr wurde an diesem Abend Palace Square in Holland Park von der Polizei abgeriegelt. Am Tor von Park Villa stand der Daimler, in dem Ferguson, Dillon und Riley saßen, die beobachteten, wie bewaffnete Polizisten der Antiterrorbrigade die Eingangstür einschlugen und hineinstürmten.

»So weit, so gut«, sagte Ferguson.

Dillon griff nach dem Regenschirm, der im Wagen lag, stieg aus und zündete sich eine Zigarette an. Hannah Bernstein erschien in der Eingangstür und kam durch den strömenden Regen auf sie zu. Sie trug einen schwarzen Overall und eine kugelsichere Weste; in einem Halfter an ihrer linken Hüfte steckte eine Smith & Wesson.

Ferguson öffnete die Tür. »Glück gehabt?«

»Ein ganzer Stapel Semtex und jede Menge Zeitzünder, Sir. Es scheint, als hätten wir tatsächlich noch rechtzeitig einen Bombenanschlag verhindert.«

»Aber von den IRA-Leuten war keiner da?«

»Leider nicht, Brigadier.«

»Hab' ich Ihnen doch gesagt«, warf Dillon ein. »Wahrscheinlich sind die schon lange weg.«

»Mist!« fluchte Ferguson. »Gerade darauf kam's mir an.«

»Also, das ist nicht mein Fehler«, sagte Riley, »ich hab' meinen Teil des Handels erfüllt.«

»Ja, bloß ist das Ergebnis ein bißchen dürftig«, entgegnete Ferguson.

Riley spielte seine Rolle wirklich sehr gut. »Aber Sie werden mich doch nicht nach Wandsworth zurückschicken?« fragte er betroffen.

»Mir bleibt kaum was anderes übrig.«

Nun lag echte Panik in Rileys Stimme. »Nein, nur das nicht!

Ich mache alles, was Sie wollen. Ich könnte Ihnen eine ganze Menge erzählen, nicht nur über die IRA.«

»Zum Beispiel?«

»Vor zwei Jahren. Der Jumbo aus Manchester, der über der Irischen See explodierte. Zweihundertzwanzig Tote. Dahinter steckten diese arabischen Fundamentalisten, die Armee Gottes, und Sie kennen ihren Anführer.«

Fergusons Gesicht war ziemlich finster geworden. »Hakim al Sharif.«

»Ich kann Ihnen helfen, ihn zu kriegen.«

»Sie meinen, Sie wissen, wo dieser widerliche Mörder steckt?«

»Ich habe letztes Jahr mit ihm gesprochen. Er hat nämlich auch Waffen für die IRA geliefert.«

Ferguson hob eine Hand. »Genug. Steigen Sie ein, Chief Inspector. Wir fahren zu Dillon und hören uns das mal an.«

Dillon hatte in seinem altmodischen Teekessel Wasser aufgesetzt. Ferguson telefonierte mit dem Büro, Riley saß auf der Couch neben dem Kamin, und Hannah Bernstein stand am Fenster.

Sie wollte in die Küche gehen, als der Kessel pfiff, aber Dillon wehrte ab: »Nichts da. Ich mache den Tee. Sie sind doch schließlich eine emanzipierte Frau.«

»Und Sie sind ein Idiot, Dillon.«

Er goß eine große Kanne Tee auf und brachte sie auf einem Tablett mit Milch, Zucker und vier Tassen herein. »Barry's Tea. Du wirst dich wie daheim fühlen«, sagte er zu Dermot, da es sich dabei um die irische Lieblingsmarke handelte.

Hannah schenkte ein, und Ferguson beendete sein Telefonat. »Dann fangen Sie mal an«, sagte er und nickte Hannah dankend zu, die ihm eine Tasse reichte.

»Bevor man mich letztes Jahr hier in London geschnappt hat«, berichtete Riley, »wurde ich vom Stabschef in Dublin als Kurier eingesetzt. Ich mußte nach Paris fliegen und zu einer bestimmten Bank gehen, wo in einem Tresor eine Aktentasche lag. Darin waren eine Menge amerikanischer Dollar; wieviel, habe ich nie erfahren. Ich weiß nur, daß es eine Anzahlung für eine Waffenlieferung nach Irland war.«

»Und dann?«

»Ich hatte exakte Anweisungen und habe sie befolgt. Bin nach Sizilien geflogen und von Palermo aus mit einem Mietwagen hinüber zur Südküste der Insel in einen Fischerhafen namens Salinas gefahren, ein echtes Kaff. Ich sollte eine bestimmte Nummer anrufen und einfach sagen: ›Der Ire ist da.‹«

»Weiter«, drängte Ferguson.

»Dann ging ich in eine Bar unten am Hafen, die komischerweise English Café hieß.«

Die Story war so gut, daß Riley sie beinahe selbst glaubte.

»Und sie sind gekommen?« fragte Dillon.

»Zwei Männer in einem Range Rover. Araber. Sie brachten mich zu einer Villa am Meer, ungefähr sechs oder sieben Meilen außerhalb von Salinas. Weit und breit kein anderes Haus. An einem Landungssteg lag so eine Art Rennboot.«

»Und Hakim al Sharif?« fragte Hannah.

»War sehr gastfreundlich. Er zählte das Geld, gab mir einen versiegelten Brief für den Stabschef in Dublin und lud mich ein, über Nacht zu bleiben.«

»Wie viele Leute?«

»Die beiden Kerle, die mich abgeholt hatten, waren offenbar seine Gorillas, dann gab es noch ein arabisches Ehepaar, das in einem kleinen Häuschen nebenan lebte. Die Frau kochte, und ihr Mann war so was wie der Hausmeister. Offenbar kümmerten sie sich um das Anwesen, wenn er weg war.« Er trank einen Schluck Tee. »Ach ja, außerdem war da noch eine jüngere arabische Frau, die bei ihnen lebte. Ich glaube, sie war dazu da, um Hakim glücklich zu machen, wenn ihm danach war. Schien mir jedenfalls so.«

»Sonst noch irgendwas Interessantes?« fragte Ferguson.

»Na ja, er war nicht gerade ein Bilderbuchmuslim. Hat ziemlich viel schottischen Whiskey getrunken.«

»Und dabei ist er redselig geworden?«

»Nur soweit, daß er andauernd mit seinen Heldentaten geprahlt hat und wie er die Geheimdienste Dutzender Länder genarrt habe. Ach ja, außerdem hat er mir erzählt, daß er seit sechs Jahren diese Villa habe. Es sei der sicherste Stützpunkt, den er je gehabt habe, weil alle Sizilianer mehr oder weniger große Gauner seien und jeder sich um seine eigenen Angelegenheiten kümmere.«

»Und er ist immer noch dort?« fragte Hannah.

»Beschwören könnte ich's nicht«, meinte Riley mit gutgespielter Unsicherheit. »Aber warum sollte er nicht mehr dort sein?«

Für einige Zeit herrschte Schweigen, bis Ferguson sagte: »Herrgott, es wäre mir eine Wonne, diesen Kerl in die Finger zu kriegen.«

»Na ja, falls er noch da *ist* – und ich denke, die Chancen dafür stehen gut –, könnten Sie kriegen, was Sie sich wünschen«, meinte Riley. »Es ist zwar ein fremdes Land, aber Sie vergreifen sich ja dauernd an Leuten aus anderen Ländern, Sie brauchen's gar nicht abzustreiten, ich weiß Bescheid.«

»Es wäre sicherlich eine Überlegung wert«, nickte Ferguson.

»Schicken Sie doch Dillon hin«, sagte Riley, »oder sonst jemanden, und ich begleite ihn, damit Sie sehen, daß ich's ehrlich meine.«

»Und machst dich bei der ersten Gelegenheit aus dem Staub, mein Bester«, grinste Dillon.

»Herrje, Sean, wie oft muß ich es denn noch sagen? Ich will sauber aus der Sache raus und nicht den Rest meines Lebens auf der Flucht sein.« Er wandte sich an Ferguson. »Brigadier?«

Ferguson traf seine Entscheidung. »Gehen Sie mit ihm essen oder sonstwas, Dillon. Ich rufe Sie in zwei Stunden an. Kommen Sie, Chief Inspector, auf uns wartet Arbeit.«

Hannah warf Dillon einen skeptischen Blick zu und folgte ihm.

Dillon ging zur Anrichte, öffnete eine Schublade und nahm eine Walther mit Schalldämpfer heraus, die er hinten in den Bund seiner Cordhose steckte, wo sie unter dem Mantel nicht zu sehen war.

»Wie es in den schlechten Filmen immer heißt, Dermot – eine falsche Bewegung, und ich leg' dich um.«

»Keine Sorge, Sean, ich mache keine Dummheiten.«

»Gut, dann gehen wir. Hier in der Nähe ist das King's Head, eine Kneipe mit erstklassigem Fraß. Da kriegst du einen Hackfleischauflauf wie bei Muttern, und nach sechs Monaten in Wandsworth kann ich mir vorstellen, daß du so was vertragen kannst.«

Riley stöhnte. »Na los, worauf warten wir noch?«

Kaum fünf Minuten, nachdem sie wieder zurück waren, läutete das Telefon. Dillon hob ab.

»Ferguson«, meldete sich der Brigadier. »Ich habe folgendes geplant.«

Dillon hörte schweigend zu. »Gut. Wir erwarten Sie dann morgen früh um neun.«

Er legte den Hörer auf und zündete sich eine Zigarette an.

»Geht's los?« fragte Riley.

Dillon nickte. »Ferguson hat sich mit dem Spezialgeschwader der Marine in Akrotiri, dem britischen Stützpunkt auf Zypern, in Verbindung gesetzt. Ein Captain Carter und vier Männer haben den Auftrag bekommen, als Fischer getarnt nach Sizilien zu fahren. Vorausgesetzt, das Wetter spielt mit, müßten sie morgen am frühen Abend in Salinas sein.«

»Und wir beide?«

»Ferguson holt uns um neun Uhr mit Hannah Bernstein ab und bringt uns raus nach Farley Field. Das ist ein Versuchsgelände der Royal Air Force. Von dort fliegen wir zusammen mit Bernstein im Learjet des Ministeriums nach Sizilien und fahren nach Salinas, wo sich Carter bei uns melden wird. Der Lear fliegt weiter nach Malta.«

»Warum Malta?«

»Weil wir dorthin fahren, nachdem Carter und seine Jungs sich Hakim geschnappt haben. Wir zwei sind bei dem Angriff übrigens dabei.«

»Genau wie in alten Zeiten.«

»So eine kleine Seereise wird dir nach dem Knast guttun.«

Riley nickte. »Meinst du, es gibt in Malta Probleme?«

»Sicher nicht. Es ist ja nicht Bosnien. Die Malteser stehen auf unserer Seite. Außerdem genügt eine kleine Spritze, um Hakim ruhigzustellen, und der Lear ist immerhin ein offizielles

Flugzeug der RAF. Bis Hakim wieder richtig zu sich kommt, ist er schon in London.«

Draußen im Bus der Telefongesellschaft nickte der Mann am Richtmikrofon seinem Freund zu und stellte das Tonbandgerät ab.

»Ich hab' alles. Mach den Kabelschacht wieder zu und räum' den Kram zusammen. Ich gebe inzwischen die Meldung durch.«

Kurz darauf redete er mit dem Anwalt, der sich Brown nannte. »Gut, bis bald.«

Er schaltete das Telefon ab, stieg aus dem Bus und ging zum Fahrersitz. Einen Moment später kam sein Freund dazu.

»Alles klar«, berichtete er ihm. »Könnte nicht besser sein. Unsere Leute warten bereits in Salinas, und morgen abend treffen Riley und Dillon dort ein.«

»Was ist passiert?«

Der Fahrer erzählte es ihm. »Spezialgeschwader«, sagte sein Freund. »Mit denen ist nicht zu spaßen.«

»Judas hat mit so was gerechnet und schon für alles gesorgt. Er ist ein Genie, dieser Mann – ein richtiges Genie.«

Er bog auf die Hauptstraße und fädelte sich in den Verkehr ein.

3

Der Learjet wirkte mit den RAF-Hoheitszeichen sehr offiziell, ebenso die beiden Piloten, die wartend an der Kabinentür standen und RAF-Overalls mit Rangabzeichen trugen.

Als der Daimler anhielt, sagte Ferguson: »Alles schön ordentlich, wie es sich gehört. Es dürfte also in Malta keine Probleme geben.« Er nahm ein kleines Lederetui aus seiner Tasche und reichte es Hannah Bernstein. »Da drin ist eine fertig aufgezogene Spritze. Verpassen Sie unserem Freund Hakim einfach einen Piekser in den Arm. Er wird auf den Beinen bleiben, aber nicht mal mehr wissen, welche Tageszeit es ist. Und hier ist ein Paß, den ich für ihn habe anfertigen lassen. Abdul Krym, britischer Staatsbürger.« Er zog einen zweiten aus der Innentasche seines Jacketts und reichte ihn Riley. »Das ist Ihrer. Sie heißen Thomas O'Malley. Ich hab' ihn auf einen irischen Namen ausstellen lassen, weil ich dachte, das paßt besser zu Ihrem Akzent.«

»Na, wenn das nicht komisch ist«, grinste Riley. »Ich hab' eine Großtante namens Bridget O'Malley.«

»Ihre Familienverhältnisse interessieren mich herzlich wenig«, entgegnete Ferguson. »Gehen Sie an Bord, benehmen Sie sich gut und tun Sie, was man Ihnen gesagt hat.«

Sie stiegen aus und gingen zu dem Lear. Flight Lieutenant Lacey war ein alter Hase und bereits seit zwei Jahren zu Fergusons Abteilung abkommandiert. Er stellte seinen Copiloten Flight Lieutenant Parry vor.

»Wie lange brauchen Sie bis nach Sizilien, Flight Lieutenant?« fragte Ferguson.

»Die ganze Strecke über Gegenwind, Brigadier. Schätze, etwas weniger als fünf Stunden.«

»Tun Sie Ihr Bestes.« Ferguson wandte sich an die anderen. »Gut, dann los jetzt und viel Glück.«

Sie stiegen die Gangway hinauf, die Tür schloß sich, und Ferguson trat zurück, als die Motoren gestartet wurden. Der

Lear rollte zum anderen Ende des Flugplatzes, donnerte die Landebahn entlang und hob ab.

»Jetzt ist's an Ihnen, Dillon«, sagte er leise, ehe er sich umwandte und in den Daimler stieg.

Bestimmt träume ich das alles nur, dachte Riley. Wahrscheinlich würde er gleich in seiner Zelle in Wandsworth aufwachen, anstatt hier in einem ledernen Clubsessel eines elegant ausgestatteten Lears zu sitzen. Alles war genauso gelaufen, wie Brown versprochen hatte.

Er musterte Hannah Bernstein, die ihre Brille abgenommen hatte und einige Papiere aus ihrer Aktentasche kramte; sie begann zu lesen. Eine merkwürdige Person, aber nicht zu unterschätzen, nach allem, was er gehört hatte. Angeblich hatte sie doch diese protestantische Kuh Norah Bell erschossen, die mit ihrem Komplizen Michael Ahern versucht hatte, den amerikanischen Präsidenten bei seinem Besuch in London zu ermorden.

Dillon kam aus dem Cockpit zurück, nahm auf dem Sessel ihm gegenüber Platz und öffnete die Minibar. »Wie wär's mit einem Drink, Dermot? Leider kein irischer, nur schottischer Whiskey.«

»Tut's zur Not auch.«

Dillon schenkte aus einer halben Flasche Bell's zwei Gläser ein, reichte ihm eines und bot ihm eine Zigarette an.

»Zigaretten, Whiskey und wilde Frauen, so heißt es doch in diesem Lied. Frau Chief Inspector ist jedoch anderer Meinung. Sie glaubt, daß mich das Jahre meines Lebens kostet.«

Hannah blickte auf. »Was auch stimmt, Dillon, aber gehen Sie ruhig Ihren eigenen Weg zur Hölle.«

»Eine harte Frau«, zwinkerte er Riley zu, während sie weiterlas, »aber sie liebt mich heiß und innig. Sag, ist das eigentlich wahr, daß du eine Tante namens O'Malley hast?«

»Na, und ob. Hab' ich nie von ihr erzählt? Meine Mutter starb, als ich fünf war, damals in Derry, und ich hatte noch eine zehnjährige Schwester, Kathleen. Mein alter Herr kam allein mit uns nicht zurecht, deshalb ließ er Bridget O'Malley, die Nichte meiner Mutter, kommen. Sie stammt aus Tullamore, einem Dorf zwischen dem Blackwater River und den Knockmealdown Mountains. Das ist noch altes unverfälschtes Irland, diese Gegend, das kann ich dir sagen.«

»Und sie hat dich großgezogen?«

»Bis ich achtzehn war.«

»Und hat nie geheiratet?«

»Sie konnte keine Kinder kriegen, deshalb sah sie keinen Sinn darin.«

»Was ist aus ihr geworden?«

»Ihr Vater war Witwer, ihr älterer Bruder im Kampf für die Britenarmee irgendwo im Fernen Osten gefallen, und als ihr Vater starb, erbte sie deshalb die Farm außerhalb von Tullamore.«

»Sie ist also dorthin zurückgegangen?«

»Nur ein kleiner Hof, aber ihr Eigentum.«

»Bist du mit ihr in Verbindung geblieben?«

»Sie hat mich mehr als einmal versteckt, wenn ich untertauchen mußte, Sean, obwohl sie die IRA eigentlich ablehnt. Dreimal pro Woche in die Messe – das ist Bridget.«

»Und es hat dir dort gefallen?«

»Gefallen?« Rileys Gesicht wurde ernst. »Sie hat immer gesagt, sie würde alles mir hinterlassen. Es ist zwar keine große Farm, nur vierzig Kühe, ein paar Schweine, Ziegen, eine kleine Schafherde auf den Berghängen, aber sie hat nur zwei alte Rentner aus dem Dorf als Aushilfen, es gab also reichlich zu tun. Da stapfte ich, den Gestank der Kämpfe noch in der Nase, im Regen den Berg rauf, um nach den Schafen zu sehen, zusammen mit ihrem Schäferhund Karl, der nach meinen Fersen schnappte – und weißt du was, Sean? Ich fand's herrlich, jede einzelne Minute. Ist das nicht komisch?«

»Eigentlich gar nicht. Wir alle brauchen Wurzeln, Dermot, und deine Wurzeln liegen nun mal dort.«

»Und was ist mit dir, Sean, wo sind deine Wurzeln?«

»Keine Ahnung ... vielleicht nirgends. Ich hab' bloß ein paar Cousins, die hier und da verstreut sind und die ich seit Jahren nicht mehr gesehen habe. Könnte gut sein, daß sie Todesangst vor mir haben.« Er lächelte. »Nimm einen Rat von mir an, mein Alter. Wenn diese Sache vorbei ist, geh zurück nach Irland auf diese Farm bei Tullamore. Du warst schon so gut wie lebendig begraben im Wandsworth-Gefängnis und bist wie durch ein Wunder noch mal davongekommen.«

»Ich weiß«, sagte Riley. »Mir ist, als sei am dritten Tag der Stein vom Eingang des Grabes weggerollt worden.«

»Genau.« Dillon gähnte. »Ich mache jetzt ein kleines Nickerchen. Weck mich in einer Stunde.«

Riley betrachtete ihn nachdenklich. Sean war ein guter Kerl und in den alten Tagen des Kampfes gegen die Briten in Derry ein echter Kamerad gewesen. Er erinnerte sich daran, wie er einmal eine Kugel ins linke Bein abbekommen hatte. Dillon hatte ihn um keinen Preis liegenlassen wollen, sondern durch die Abwasserkanäle der Stadt geschleppt, bis sie in Sicherheit waren.

Am liebsten hätte er ihn geweckt und sich bei ihm entschuldigt, aber was hätte das genutzt? Der Gedanke, nach Wandsworth zurückgeschickt zu werden und noch vierzehneinhalb Jahre in dieser Hölle zu schmoren, war ihm unerträglich, deshalb schloß er die Augen und versuchte, ebenfalls zu schlafen.

Gegen zwei Uhr nachmittags landeten sie auf dem Flughafen von Palermo. Lacey rollte auf Anweisung des Towers zu einer abgelegenen Stelle am anderen Ende des Flugplatzes, wo eine Reihe Privatflugzeuge abgestellt waren. Vor dem Hangar wartete neben einem Peugeot ein kleiner Mann, der eine Mütze und eine alte Fliegerjacke trug.

»Und wer ist das jetzt?« fragte Riley.

»Lassen Sie sich nicht vom Augenschein täuschen, Mr. Riley«, sagte Hannah. »Das ist Colonel Paolo Gagini vom italienischen Geheimdienst, ein alter Freund von uns, der mehr Mafiabosse hinter Schloß und Riegel gebracht hat als irgendwer sonst.«

Parry öffnete die Tür, und die anderen folgten ihm.

»Chief Inspector, schön Sie wiederzusehen«, grüßte Gagini, »und Sie auch, Dillon. Immer noch dabei und immer noch heil und gesund? Erstaunlich.«

Dillon schüttelte ihm die Hand. »Das ist Tom O'Malley, ein Kollege.«

Gagini musterte Riley und lachte laut auf. »Ein Kollege? Na ja, wenn ich's glauben soll.«

»Hören Sie auf, den Polizisten zu spielen, Paolo«, mahnte Hannah.

»Für Sie tue ich alles, Chief Inspector. Ich war schon immer der Ansicht, daß eine schöne Frau mit Verstand viel aufregender ist als eine schlichte Schönheit, und für meinen alten Freund Charles Ferguson tue ich ebenfalls alles. Ich weiß nicht, warum Sie hier sind, und will es auch nicht wissen, nur sehen Sie bitte zu, daß es nachher nicht in sämtlichen Zeitungen steht.« Er wandte sich an Lacey. »Und was kann ich für Sie tun, Flight Lieutenant?«

»Ich muß auftanken, und dann geht's weiter nach Malta.«

»Gut. Dann will ich zuerst mal dafür sorgen, daß meine Freunde auf den Weg kommen.« Er wandte sich um und ging zu dem Peugeot. Der dunkelhaarige Fahrer, ein kleiner, lebhafter Mann in einem karierten Hemd und Jeans, stieg aus.

»Colonel?«

»Luigi, ich habe dich zum Sergeant gemacht, weil ich denke, daß du kein Dummkopf bist. Diese Dame ist ein Chief Inspector, also behandle sie entsprechend. Mr. Dillon und Mr. O'Malley sind Kollegen. Du fährst sie über die Insel und setzt sie in Salinas ab. Danach kommst du zurück.«

»Jawohl, Colonel.«

»Und falls du diese Sache irgendwie vermasselst, geht's dir ans Leder.«

Luigi grinste nur und hielt die Tür zum Rücksitz auf. »Bitte, Chief Inspector.«

Ehe sie einstiegen, küßte Hannah Gagini auf die Wange, der sich lächelnd von ihnen verabschiedete. »Viel Erfolg bei der Jagd, meine Freunde.«

Durch Palermo ging es nur noch im Schneckentempo voran, da der Festtag irgendeines Heiligen gefeiert wurde und der Verkehr wegen der zahlreichen Prozessionen immer wieder ins Stocken geriet.

»Schaut euch das mal an.« Riley deutete auf einen enormen Katafalk, auf dem eine geschmückte Statue der Heiligen

Jungfrau stand und der von Männern in Kutten mit Kapuzen getragen wurde. »Ziemlich fromme Menschen, die Leute hier.«

»Ja«, sagte Hannah Bernstein, »aber es ist keine gewöhnliche Jungfrau. Haben Sie nicht das Messer in ihrem Herzen bemerkt?«

»Das ist Sizilien«, erklärte Dillon. »Mit dem Tod treibt man hier einen richtigen Kult. Ich glaube nicht, daß das deiner Tante Bridget gefallen würde, Dermot.«

»Bestimmt nicht«, erwiderte Riley mit Nachdruck und blickte dennoch fasziniert aus dem offenen Fenster.

Von Palermo aus folgten sie der üblichen Touristenroute, die durch eine beeindruckende Landschaft ins Innere der Insel und hinüber nach Agrigent an der Südküste führte.

Sie begegneten Bauern auf Eseln, die in Lastkörben Gemüse zum Markt brachten; alten Männern mit Tweedkappen und geflickten Anzügen, die meist eine Lupara, das bei allen Sizilianern beliebte kurzläufige Gewehr, über einer Schulter trugen. Sie sahen schwarzgekleidete Frauen auf den Feldern arbeiten; andere waren mit Körben auf ihren Köpfen irgendwohin unterwegs und schienen die sengende Hitze nicht einmal zu spüren.

Die Häuser in den Dörfern waren jahrhundertealt; die Abwässer flossen die Straßen hinunter, und in der Sonne stank es nach Urin.

»Jesus, Maria und Josef, da ist mir aber Irland allemal lieber. Was für eine Armut«, sagte Riley.

»Alles noch sehr mittelalterlich«, bemerkte Hannah Bernstein.

»Die Armut erdrückt diese bedauernswerten Leute«, meldete sich Luigi in ausgezeichnetem Englisch zu Wort. »Die Großgrundbesitzer und die Mafia haben sie jahrelang ausgesaugt, und in Sizilien gibt es außer dem Land mit seinen Olivenhainen und Weinbergen nichts, abgesehen von den Touristen heutzutage.«

»Und jeder Quadratmeter ist im Lauf der Jahre mit Blut getränkt worden«, sagte Dillon. »Von den Arabern bis zu den Normannen haben alle das Land ausgebeutet. Wußten Sie, daß Richard der Erste von England hier einmal König war?« fragte er Hannah.

»Nein, wußte ich nicht«, erwiderte sie überrascht. »Man lernt jeden Tag dazu.«

»Wohl wahr«, nickte Dillon und zündete sich eine Zigarette an.

Genau um diese Zeit verließ Marie de Brissac das kleine Häuschen, das sie an der Nordostküste der Insel Korfu gemietet hatte, und ging den Weg über die Klippen hinunter.

Sie war eine schlanke siebenundzwanzigjährige Frau mit einer jüngeren Ausstrahlung; sie trug ein T-Shirt und khakifarbene Shorts, hatte ihr blondes Haar zu einem Pferdeschwanz gebunden, und ein Strohhut beschattete ihr sanftes intelligentes Gesicht mit den hohen Wangenknochen. In einer Hand schleppte sie eine Kühltasche, unter dem Arm ihre Staffelei und in der anderen Hand ihren Malkasten.

Von der idyllischen Bucht aus konnte man auf der einen Seite die Küste Albaniens und auf der anderen das griechische Festland erkennen. Hinter einem Felsen hatte sie einen Klappstuhl und einen Schirm stehenlassen. Sie rückte beides zurecht, stellte ihre Staffelei auf und begann zu malen.

Am liebsten arbeitete sie mit Aquarellfarben, viel lieber als mit Ölfarben. Sie machte eine flüchtige Kohleskizze der Bucht, hielt dabei auch ein Fischerboot fest, das gerade vorbeifuhr, und wischte sie danach weg, so daß nur noch ganz feine Kohlestriche zu sehen waren, ehe sie nach dem Pinsel griff.

Noch immer war sie nicht über den Tod ihrer geliebten Mutter hinweggekommen. Das kleine Häuschen hier erschien ihr wie ein Zufluchtsort, um in Ruhe über den Sinn des Lebens nachzudenken und natürlich um zu malen. Es gab kein Personal, nur eine Bäuerin brachte dreimal in der Woche auf einem Esel frisches Brot, Milch und Feuerholz.

Sie öffnete die Kühltasche, in der unter anderem auch eine Flasche eiskalter Chablis lag, entkorkte sie und schenkte sich ein Glas ein.

»Merkwürdig«, sagte sie leise, »aber alle Menschen scheinen mir wegzusterben. Zuerst Maurice in diesem idiotischen Golfkrieg, dann der General und jetzt Mama. Womit habe ich das nur verdient?«

Sie hatte nicht gehört, daß jemand nähergekommen war, bis eine Stimme sagte: »Ausgezeichnet. Besonders gefällt mir dieses Blau und wie Sie den Wellenschlag festgehalten haben.«

Sie blickte auf und sah einen jungen Mann, ungefähr in ihrem Alter; er hatte blondes Haar und ein kräftiges, braungebranntes Gesicht, trug Jeans und eine alte Seemannsjacke und hatte englisch mit einem leichten Akzent gesprochen, den sie jedoch nicht einordnen konnte.

»Ich möchte nicht unhöflich sein, aber das hier ist ein Privatstrand.«

»Ja, ich weiß. Mir ist auch bekannt, daß Sie die Comtesse de Brissac sind.«

Damit war klar, daß er nicht zufällig in diese Bucht geraten war. »Wer sind Sie?«

»Was bedeutet schon ein Name?« lächelte er. »Sagen wir David Braun.« Er nahm die Flasche Chablis aus der Kühltasche, musterte das Etikett, schenkte ein Glas ein und probierte. »Nicht schlecht, gar nicht schlecht.«

»Freut mich, daß er Ihre Zustimmung findet.« Seltsamerweise empfand sie nicht die geringste Angst. Trotz seines dreisten Verhaltens spürte sie, daß es hier um etwas ganz anderes ging und er nicht etwa auf eine Vergewaltigung aus war.

Er stieß einen Pfiff aus und rief etwas in einer fremden Sprache, worauf ein junger Mann über den Pfad zu ihnen hinunterkam.

»Hebräisch«, sagte sie. »Sie haben hebräisch gesprochen. Ich war einmal in Israel und erkenne die Sprache.«

»Sehr gut.« Er trank seinen Wein aus. »Pack die Sachen der Dame zusammen«, sagte er auf englisch, »und folg uns hinauf zum Haus.«

»Was soll das?« fragte sie ruhig.

»Alles zu seiner Zeit, Comtesse. Wenn Sie bitte vorausgehen wollen?«

Ein Ford-Kombi parkte vor dem Haus. Der zweite junge Mann verstaute ihre Sachen, und sie sah, daß bereits ihre Koffer eingeladen worden waren.

»Das ist übrigens Moshe«, sagte David Braun. »Er hat angefangen zu packen, sobald sie das Haus verlassen hatten, und er hat nichts vergessen. Ich weiß, daß Sie während Ihres Aufenthalts nur Taxis benutzt haben, deshalb wird die alte Frau, wenn sie wieder mit ihrem Esel vorbeikommt, denken, Sie seien einfach auf und davon.«

»Wohin?«

Er öffnete ihr die Tür. »Ihr Wagen steht bereit, und danach folgt ein interessanter Flug. Ist das nicht wunderbar?«

Nach kurzem Zögern stieg sie ein, und er setzte sich neben sie. »Und das Ziel?«

»Nun erwarten Sie aber ein bißchen zuviel. Genießen Sie doch einfach die Fahrt. Den Blick dort hinüber zum Beispiel.«

Sie wandte sich automatisch um, spürte einen Stich in ihrem rechten Arm und sah gerade noch die Plastikspritze in seiner Hand.

»Verdammt! Was war das?«

»Spielt das eine Rolle?« Er warf die Spritze aus dem offenen Fenster. »Sie werden jetzt schlafen – schön und lange – und sich viel besser fühlen, wenn Sie aufwachen.«

Sie versuchte, etwas zu erwidern, aber ihre Augenlider waren unendlich schwer, und plötzlich wurde alles um sie herum dunkel.

»Eine rauhe Gegend, wie es scheint«, meinte Riley zur selben Zeit in Sizilien.

Man hatte inzwischen das gebirgige Landesinnere erreicht. Auf einer Seite der Straße erhob sich der eintausendachthundert Meter hohe Monte Cammarata.

Luigi nickte. »Dort oben hat Salvatore Guiliano jahrelang gelebt. Armee und Polizei haben ihn nie erwischt. Ein großer Mann, ein echter Sizilianer.«

»Ein großer Bandit, soll das wohl heißen«, sagte Hannah, »der ab und zu für ein paar arme alte Frauen die Miete zahlte und sich für Robin Hood hielt.«

»Gott, Sie sind aber wirklich hart, Frau«, seufzte Dillon. »So ein schlechter Kerl war Guiliano nun wirklich nicht.«

»Klar, daß so ein Mann Ihnen gefällt.«

»Ich weiß, es ist schrecklich, wie verkommen ich bin.« Sie fuhren in ein Dorf. »Wie wär's mit einem kleinen Boxenstop, Luigi? Ich müßte mal, und ich denke, allen anderen wär's auch recht.«

»Natürlich, Signor.«

Er hielt bei einer Trattoria, vor der unter einer Markise ein paar grobe Holztische und Stühle standen. Der Besitzer, ein alter grauhaariger Mann mit einer schmutzigen Schürze, begrüßte sie. Luigi flüsterte ihm etwas zu und wandte sich an Hannah.

»Die Toilette ist hinten, Chief Inspector.«

»Nur zu«, sagte Dillon fröhlich, »Sie haben den Vortritt.«

Sie folgten Luigi, der inzwischen an der Bar Getränke bestellte. Es war dunkel in dem Lokal, und aus der Toilette kam ein ziemlich durchdringender Geruch. Dillon und Riley zündeten sich sozusagen als Gegenmaßnahme Zigaretten an. Die einzige Konzession an die moderne Zeit bestand aus einer Espressomaschine.

Luigi wandte sich um. »Kaffee okay?«

»Sicher«, nickte Dillon.

Hannah tauchte aus der Dunkelheit wieder auf und zog eine Grimasse. »Ich würde mich hier nicht zu lange aufhalten, meine Herrn. Ich warte draußen.«

Dillon ging zuerst hinein und sah, daß der Abort wirklich in einem erschreckenden Zustand war. Er schauderte, als er herauskam. »Beeil dich, Dermot. Da drin konnte man glatt tot umfallen.«

Luigi wartete auf den Kaffee, während Dillon zum Eingang trat, den ein Perlenvorhang verdeckte, und sich eine neue Zigarette anzündete. Als er Hannah wütend aufschreien hörte, ließ er sie fallen und lief nach draußen.

Sie wurde von zwei jungen Männern belästigt, armen Landarbeiter, wie es schien, mit geflickten Jacken, abgeschabten Lederhosen und Tuchmützen. Einer saß bei ihr am

Tisch, trug ein Gewehr über der Schulter und grinste, der andere streichelte ihren Nacken.

»Ich hab' gesagt, Sie sollen das lassen!« rief sie zornig auf italienisch.

Der Mann lachte nur und ließ seine Hand über ihren Rücken gleiten. Dillon versetzte ihm einen Schlag in die Nieren, packte ihn am Kragen und riß ihn zur Seite, so daß er über einen Stuhl stolperte und hinfiel. Beinahe gleichzeitig schlug er den anderen mit dem Handballen ins Gesicht, so daß er mit gebrochener Nase ebenfalls zu Boden stürzte.

Dermot kam durch den Perlenvorhang nach draußen gelaufen und rief: »Ich bin schon da, Sean.« Der erste, der zu Boden gegangen war, hielt ein Messer in der Hand, als er wieder hochkam. Dermot packte seinen Arm und drehte ihm das Handgelenk um, bis er das Messer fallenlassen mußte. Der andere sprang mit blutüberströmtem Gesicht auf und riß seine Lupara von der Schulter. Ehe er sie entsichern konnte, stieß Dillon das Gewehr zur Seite und versetzte ihm einen kräftigen Schlag in den Magen, so daß er die Waffe fallenließ.

Ein Schuß ertönte. Luigi war aus der Trattoria gekommen und hatte in die Luft gefeuert. Er wirkte plötzlich ganz anders. In einer Hand hielt er die Pistole, in der anderen seine Dienstmarke.

»Polizei! Laßt die Lupara liegen und verschwindet.«

Die beiden schlurften davon. Der alte Mann brachte völlig beeindruckt vier Espressos auf einem Tablett heraus und stellte es auf den Tisch.

»Tut mir leid, dieses Theater, Opa«, sagte Dillon in ausgezeichnetem Italienisch.

»Mein Neffe und sein Freund.« Der Alte zuckte die Schultern. »Schlimme Burschen.« Er hob die Lupara auf. »Ich sorge dafür, daß er die hier zurückbekommt. Eine Anzeige wird's nicht geben. Ich schäme mich, daß die Signorina belästigt wurde. Entschuldigung.«

Er ging hinein, und Dillon nahm sich eine Tasse. »Er schämt sich. Es war sein Neffe und ein Freund ...«

»Ich habe gehört, was er gesagt hat«, erklärte Hannah. »Mein Italienisch ist ebenso gut wie Ihres.«

Dillon wandte sich zu Riley. »Danke, Dermot.«
»Nicht der Rede wert. War genau wie in alten Tagen.«
»Sie wissen sich zu wehren, Signor«, sagte Luigi.
»Ja, darauf versteht er sich.« Hannah trank einen Schluck Kaffee. »Zuschlagen kann er, unser Dillon, und Sie sollten ihn erst mal mit einer Waffe sehen.«
Dillon lächelte freundlich. »Dafür können Sie mit Worten umgehen, liebes Mädchen. Jetzt trinkt aus, damit wir weiterkommen.«

Auf dem Weg hinunter zur Südküste wurde die Landschaft ganz anders und immer idyllischer.
»Während des Kriegs kamen die Amerikaner hier durch auf ihrem Weg nach Palermo. Die italienischen Soldaten flohen, nachdem sie von der Mafia die Weisung erhalten hatten, die Amerikaner und nicht die Deutschen zu unterstützen«, erzählte Luigi.
»Wie kam das?« fragte Dillon.
»Die Amerikaner haben dazu den großen Mafiaboß Lucky Luciano in New York aus dem Gefängnis geholt.«
»Auch so ein Gangster«, schnaubte Hannah.
»Mag sein, Signorina, aber er hat die Sache geregelt, und die Leute glaubten an ihn. Er ging wieder zurück ins Gefängnis, wurde aber 1946 freigelassen oder vielmehr begnadigt – so heißt es jedenfalls –, wegen besonderer Verdienste um sein Land.«
»Und Sie glauben solche Spinnereien?«
»Mein eigener Vater hat ihn während des Kriegs in dem Dorf Corleone gesehen.«
Dillon lachte laut auf. »Also das ist wirklich ein echter Knaller.«
Hannah betrachtete die sanften Hänge, auf denen überall Blumen blühten – Bienenragwurz, Flockenblumen, Kreuzkraut und verschiedene Enzianarten.
»Wie schön«, seufzte sie. »Und dabei gab es hier jahrhundertelang nur Gewalt und Mord. Ein Jammer.«
»Genau wie in der Bibel.« Dillon schloß die Augen. »Und wir sind alle bloß auf der Durchreise.«

Riley betrachtete sein entspanntes Gesicht und fühlte sich, wie schon im Flugzeug, verdammt schäbig, aber er konnte einfach nicht anders. Bald waren sie in Salinas, und alles würde vorbei sein. Das war ein Trost.

Marie de Brissac kam ganz plötzlich wieder zu sich. In einer Sekunde umgab sie noch tiefe Dunkelheit, in der nächsten sah sie bleiches Abendlicht und bemerkte als erstes, daß sie sich seltsamerweise sehr gut fühlte und weder benommen war noch Kopfschmerzen hatte.

Sie lag auf einem großen Himmelbett in einem Raum mit einer gewölbten Decke und schweren alten Eichenmöbeln. Die Wände waren mit dunkler Eiche getäfelt, und ihr gegenüber hing ein Bildteppich mit mittelalterlichen Szenen. Eine Tür, die nach draußen zu führen schien, war ebenfalls aus Eiche und mit Eisenbändern verstärkt, eine weitere befand sich neben dem Bett.

An einem großen, selbstverständlich vergitterten Fenster standen ein Tisch und drei Stühle. Auf einem saß der Mann, der sich David Braun genannt hatte, und las in einem Buch. Er sah auf.

»Na, da sind Sie ja wieder. Wie fühlen Sie sich?«

»Gut. Wo bin ich?«

»In einem anderen Land, mehr brauchen Sie nicht zu wissen. Ich hole Ihnen etwas Kaffee – oder Tee, falls Ihnen das lieber ist.«

»Nein, Kaffee wäre schön. Stark, schwarz und mit zwei Stück Zucker.«

»Kommt sofort. Schauen Sie sich inzwischen ein bißchen um.«

Er ging nach draußen, und sie hörte, daß er hinter sich absperrte. Sie stand auf, öffnete die andere Tür und entdeckte ein großes altmodisches Badezimmer. Die Toilette, das Waschbecken und die Wanne mit einer zusätzlichen Dusche wirkten wie aus dem neunzehnten Jahrhundert. Auf der Ablage neben dem Waschbecken befanden sich eine Reihe Toilettenartikel – Seifen, Shampoos, Talkumpuder, Deodorants, Damenbinden, sogar ein Fön, Kämme und Haarbürsten. Ihr schien fast, als seien all diese Dinge extra für sie besorgt worden.

Ihr Verdacht verstärkte sich, als sie auf dem Schreibtisch im Schlafzimmer eine Packung Gitanes, ihre Lieblingsmarke, entdeckte. Daneben lagen einige Plastikfeuerzeuge. Sie öffnete ein Päckchen, nahm eine Zigarette heraus und zündete sie an, ehe sie zum Fenster ging und durch die Gitterstäbe hinausblickte.

Das Gebäude, in dem sie sich befand, lag am Rand einer Klippe. Trotz der hereinbrechenden Dämmerung sah sie weiter unten eine Bucht mit einem alten Anleger, an dem ein Rennboot festgemacht war, und dahinter das tiefblaue Meer. Sie hörte, daß jemand die Tür aufsperrte, und gleich darauf erschien Braun mit einem Tablett.

»Haben Sie sich schon eingewöhnt?«

»Was bleibt mir anderes übrig? Wann bekomme ich ein paar Antworten?«

»Mein Boß wird in ein paar Minuten da sein. Fragen Sie ihn.« Er schenkte ihr Kaffee ein.

Sie griff nach dem Buch, das er gelesen hatte. Es war eine englische Ausgabe von T. S. Eliots *Vier Quartette*. »Sie mögen Gedichte?«

»Ich mag Eliot. Er versteht es, Tiefsinniges ganz schlicht zu sagen – ›in unserem Ende liegt unser Anfang‹ und so weiter«, zitierte er nicht ganz korrekt und blieb an der Tür noch einmal kurz stehen. »Der Boß will nicht, daß Sie sein Gesicht sehen, also erschrecken Sie nicht.«

Nachdem er gegangen war, trank sie ihren Kaffee aus, schenkte sich eine zweite Tasse ein und zündete sich eine weitere Zigarette an. Eine Weile lief sie im Zimmer auf und ab und versuchte, eine Erklärung zu finden, aber das alles ergab einfach keinen Sinn. Der Schlüssel drehte sich im Schloß, und als sie sich umwandte, wurde die Tür geöffnet.

David Braun trat zur Seite, um einen Mann vorbeizulassen, dessen Anblick ihr einen Schreck einjagte. Er schien etwas über einen Meter achtzig groß, hatte breite Schultern und trug einen schwarzen Overall, dazu eine schwarze Kapuze, die sein ganzes Gesicht bedeckte und nur Schlitze für Mund und Augen freiließ. Eine so finster wirkende Gestalt hatte sie noch nie im Leben gesehen.

»Freut mich, Ihre Bekanntschaft zu machen, Comtesse. Ich bedaure all die Unannehmlichkeiten.« Sein Tonfall war unverkennbar amerikanisch mit Bostoner Akzent.

»Mein Gott, Sie sind Amerikaner! Ich dachte, es seien Israelis, die mich entführt haben, als ich hörte, daß sie hebräisch miteinander sprachen.«

»Meine liebe Comtesse, die Hälfte der Israelis spricht Englisch mit amerikanischem Akzent. Die meisten von uns haben schließlich dort studiert – an den besten Universitäten der Welt.«

»Ach ja?« sagte sie. »Das ist Ansichtssache.«

»Oh, ich vergaß. Sie waren ja in Oxford und an der Universität von Paris.«

»Sie sind gut informiert.«

»Ich weiß alles über Sie, Comtesse – alles.«

»Und ich weiß nichts über Sie, beispielsweise nicht mal Ihren Namen.«

Durch den Schlitz für den Mund schimmerten seine Zähne, als er lächelte. »Judas, nennen Sie mich Judas.«

»Sehr biblisch, aber leider eine etwas unglückliche Wahl.«

»Ja, ich weiß, was Sie meinen – Judas, der Christus verraten hat.« Er zuckte die Schultern. »Aber dafür gab es handfeste politische Gründe. Judas Iskariot war ein Zelot. Er wollte sein Land von den Römern befreien.«

»Und Sie?«

»Ich will mein Land von allen Bedrohungen befreien.«

»Aber was, um Himmels willen, habe ich damit zu tun?«

»Später, Comtesse, später. In der Zwischenzeit wird David sich darum kümmern, daß Sie gut versorgt werden. Sie bleiben natürlich auch zu den Mahlzeiten hier drinnen, aber falls Sie gern etwas Besonderes wünschen, sagen Sie es ihm nur. In den Regalen finden Sie reichlich Bücher, und Sie können sich mit Ihrer Malerei beschäftigen. Wir unterhalten uns demnächst wieder.«

Braun öffnete die Tür und folgte ihm nach draußen, wo

Judas die Mütze abstreifte und sich mit den Fingern durch das kurzgeschorene kupferfarbene Haar strich. Er schien um die Fünfzig, hatte ein kräftiges Gesicht mit hohen Wangenknochen und blaue Augen und strahlte eine nervöse Vitalität aus.

»Kümmere dich um sie, David. Sie soll alles haben, was sie will.«

»Betrachte es als erledigt.« Braun zögerte. »Sie ist nett. Hast du wirklich vor, die Sache durchzuziehen, wenn du nicht erreichst, was du willst?«

»Selbstverständlich«, erwiderte Judas. »Wirst du etwa weich, David?«

»Natürlich nicht. Unsere Sache ist gerecht.«

»Eben, und das behalte immer im Auge. Wir sehen uns später.«

»Gibt es Neuigkeiten von Aaron und den anderen beiden?«

»Er hat sich über Funk aus Salinas gemeldet. Alles läuft wie geplant, David. Es wird klappen. Vertrau mir nur«, lächelte der Mann, der sich Judas nannte, und ging davon, während Braun ins Zimmer zurückkehrte.

Marie stand am Fenster und wandte sich um.

»Ist der große böse Wolf wieder weg?«

Er ignorierte ihre Bemerkung. »Ich weiß, daß Sie keine Vegetarierin sind. Heute abend steht auf dem Speiseplan frischer Seebarsch, gebackene Kartoffeln, gemischter Salat und anschließend Obst. Wenn Sie sich aus Fisch nichts machen, gibt es statt dessen Lammragout.«

»Sie klingen wie ein Kellner, aber es ist mir alles sehr recht.«

»Ich bin nicht nur der Kellner, sondern auch der Koch. Möchten Sie Weißwein?«

»Nein, ich habe mich nie an diese Vorschriften gehalten, daß man bei bestimmten Speisen entweder roten oder weißen trinken sollte. Ich trinke, was mir schmeckt, und ein roter Bordeaux würde heute meine Nerven beruhigen.«

»Wie Sie wünschen, Comtesse.« Er machte eine kleine, etwas spöttische Verbeugung und ging zur Tür.

»Übrigens, David ...«

Er wandte sich um. »Ja, Comtesse?«

»Da Sie Eliot so mögen, habe ich ein Zitat aus *Das wüste Land* für Sie.«

»Und das lautet, Comtesse?«

»›I think we are in rats' alley, where the dead men lost their bones.‹«

Sein Lächeln verschwand. Abrupt öffnete er die Tür und ging. Sie hörte, wie er hinter sich absperrte, und ganz plötzlich hatte sie Angst.

4

Salinas bestand lediglich aus einigen vereinzelten Häusern und dem Hafen, der von zwei Molen begrenzt war und in dem dicht an dicht kleine Fischerboote ankerten. Luigi hielt vor einem Haus, über dessen Tür ein Schild mit dem Aufdruck *English Café* prangte.

»Gott weiß, warum es diesen Namen trägt«, sagte er.

»Vielleicht kriegt man hier ein echtes englisches Frühstück«, meinte Dillon. »Englische Touristen mögen so was.«

»Was für Touristen?« Luigi zuckte die Schultern. »Na ja, da wären wir jedenfalls. Ich drehe gleich wieder um und fahre zurück nach Palermo.«

Hannah schüttelte ihm lächelnd die Hand und küßte ihn auf die Wange. »Ganz herzlichen Dank, Sergeant, von Kollege zu Kollege.«

Dillon stieg bereits die Treppe hinauf. Die Nacht war warm, und da die Dunkelheit sich herabsenkte, wurden auf einigen Booten draußen im Hafen Lichter angezündet. Er öffnete die Tür und betrat das armselige Lokal. Drückende Hitze schlug ihm entgegen, obwohl an der Decke ein Ventilator hing, der jedoch nicht zu funktionieren schien. An der Bar saß ein halbes Dutzend Fischer.

Er winkte dem Barmann und wandte sich zu den anderen um. »Das ist ein Dreckloch. Setzen wir uns lieber draußen hin.«

Sie entschieden sich für einen Tisch direkt am Verandageländer. »Was gibt es hier zu essen?« fragte Hannah den Barmann, der kurz darauf erschien.

»Wir haben jeden Tag nur ein Hauptgericht, Signorina. Heute abend gibt es Cannelloni ripieni. Unser Koch macht sie mit einer besonderen Füllung aus pikant gewürztem Fleisch und Zwiebeln. Dazu können Sie einen Salat haben.«

»Gut, und eine Flasche Wein«, sagte Dillon. »Irgendwas Kaltes.«

Während er Riley erklärte, was es zu essen gab, brachte der Barmann drei Gläser und eine eiskalte Flasche, aus der er etwas in ein Glas schenkte. Dillon schnupperte daran.

»Das ist klasse. Passito. Stark, sehr stark. Drei Gläser, und man liegt flach.« Er grinste Hannah zu. »Ich würde an Ihrer Stelle lieber Limonade nehmen, mein gutes Mädchen.«

»Ach, halten Sie die Klappe, Dillon.«

Gefolgt von einer stämmigen Frau, die ein Tablett mit drei Tellern auf den Tisch stellte, kehrte der Barmann wieder zurück und brachte zunächst einen Korb mit Brot.

Das Essen war in der Tat ausgezeichnet. Riley ließ keinen einzigen Krümel übrig. »Gott helfe mir, aber dieses Brot war das beste, das ich seit dem selbstgebackenen meiner Tante Bridget gegessen hab'.«

»Es war gut, das muß ich zugeben«, nickte Dillon, »obwohl ich nicht so ganz sicher bin, daß es auch koscher war.«

»Sie sind ein Idiot, Dillon«, entgegnete Hannah kühl. »Die Bibel verlangt nicht von mir, unter schwierigen Umständen zu verhungern. Und jetzt nehme ich noch ein Glas Wein.«

Dillon schenkte gerade ein, als eine ruhige Stimme mit bester englischer Aussprache fragte: »Chief Inspector Bernstein?« Alle wandten sich um und sahen auf den Mann, der unten an der Treppe stand. »Jack Carter.«

Er war jünger, als Dillon es erwartet hatte, vielleicht fünfundzwanzig, sicher nicht mehr; mittelgroß, hatte ein braungebranntes Gesicht und trug eine salzfleckige Segelmütze, einen Seemannsmantel mit angelaufenen Messingschnallen und Jeans.

Hannah übernahm die Vorstellung. »Das sind Sean Dillon und Thomas O'Malley. Sie sind ...«

»Ich weiß schon Bescheid, Chief Inspector. Ich bin über alles unterrichtet worden.«

Er setzte sich zu ihnen auf die Veranda, und Dillon bot ihm ein Glas Wein an; doch Carter schüttelte den Kopf. »Ich habe nach unserer Ankunft Erkundigungen über die Villa unseres Freundes Hakim eingezogen, ganz diskret natürlich. So ein Haus gibt es hier in dieser Gegend kein zweites Mal, deshalb war sie leicht zu finden. Wir sind daran vorbeigefahren.«

»War das klug?« fragte Hannah.

»Keine Sorge. Unsere Motorbarkasse sieht fast genauso aus wie eines der vielen Fischerboote, wenn man sie mit ein paar Netzen entsprechend drapiert. Bei einigen harmlosen Fragen im Dorfladen habe ich erfahren, daß Hakim sich offenbar dort aufhält. Seine beiden Gorillas haben heute morgen Vorräte eingekauft.«

»Sehr tüchtig«, lobte Dillon. »Wann schlagen wir zu?«

»Heute um Mitternacht. Warum unnötig lange herumhängen? Der Lear wartet in Malta. Gehen wir runter zum Boot, dann zeige ich Ihnen, was ich geplant habe. Unnötig zu sagen, daß ich Mr. Riley dafür brauche ...«

»Mr. O'Malley«, verbesserte Dillon.

»Ja, natürlich. Dann eben Mr. O'Malley. Er ist immerhin schon im Haus gewesen.« Er wandte sich an Hannah. »Sie halten hier die Stellung, bis wir zurückkehren, Chief Inspector. Oben gibt es Fremdenzimmer.«

Sie nickte. »Ich komme mit zum Boot, nur um mir alles mal anzusehen. Dann gehe ich zurück und nehme mir ein Zimmer.«

Es war still im Hafen; nur das Wasser schwappte leise gegen den Wellenbrecher, von irgendwoher kam Musik, und Essensgerüche lagen in der Luft. Das Boot war ein zwölf Meter langer Kreuzer, auf dem einige Netze aufgespannt waren. Zwei Männer in Seemannsmänteln arbeiteten neben dem Steuerhaus an Deck.

»Ich bin's nur«, rief Carter und erklärte Hannah: »Ich weiß, es sieht nicht groß nach was aus, aber sie macht fünfundzwanzig Knoten. Ich habe noch zwei weitere Leute dabei, die im Moment an Land sind. Hier entlang.«

Er ging den Niedergang hinunter in die Hauptkabine. Auf dem Tisch waren einige Karten ausgebreitet.

»Hier in Salinas sind wir, und dort im Osten liegt die Villa. Ich habe sie rot eingekreist.«

Alle beugten sich über den Tisch. Riley merkte, daß er zu schwitzen begann und ihm übel wurde. Hannah brach schließlich die Spannung.

»Für mich gibt's hier nichts mehr zu tun, ich gehe also zurück zum English Café, nehme mir ein Zimmer und rufe dann über mein Handy Ferguson an, um ihn zu informieren.«

Die anderen folgten ihr an Deck. »Mädchen, sie haben tolle Beine«, meinte Dillon anerkennend, »richtig gut geformt. Haben Sie bestimmt Ihrer Zeit zu verdanken, als Sie noch Streife marschiert sind.«

»Sie und Ihre freche Klappe! Sehen Sie lieber zu, daß Ihnen nichts passiert. Sie sind zwar ein Scheusal, aber aus irgendeinem Grund, den ich wirklich selbst nicht begreife, mag ich Sie.«

»Sie meinen, ich habe noch eine Chance?«

»Ach, scheren Sie sich zum Teufel«, sagte sie und ging von Bord.

»Wir sehen uns besser diese Karte noch mal an«, meinte Carter. Dermot folgte ihm nach unten. Sein Herz hämmerte, denn er wußte, daß jetzt der Moment gekommen war.

»Übrigens, haben Sie eine Waffe dabei, Mr. Dillon?« fragte Carter.

»Natürlich.«

»Ihre übliche Walther?«

In diesem Moment meldete Dillon ein Instinkt, den er in den zwanzig Jahren seines gefährlichen Lebens erworben hatte, daß er in gewaltigen Schwierigkeiten steckte. Carter hatte eine Browning gezückt.

»Hände über den Kopf und keine Dummheiten.« Er griff in Dillons Taschen und fand die Walther. »Da haben wir sie ja. Hände hinter den Rücken.«

Carter nahm eine Handschelle aus der Tischschublade und reichte sie Riley. »Legen Sie sie ihm an.«

Dillon schüttelte den Kopf. »Mein lieber Dermot, das ist aber wirklich sehr ungezogen.«

»Arnold, komm runter«, rief Carter auf hebräisch.

Dillon, der einmal für den israelischen Geheimdienst gearbeitet hatte, erkannte die Sprache sofort. Er beherrschte sie zwar nicht besonders, verstand sie jedoch leidlich.

Einer der Matrosen erschien im Eingang. »Was ist, Aaron? Hast du ihn?«

»Dumme Frage. Du und Raphael, macht alles zum Ablegen fertig. Ich kümmere mich um die Frau.«

»Willst du sie umbringen?«

»Natürlich nicht. Wir brauchen sie, um mit Ferguson in Verbindung zu bleiben. Mach schon, Bewegung.« Er wandte sich an Riley. »Sie bleiben hier und passen auf ihn auf.«

»Was ist mit meinem Geld?« fragte Riley mit unsicherer Stimme.

»Das gibt's, wenn wir da sind.«

»Wo?«

»Tun Sie erst mal, was ich Ihnen sage«, erwiderte er und ging hinauf an Deck.

»Du könntest mir ruhig alles erzählen, Dermot«, sagte Dillon.

Und Riley berichtete in aller Ausführlichkeit von Brown und dem Plan, den er ihm bei seinem Besuch in Wandsworth dargelegt hatte.

»Demnach ist der gute alte Hakim gar nicht oben in seiner Villa?«

»Weiß ich nicht. Ich hatte den Namen nie vorher gehört, bis Brown ihn nannte.« Er schüttelte den Kopf. »Ehrlich, Sean, es war Brown, der die ganze Geschichte ausgeheckt hat mit dem falschen Waffenlager der IRA in London, diesem verdammten Hakim – alles.«

»Und du hast keine Verbindung mehr mit ihm gehabt, nachdem du aus Wandsworth raus warst?«

»Er hat gesagt, das sei nicht nötig; er würde auch so auf dem laufenden sein.«

»Und woher wußte er dann, daß wir kommen?«

»Ich habe ihn danach gefragt. Er meinte nur, Richtmikrofone seien eine wundervolle Erfindung. Man könne von der Straße aus bequem hören, was in einem Haus geredet würde.«

»Der Kombi der Telefongesellschaft«, sagte Dillon. »Diese raffinierten Mistkerle.«

»Tut mir leid, Sean, aber sieh die Sache mal von meinem Standpunkt aus. Bei diesen vielen Jahren im Gefängnis, die vor mir lagen, konnte ich Browns Angebot nicht ablehnen.«

»Ach, halt die Klappe. Nimm mal meine Brieftasche heraus.«

Dermot tat ihm den Gefallen. »Was willst du damit?«

»Darin findest du fünftausend Dollar in unterschiedlichen Währungen, und die wirst du brauchen, mein Alter. Ist mein Geld für diesen Einsatz.«

»Aber ich krieg' zwanzigtausend Pfund. Ich brauche es nicht.«

»O doch, und ob, du armer, verfluchter Narr«, erwiderte Dillon.

Die Frau, die das Essen serviert hatte, führte Hannah in ein Schlafzimmer. Es war klein und einfach eingerichtet mit einem Einzelbett; in einem Nebenraum, der kaum größer als ein Schrank war, gab es eine Toilette und eine Dusche. Ein Fenster stand offen, so daß sie den nächtlichen Hafen sehen konnte. Sie stellte ihre Reisetasche aufs Bett und zog eine Walther aus der Tasche an ihrem Gürtel, in der sie das ihr zugeteilte Geld für diesen Einsatz verwahrte. Nachdem sie die Waffe überprüft hatte, ging sie nach unten.

Mit einem merkwürdigen Gefühl der Unruhe dachte sie an Dillon und den bevorstehenden Einsatz. Sie hatte seine Vergangenheit – diese Morde für die IRA und die Aufträge, die er für so ungefähr jede Terroristengruppe übernommen hatte, die es gab – immer strikt verurteilt. Auch wenn nun alles anders war, seit er für Ferguson arbeitete, konnte sie seine früheren Taten einfach nicht vergessen.

Entschlossen ging sie zur Bar, bestellte einen Cognac, was ganz gegen ihre sonstige Gewohnheit war, und setzte sich damit draußen an den kleinen Ecktisch.

»Ach, Dillon, du verfluchter Kerl!« sagte sie leise.

Etwas Kaltes preßte sich an ihren Nacken. »Nicht umdrehen, Chief Inspector. Ich denke mir, daß Sie bewaffnet sind, also nehmen Sie die Waffe aus Ihrer Tasche und halten Sie sie mit der linken Hand hoch.«

Sie erkannte die Stimme des Mannes, der sich Carter genannt hatte, und gehorchte. »Was soll das?«

Er nahm ihr die Waffe ab. »Sagen wir, das ganze Unternehmen ist ein wenig anders, als es den Anschein hatte. Übrigens, wir haben Hakim für Sie ausgeschaltet. Betrachten Sie das als Bonus, aber alles andere war nur Mittel zum Zweck. Der arme Dermot. Sein schlechtes Gewissen bringt ihn noch um, aber er hat getan, was man ihm gesagt hat, um aus Wandsworth rauszukommen.«

»Und was steckt nun in Wirklichkeit dahinter?«

»Wir brauchten Dillon. Keine Sorge, wir schicken ihn bald zurück, dann kann er Ihnen alles berichten. Sagen Sie Ferguson, wir werden in Verbindung bleiben, aber er muß für einige Zeit ohne ihn zurechtkommen. Und jetzt legen Sie die Hände auf den Kopf.«

Hannah gehorchte. »Was ist mit dem echten Carter und seinen Männern passiert?«

Es kam keine Antwort, und als sie sich vorsichtig umdrehte, war er verschwunden. Sie ging die Treppe hinunter und eilte zum Hafen, aber noch ehe sie die Mole erreichte, hörte sie, wie ein Motor gestartet wurde, und sah das Boot davonfahren. Ein Mann stand im Steuerhaus, ein anderer zog am Heck ein Tau ein. Sie wandte sich um und lief zurück.

Als Carter wieder unter Deck kam, saß Dillon auf der Bank am Tisch; ihm gegenüber hockte Riley, der ein Glas in der Hand hielt und finster vor sich hinblickte.

»Ah, Sie haben den Whiskey gefunden«, meinte Carter.

»Haben Sie den Chief Inspector gesehen?«

»Ja, und ihr eine Botschaft für Ferguson mitgegeben.«

»Nett von Ihnen. Sie haben vorhin hebräisch gesprochen. Ich kann die Sprache zwar nicht, aber ich erkenne sie. Für einen Israeli haben Sie eine tolle englische Aussprache – wie in einer renommierten Privatschule gelernt.«

»Mein Vater war Diplomat in London. Ich bin in St. Paul's gewesen.«

»Nicht schlecht. Dermot hat mir übrigens alles erzählt. Hakim war also nur ein Fantasieprodukt?«

»Absolut nicht. Die Villa existiert, und Hakim hat sich auch dort aufgehalten.«

»Sie sagen, er *hat* sich dort aufgehalten?«

»Wir haben Ihnen einen Gefallen getan. Ich bin letzte Nacht mit meinen Leuten dort gewesen und habe ihn erledigt.«

»Nur ihn?«

In diesem Moment sprangen die Motoren an. »Aber nein, wir haben sie alle getötet.«

»Einschließlich der beiden Frauen?«

Carter zuckte die Schultern. »Es mußte sein, uns blieb keine andere Wahl. Die arabischen Länder befinden sich im Krieg mit uns, deshalb heißt es: alles oder nichts. Als alter IRA-Mann müßten Sie das doch verstehen.«

»Was ist mit dem echten Carter und seinen Männern?« fragte Dillon. »Haben Sie die auch umgebracht?«

»War nicht nötig. Sie haben heute nachmittag hier auf der anderen Seite der Mole angelegt. Moshe ist hinübergeschwommen und hat gewartet, bis alle zum Essen oder vielleicht zu einer Besprechung nach unten gegangen waren, ist mit einem Kanister Calsane an Bord und hat es den Niedergang runtergekippt. Das ist ein Nervengas, das sie zwölf Stunden lang ausschaltet. Nur vorübergehend, es bleiben keine Schäden zurück.«

»Soweit Sie wissen.«

Carter lächelte. »Ich muß gehen. Wir reden später weiter.«

Das Boot machte nur langsam Fahrt, da es sich offensichtlich seinen Weg durch die kleine Flotte der Fischerboote bahnte. Dillon blickte zu Riley, der sich Whiskey nachschenkte und ziemlich fertig aussah.

»Du weißt also nicht, wer sie sind?«

»Ich schwör's bei der Heiligen Jungfrau, Sean. Ich hab' keine Ahnung, und ich will es auch gar nicht wissen. Ich will mein Geld und dann mit der ganzen Sache nichts mehr zu tun haben.«

»Ach so? Und was meinst du, wann du mit einer Kugel im Kopf über Bord gehst?«

Riley starrte ihn schockiert an. »Warum sollten sie mich umlegen?«

»Weil sie dich nicht mehr brauchen. Du hast deinen Zweck erfüllt. Herrgott, Dermot, bist du blöd oder was? Du hast doch Carter eben gehört. Diese Leute kennen absolut keine Skrupel.« Dillon geriet allmählich wirklich in Wut. »Sie haben nicht nur Hakim und seine beiden Gorillas kaltgemacht, sondern auch den Hausmeister, seine Frau und die Tochter. Sie nehmen einfach keine Gefangenen, und egal, was dieser Carter sagt, ich weiß, daß Calsane immer noch im Experimentierstadium ist und kein Mensch ausschließen kann, daß eine dauerhafte Hirnschädigung zurückbleibt.«

»Heilige Mutter Gottes!« stöhnte Riley.

»Wer also braucht dich, Dermot?«

»Sean, was soll ich machen?«

»Das ist doch wohl klar, oder? Du hast meine fünftausend Dollar, du hast einen Paß. Also über Bord mit dir, und zwar schleunigst, ehe wir aus dem Hafen raus sind.«

»Bei Gott, das mache ich auch.« Riley sprang auf, zögerte dann allerdings. »Ich kann dich nicht mitnehmen, Sean ... die Handschellen.«

»Ach, schon gut, los mit dir«, entgegnete Dillon nur.

Vorsichtig öffnete Riley die Tür des Niedergangs und spähte hinaus. Einer der Männer stand am Bug, Carter und der andere, den er Arnold genannt hatte, waren im Steuerhaus. Das Boot schlängelte sich zwischen den kleinen Schiffen der Fischer hindurch. Geduckt huschte Riley zur Reling und ließ sich ins Wasser gleiten. Es war überraschend warm. Er schwamm unter das Heck eines Fischerboots, wandte sich um und beobachtete die Lichter des Bootes, das langsam den Hafen verließ.

»Viel Glück, Dillon, wirst es brauchen«, sagte er leise, ehe er zu einer Treppe schwamm, die aus dem Wasser führte, und die Mole entlangeilte. Er hatte das Geld und den Paß. Jetzt rasch nach Palermo und in ein Flugzeug nach Paris und dann schleunigst weiter nach Irland. Dort unter seinen eigenen Leuten war er wieder in Sicherheit. Wenn er nur schon daheim wäre!

Als das Boot auf offener See war, ging Carter unter Deck. Dillon saß noch immer an seinem Platz. »Wo ist Riley?«

»Schon lange weg. Nachdem er gehört hatte, wie Sie mit Hakim und seinen Leuten umgegangen sind, dachte er, Sie könnten womöglich finden, er sei genauso überflüssig.«

»Ach, Sie haben ihn überredet? Das überrascht mich, Mr. Dillon, nachdem er Sie verraten hat.«

»Sparen Sie sich das, mein Bester, er hatte kaum eine andere Wahl. Ich hätte das gleiche getan angesichts einer solchen Gefängnisstrafe, und Dermot und ich sind schon seit Ewigkeiten Freunde.«

»Arnold«, rief Carter, »komm mal runter.«

Er öffnete eine Schublade und holte aus einem Lederetui eine Spritze, die er mit einer Flüssigkeit aus einer kleinen Flasche aufzog.

»Wie heißen Sie eigentlich?«

Carter lächelte. »Aaron, wenn Sie's wissen wollen, Mr. Dillon, und das ist Arnold«, fügte er hinzu, als der andere Mann hereinkam. »Dreh Mr. Dillon mal um, Arnold.«

Dillon spürte, wie Carter mit einem Finger fest auf seinen rechten Handrücken klopfte und dann die Nadel einstach.

»Ich hoffe, das Zeug ist nicht so ein Dreck wie Calsane.«

»Ein Derivat von Pethidine, aber die Wirkung hält länger an.«

»Hat wohl keinen Zweck, Sie zu fragen, wohin wir fahren?«

»Gar keinen.« Aaron nickte Arnold zu. »Bring ihn in die Kabine und schließ ihn ein.«

Dillon schaffte es noch durch den Korridor zu gehen, registrierte, wie die Tür geöffnet wurde und sah die Koje, doch dann verlor er die Besinnung.

Über ihr Handy, das eine Satellitenantenne besaß, erreichte Hannah ohne Schwierigkeiten Ferguson, der in seiner Wohnung am Cavendish Square neben dem Kamin saß und geduldig zuhörte, während sie ihn über alles informierte.

»Mein Gott, wer immer sie sind, sie haben uns jedenfalls ganz schön gelinkt.«

»Aber was können sie von Dillon wollen, Sir? Und was ist mit dem echten Carter?«

»Wir werden es sicher bald erfahren. Sie haben ja gesagt, sie würden sich melden, und Dillon würde zurückkommen. Wir müssen wohl einfach abwarten.«

»Ja, Sir.«

»Ich sage Lacey auf Malta Bescheid, daß er morgen früh wieder nach Palermo fliegen soll, um Sie dort abzuholen, und ich werde Gagini bitten, Sie mit dem Auto zurückzubringen.«

»Vielen Dank.«

»Kommen Sie einfach heim, Chief Inspector, im Moment gibt es nichts weiter zu tun.«

Ferguson blickte eine Weile in Gedanken versunken vor sich hin, ehe er im Wandsworth-Gefängnis anrief und den Sicherheitschef zu sprechen verlangte.

Dillon kam allmählich wieder zu sich. Es war sehr dunkel, aber man hatte ihm die Handschellen abgenommen, so daß er die Leuchtziffern auf seiner Uhr erkennen konnte. Anscheinend war er rund acht Stunden lang außer Gefecht gewesen. Das Boot machte offenbar ziemlich rasche Fahrt. Er stand auf, tastete in der Nähe der Tür nach dem Lichtschalter und knipste ihn an.

Das Bullauge war schwarz gestrichen und fest verrammelt. In der Ecke entdeckte er ein kleines Waschbecken und einen Plastikbecher, den er mehrmals mit Wasser füllte und auf dem Bettrand sitzend austrank. Sein Mund war knochentrocken. Ein Schlüssel drehte sich im Schloß. Aaron kam herein, gefolgt von einem zweiten Mann mit einem Tablett.

»Ich dachte mir, daß Sie inzwischen wach sind. Das ist übrigens Raphael, der Ihnen was mitbringt – einen Rasierer, Rasiercreme und Shampoo. Dort hinter dieser Tür finden Sie eine kleine Dusche. Vor allem aber, was Ihnen sicher noch lieber ist, gibt's jetzt erst mal Tee, Milch und Schinkensandwiches.«

»Schinken?« fragte Dillon. »So ein braver jüdischer Bursche wie Sie?«

»Ja, schandbar, nicht wahr? Aber wie ich schon sagte, ich war in St. Paul's. Wir sehen uns später.«

Nachdem sie gegangen waren, machte sich Dillon über die Sandwiches her, die ausgezeichnet waren, und trank eine

Tasse Tee. In Anbetracht der Tatsache, daß er betäubt worden war, fühlte er sich überraschend gut. Er nahm eine Dusche, rasierte sich, zog sich wieder an und rauchte erst einmal eine Zigarette. Auf einem Regal entdeckte er Bücher. Er musterte die Titel und fand eine alte Ausgabe von Ian Flemings *Liebesgrüße aus Moskau*. James Bond – irgendwie schien das ganz passend. Er setzte sich auf seine Koje und begann zu lesen.

Ein paar Stunden später wurde die Tür wieder aufgesperrt, und die beiden Männer kehrten zurück.

Dillon hielt das Buch hoch. »Wußten Sie, daß das hier eine Erstausgabe ist? Die erzielen heutzutage bei Auktionen beachtliche Preise.«

»Ich werde bei Gelegenheit dran denken«, sagte Aaron. »Tut mir leid, wenn ich so lästig bin, aber es ist wieder Zeit fürs Bett, Mr. Dillon. Strecken Sie bitte die Hände aus.«

Und da Dillon kaum eine andere Wahl hatte, gehorchte er. Aaron klopfte auf seinen Handrücken und verabreichte ihm die Spritze.

»Sind Sie sicher, daß ich nicht als sabbernder Idiot ende?«

»Keine Sorge, Mr. Dillon. Sie sind ein sehr wichtiger Mann. Ich glaube, Sie wären selbst überrascht, wenn Sie wüßten, wie wichtig Sie sind.«

Aber Dillon sank bereits in die Kissen und hörte ihn nicht mehr.

Marie de Brissac saß am Fenster ihres Zimmers und malte. Sie blickte auf, als die Tür sich öffnete und David Braun Kuchen und eine Kanne Kaffee auf einem Tablett hereinbrachte, das er auf den Tisch stellte. Anerkennend musterte er das Bild.

»Hervorragend. Meine Schwester hat früher auch Aquarelle gemalt. Keine leichte Technik.«

»Sie sagen – früher?«

»Sie ist tot, Comtesse. Ich hatte zwei Schwestern, die beide getötet wurden, als ein arabischer Terrorist in Jerusalem einen Schulbus in die Luft jagte.«

Sie war sichtlich schockiert. »Das tut mir sehr leid, David, wirklich ehrlich leid.« Impulsiv griff sie nach seiner Hand.

Ihre Berührung traf ihn wie ein Blitz, und er zog hastig seine

Hand weg, als ihm die verstörende Wirkung, die diese wundervolle Frau auf ihn hatte, klar wurde.

»Schon gut. Ist inzwischen fünf Jahre her. Ich habe gelernt, damit zu leben. Nur meine Mutter ist nie darüber weggekommen und immer noch in einem psychiatrischen Krankenhaus.« Er lächelte mühsam. »Bis später.«

Nachdem er das Zimmer verlassen hatte, fragte Marie de Brissac sich nicht zum erstenmal, ob Gott nicht einen reichlich schlechten Tag gehabt hatte, als er beschlossen hatte, die Welt zu erschaffen.

Als Dillon diesmal wieder zu sich kam, war er in einem ähnlichen Zimmer wie Marie de Brissac, mit holzgetäfelten Wänden, einem Himmelbett und einer gewölbten Decke. Er fühlte sich überraschend klar im Kopf und sah bei einem Blick auf seine Uhr, daß rund zwölf Stunden vergangen waren, seit sie Sizilien verlassen hatten.

Er trat an das vergitterte Fenster und sah, genau wie Marie, die Klippe, den Strand und den Anleger, wo jetzt neben dem Rennboot auch die Motorbarkasse vertäut war. Er ging ins Bad, und als er zurückkam, öffnete Aaron die Tür.

»Aha, schon wieder munter?«

Er trat zur Seite, und Judas kam ins Zimmer. Er rauchte eine Zigarre, trug wieder den Overall, dazu die schwarze Maske, und lächelte, daß seine Zähne blitzten. »Sean Dillon. Wie es heißt, waren Sie der Beste, den die IRA hatte. Warum haben Sie die Seiten gewechselt?«

»Nun, ein großer Mann hat mal gesagt, wie die Zeiten sich ändern, so ändern sich mit ihnen auch die Menschen.«

»Mag sein, aber ein Mann wie Sie braucht wohl einen besseren Grund.«

»Sagen wir, es schien mir damals eine gute Idee.«

»Danach haben Sie überall gearbeitet – für die ETA in Spanien, die PLO und anschließend für die Israelis. Im Hafen von Beirut haben Sie palästinensische Kanonenboote in die Luft gejagt.«

»Jawohl«, nickte Dillon, »aber ich wurde dafür sehr gut bezahlt.«

»Jedenfalls sind Sie nicht parteiisch.«

Dillon zuckte die Schultern. »Das lohnt sich wirklich nicht.«

»Nun, diesmal werden Sie auf meiner Seite stehen, alter Freund.«

»Bilden Sie sich nur nichts ein. Ich kenne Sie ja nicht mal.«

»Nennen Sie mich einfach Judas.«

»Ach, du lieber Gott, jetzt machen Sie aber Witze.«

»Warum unnötig Zeit verschwenden?« fragte Aaron auf hebräisch.

»Wir brauchen ihn«, erwiderte Judas in der gleichen Sprache. »Keine Sorge, ich weiß, wie ich ihn nehmen muß.« Er wandte sich an Dillon und sagte auf hebräisch: »Oder glaubst du mir das etwa nicht?«

Dillon verstand ihn ganz gut, obwohl er nur mäßig hebräisch sprach, aber er beschloß, diese Tatsache lieber zu verheimlichen.

»Was soll das, ich kapiere kein Wort.«

Judas lachte. »Natürlich nicht, ich wollte Sie bloß testen. Ich habe Ihre Akte beim Mossad gesehen, unter anderem den Bericht über diesen Job in Beirut, und die Burschen sind gründlich. Leidlich Arabisch, aber kein Hebräisch.«

»Was *Shalom* heißt, weiß ich schon.«

»Nun denn, *Shalom*. Und jetzt folgen Sie mir.«

»Nur noch eins«, sagte Dillon. »Entschuldigen Sie meine unersättliche Neugier, aber sind Sie ein Ami?«

Judas lachte. »Allmählich werde ich es leid, daß man mich das dauernd fragt. Warum glauben alle, ein Israeli könne kein Israeli sein, wenn er gutes amerikanisches Englisch spricht?«

Er wandte sich um und verließ das Zimmer. »Kommen Sie, Mr. Dillon«, sagte Aaron.

Das geräumige Arbeitszimmer hatte einen riesigen steinernen Kamin, an den Wänden hingen Bildteppiche, die bleigefaßten Fenster standen offen, und der Duft von Blumen trieb aus den Gärten jenseits des Fensters herein. Judas setzte sich hinter einen großen überladenen Schreibtisch und deutete auf einen davorstehenden Stuhl.

»Setzen Sie sich. In dem silbernen Kästchen finden Sie Zigaretten.«

Aaron lehnte sich neben der Tür an die Wand. Dillon nahm eine Zigarette und entzündete sie mit einem Tischfeuerzeug. »Als Ihre Leute auf dem Boot hebräisch gesprochen haben, habe ich zumindest die Sprache erkannt.«

»Ja, ich weiß aus Ihrer Mossad-Akte, daß Sie ein Talent für Sprachen haben und alles mögliche von Irisch bis Russisch können.«

»Liegt wohl an irgendeiner speziellen Schaltung in meinem Hirn«, erklärte Dillon, »so wie manche Leute rascher rechnen können als ein Computer.«

»Warum dann nicht Hebräisch?«

»Japanisch spreche ich auch nicht. Ich habe nur ein Mal für den Mossad gearbeitet, wie Ihnen ja bekannt ist, und wenn Sie so viel wissen, wie Sie behaupten, wissen Sie ja auch, daß bei der Operation in Beirut alles zack-zack ging. Binnen drei Tagen war ich schon wieder weg mit einem Scheck einer Schweizer Bank in meiner gierigen Hand. Aber jetzt will ich erst mal wissen, wer zur Hölle Sie sind und was das hier alles soll.«

»Nun, daß wir Israelis sind, haben Sie ja gemerkt, aber wir sind patriotische Israelis und bereit, alles zu tun für die Sicherheit unseres Landes.«

»Wie beispielsweise Premierminister Rabin zu erschießen?«

»Das ging nicht auf unser Konto. Offen gesagt, wir haben Wichtigeres vor.«

»Sie sehen sich demnach als so was wie moderne Zeloten?«

»Nicht ganz, Kumpel«, erwiderte Judas. »Das waren glühende Patrioten und wollten die Römer vertreiben, aber wir orientieren uns an einer früheren Zeit in der Geschichte, als unser Land unter syrischer Herrschaft stand und der Tempel entehrt, unsere Religion, unsere ganze Lebensart bedroht war.«

»Genau wie heute, das denken Sie doch?«

»Wir leben ständig unter Bedrohung. Ich habe Verwandte durch Bombenanschläge der Hamas verloren, Aaron hatte einen Bruder, einen Piloten, der über dem Iran abgeschossen und zu Tode gefoltert wurde. Ein anderer meiner Männer hat zwei Schwestern bei einem Bombenanschlag auf einen Schulbus verloren. Wir haben alle unsere eigene Geschichte.« Er zündete sich seine Zigarre, die ausgegangen war, wieder an.

»Und was ist das für eine frühere Zeit in der Geschichte, die Sie meinen?«

»Damals wurden die Syrer von einem Judas, genannt der Makkabäer, besiegt. Das Wort bedeutet übrigens ›der Hammer‹.«

»Aha, ich kapiere.«

»Seine Anhänger hießen Makkabäer und waren glühende Nationalisten, die sich Unabhängigkeit für unser Land wünschten. Unter seinem Kommando führten sie einen so erfolgreichen Guerillakrieg, daß sie die übermächtigen syrischen Armeen besiegten, Jerusalem einnahmen, den Tempel reinigten und ihn neu weihten.«

»Ich kenne die Geschichte«, sagte Dillon.

»Von Chief Inspector Hannah Bernstein?«

»Die übrigens sehr gut hebräisch spricht. Jedenfalls hat sie mir mal die Bedeutung von Chanukka erklärt.«

»Wird jedes Jahr zur Erinnerung an den Sieg der Makkabäer gefeiert, denen zu verdanken ist, daß ein kleines Land wieder unabhängig wurde.«

»Bis die Römer kamen.«

»Stimmt, aber wir werden nicht zulassen, daß so etwas noch mal passiert.«

Dillon nickte. »Sie sehen sich also als Judas Makkabäus, und Ihre Anhänger, zum Beispiel die Burschen, die mich verschleppt haben, sind Makkabäer des zwanzigsten Jahrhunderts?«

»Warum nicht? In Ihrem Gewerbe sind Codenamen ja eine Notwendigkeit, da paßt Judas Makkabäus doch sehr gut.«

»Der eine Armee von Makkabäern anführt.«

»Ich brauche keine Armee, nur eine kleine Gruppe von ergebenen Anhängern oder besser gesagt Gläubigen, dazu ein paar hundert über die Welt verstreut lebende Juden, die wie ich selbst zutiefst davon überzeugt sind, daß jedes Mittel recht ist, um das Überleben des Staates Israel zu gewährleisten.«

»Ich war eigentlich immer der Ansicht, daß Israel das bislang sehr gut geschafft hat. Als die UN sich 1948 zurückzog, habt ihr sechs arabische Länder besiegt und im Sechstagekrieg 1967 Ägypten, Syrien und Jordanien.«

»Stimmt, aber das war vor meiner Zeit. Im Jom-Kippur-Krieg '73 war ich dabei, und wir hätten ihn verloren, wenn uns die Amerikaner nicht mit Kampfflugzeugen und Waffen versorgt hätten. Seit dieser Zeit – nichts als Probleme. Wir leben unter ständiger Bedrohung. Unsere Siedler im Norden müssen permanent damit rechnen, wieder angegriffen zu werden, ständig gibt es Bombenattentate der Hamas, und die Scud-Raketen im Golfkrieg haben gezeigt, wie verwundbar wir sind. Das kann nicht so weitergehen.«

Fast widerstrebend nickte Dillon. »Kann ich verstehen.«

»Selbst in England gibt es Moslems, die die Ausrottung der Juden verlangen, und Syrien, der Iran und der Irak werden sich nie zufrieden geben, bevor wir nicht vernichtet worden sind. Saddam Hussein entwickelt munter weiter chemische Waffen, und die Mullahs im Iran rufen zum Krieg gegen Amerika, den Großen Satan, auf. Der Bombenangriff auf die US-Kaserne in Dhahran war erst der Anfang. Es ist eine bekannte Tatsache, daß der Iran an der Herstellung einer Nuklearbombe arbeitet. Er unterhält unzählige Ausbildungslager für Terroristen, und auch in Syrien gibt es nukleare Forschungseinrichtungen.«

»Seit Jahren allgemein bekannt. Was also ist neu?«

»Seit dem Zusammenbruch der Sowjetunion sind aus Osteuropa günstig Raketen zu haben, und wie wir im Golfkrieg gesehen haben, ist Israel durch solche Waffen hochgradig verwundbar.«

Dillon griff nach einer weiteren Zigarette; Judas nahm das Tischfeuerzeug aus stumpfem Silber, auf dem in Reliefform ein schwarzer Vogel mit zackigen Blitzen in den Klauen abgebildet war, und gab ihm Feuer.

»Also«, sagte Dillon, »Sie haben Ihre Sicht der Lage geschildert. Was ist, Ihrer Meinung nach, die Lösung?«

»Es ist Zeit, dem ein für allemal ein Ende zu machen. Der Irak, Syrien und der Iran müssen endgültig ausgeschaltet werden.«

»Und wie, zum Teufel, wollen Sie das fertigbringen?«

»Wir nicht. Das werden die Amerikaner für uns erledigen, unter der genialen Führung ihres Präsidenten.«

»Jake Cazalet? Klar, die Vereinigten Staaten sind immer gern zu einem Vernichtungsschlag bereit gewesen, wenn es sein mußte – was der Golfkrieg bewiesen hat. Aber drei Länder auslöschen?« Dillon schüttelte den Kopf. »Das glaube ich nicht.«

»Ich denke dabei an gezielte Luftangriffe«, sagte Judas. »Angefangen mit der totalen Zerstörung von nuklearen Forschungsanlagen, allen chemischen Waffenfabriken, Kernkraftwerken und so weiter. Die völlige Vernichtung der Infrastruktur. Ballistische Raketen mit Nuklearsprengköpfen können zudem solche Ziele wie die iranische Marine in Bandar Abbas auslöschen. Die Hauptquartiere der Armeen in allen drei Ländern sind bekannte Ziele. Ein Bodenkrieg ist dabei gar nicht nötig.«

»Ein Holocaust?« fragte Dillon. »Das meinen Sie doch damit? So weit würden Sie gehen?«

»Für den Staat Israel?« Judas nickte. »Das muß ich sogar.«

»Dabei würden die Amis nie mitmachen.«

»Da dürften Sie sich wahrscheinlich irren. In der Tat *existiert* im Pentagon bereits seit dem Golfkrieg ein solcher Plan. Er wird ›Nemesis‹ genannt, und es gab und gibt beim amerikanischen Militär nicht wenige Leute in hohen Positionen, die ihn gar zu gern in die Tat umsetzen würden.«

»Und warum hat man das dann nicht getan?«

»Weil der Präsident als Oberbefehlshaber den Einsatzbefehl unterzeichnen muß, was er immer abgelehnt hat. Er ist dem Geheimkomitee des Präsidenten – dem Future Projects Committee, wie es genannt wird – seit dem Golfkrieg jedes Jahr vorgelegt worden. Interessant, oder? Sie treffen sich nächste Woche wieder. Und diesmal, das sagt mir mein Gefühl, wird das Ergebnis ein klein wenig anders aussehen.«

»Wenn Sie glauben, Jake Cazalet würde ihn unterzeichnen, müssen Sie verrückt sein!«

»Er war bei den Special Forces in Vietnam«, sagte Judas. »Hat das Kriegsverdienstkreuz, den Silver Star und zwei Purple Hearts erhalten.«

»Na und?« erwiderte Dillon. »Er hat sich weit mehr um Frieden bemüht als jeder andere Präsident vor ihm und gehört zu der Sorte von Demokraten, die sogar bei den Republikanern beliebt sind. So einen Plan wie Nemesis wird er niemals genehmigen.«

»Na, ich denke doch, wenn er hört, was ich zu sagen habe – und hier kommen Sie ins Spiel, Kamerad. Brigadier Ferguson hat dank des britischen Premierministers direkte Verbindung zum Präsidenten, und Sie haben ihn ja sogar schon einmal getroffen, als Sie bei seinem Besuch in London ein Bombenattentat protestantischer Terroristen auf ihn vereitelt haben. Außerdem waren Sie eine große Hilfe bei der Bereinigung einiger heikler Fragen hinsichtlich des irischen Friedensprozesses.«

»Na und?«

»Sie gehen an meiner Stelle zu ihm und sprechen mit ihm, zusammen mit Ferguson, wenn Sie möchten. Alles sehr, sehr diskret natürlich.«

»Den Teufel werde ich«, sagte Dillon.

»Ach, ich denke, wir werden Sie schon dazu überreden können.« Judas stand auf und nickte Aaron zu, der eine Beretta aus der Tasche seines Mantels nahm. »Ich will's Ihnen zeigen.«

»Und was haben Sie vor? Wollen Sie meine empfindlichen Stellen, wie meine alte Tante Eileen es ausdrücken würde, ein bißchen mit Strom kitzeln?«

»Nicht nötig. Wir lassen Ihnen nur Zeit zum Nachdenken, mehr nicht. Wenn Sie jetzt so freundlich wären mitzukommen?«

Er öffnete die Tür, und Dillon stand schulterzuckend auf.

Sie gingen durch einen langen Korridor und über etliche Treppen mit breiten steinernen Stufen insgesamt drei Stockwerke tiefer hinunter. Dillon hörte eine Frau schreien, schrill und voller Angst.

Aus einem anderen Gang tauchten Arnold und Raphael auf. Sie hatten Marie de Brissac, die sich heftig wehrte, in ihre Mitte genommen. David Braun folgte ihnen und versuchte, sie zu beruhigen.

»Sie brauchen wirklich keine Angst zu haben.«

»Glauben Sie ihm, Comtesse«, versicherte Judas. »Er sagt die Wahrheit. Das ist übrigens Mr. Dillon. Ich habe ihn hierhergebracht, um zu zeigen, daß ich es ernst meine und stets mein Wort halte. Schauen Sie zu und merken Sie sich, was Sie gesehen haben. Danach können Sie zurück in Ihr hübsches warmes Zimmer.«

Aaron entriegelte eine große Eichentür, öffnete sie und schaltete das Licht ein. Es war ein alter Keller, dessen Wände aus massiven Steinblöcken bestanden, die naß vor Feuchtigkeit waren. In der Mitte befand sich ein niedriger runder Brunnen mit einer gemauerten Umrandung, darüber hing an einem Seil und einer Art Flaschenzug ein Eimer.

Judas hob einen Stein auf und warf ihn hinein. Ein hohles Klatschen war zu hören. »Zwölf Meter und nur anderthalb oder zwei Meter Wasser und Schlamm«, sagte er. »Ist seit Jahren nicht mehr benutzt worden. Ein bißchen muffig und ganz schön kalt, aber man kann ja nicht alles haben. Laßt mal die Comtesses hinunterschauen.«

Sie zitterte heftig, als Raphael und Arnold sie näherzerrten. »Sind Sie ein Sadist oder so was?« rief Dillon.

Die Augen unter der schwarzen Kapuze funkelten, und keiner sagte ein Wort, bis David Braun erklärte: »Ich mache das schon.« Arnold und Raphael ließen sie los, und er legte einen Arm um ihre Schultern. »Alles in Ordnung, ich bin ja da. Vertrauen Sie mir.«

Er führte sie an den Brunnenrand, und Judas warf einen weiteren Stein hinein. Ein unheimliches Jaulen ertönte. »Hoppla!« Er lachte. »Das müssen die Ratten gewesen sein. Ihnen gefällt's dort unten, da läuft nämlich auch ein Abwasserkanal durch. Ist das nicht lustig?« fragte er Dillon. »Wird Ihnen gefallen, wenn Sie in diesem Eimer stehen und wir sie runterlassen.«

In diesem Moment wußte Dillon, daß er es mit einem Irren zu tun hatte, denn Judas hatte sichtlich seinen Spaß an dieser Sache; doch er blieb völlig ruhig.

»Ich kann bloß sagen, Sie haben offenbar überhaupt keine Ahnung von Abwasserkanälen.«

»Was soll das heißen?«

»Wenn man menschliche Krankheitserreger verschluckt, ist die Chance zu sterben nicht gerade gering, und wenn man dort unten von Ratten gebissen wird, hat man beste Aussichten, die Weilsche Krankheit zu kriegen – woran man mit fünfzigprozentiger Wahrscheinlichkeit krepiert, wenn die Leber aussetzt. Deshalb denke ich mir, daß Ihnen gar nicht so viel an mir liegen kann.«

Judas explodierte vor Wut. »Du verfluchter Klugscheißer. Rein in den Eimer, oder ich blase dir den Kopf weg.«

Er riß Aaron die Beretta aus der Hand, und Marie de Brissac schrie entsetzt auf. »Nein!«

Dillon lächelte ihr zu. »Ich weiß nicht, wer Sie sind, Mädchen, aber keine Sorge. Er braucht mich noch.«

Er stellte sich in den Eimer, den Raphael und Arnold hinabließen. Judas beobachtete ihn über den Brunnenrand gebeugt. Einige Augenblicke später traf er aufs Wasser. Seine Füße versanken in einer dreißig Zentimeter hohen Schlammschicht, und das Wasser stand ihm bis zur Brust. Der Eimer wurde hochgezogen. Er schaute nach oben, wo nur ein Lichtkreis zu sehen war, dann wurde es dunkel, und er war allein.

Der Gestank war schauderhaft und das Wasser eiskalt. Er erinnerte sich an eine ähnliche Situation, die er einmal in Beirut erlebt hatte, als er geglaubt hatte, arabischen Extremisten in die Hände gefallen zu sein. Gemeinsam mit einem protestantischen Terroristen aus Ulster, der versucht hatte, ins Urangeschäft zu kommen, hatte man ihn in einen ähnlichen Brunnen hinuntergelassen. Das Ganze hatte sich als ein Manöver des israelischen Geheimdienstes herausgestellt mit dem Ziel, den anderen Mann mürbe zu machen. Dillon hatte vier Vollbäder nehmen müssen, um den Gestank loszuwerden.

Er ertastete eine Art Sims im Mauerwerk und setzte sich darauf, schlang die Arme zum Schutz gegen die Kälte um seinen Körper und überlegte, wer diese Frau gewesen sein mochte. Noch ein Geheimnis mehr! Aber eins stand jedenfalls für ihn mit absoluter Sicherheit fest: Judas war nicht nur ein Fanatiker, er war tatsächlich verrückt.

Etwas strich an seinem Bein vorbei und schwamm davon. Dillon wußte, was es war.

David Braun hatte Marie de Brissac wieder in ihr Zimmer gebracht. Sie weinte, und er ertappte sich plötzlich dabei, daß er ihr übers Haar strich wie einem Kind.

»Jetzt ist alles gut«, sagte er leise und drückte sie an sich. »Ich bin ja da.«

»Oh, David, ich hatte solche Angst, und Judas…« Sie schauderte. »Er war entsetzlich.«

»Er hat eine große Verantwortung auf sich genommen. Auf seinen Schultern lastet sehr viel.«

»Dieser Mann, den er Dillon genannt hat – wer ist das?«

»Darüber brauchen Sie sich keine Gedanken zu machen. Wissen Sie, was Ihnen gut täte? Ein schönes Bad. Ich lasse das Wasser einlaufen, und dann schaue ich mal nach Ihrem Abendessen.«

»Heute nicht, David. Ich könnte keinen Bissen runterkriegen. Aber Wein, David! Ich bin wahrhaftig keine Trinkerin, aber heute abend brauche ich einen Schluck Alkohol.«

»Dann bis später.«

Er ging hinaus und verschloß die Tür hinter sich. Einen Moment blieb er im Korridor stehen und merkte, daß seine Hände zitterten.

»Was passiert nur mit mir?« sagte er und lief eilig davon.

Marie de Brissac lag bis zum Hals in duftendem Schaum, rauchte eine Zigarette und versuchte sich zu entspannen. Die ganze Sache war wie ein Alptraum, und bei Judas' Wutausbruch hatte sie wirklich das Entsetzen gepackt. Aber dieser Mann, dieser Dillon… Verwundert dachte sie an das merkwürdig ironische Lächeln auf seinem Gesicht, als man ihn in den Brunnen hinuntergelassen hatte. Anscheinend hatte er nicht die geringste Angst gehabt, und das ergab einfach keinen Sinn. Dazu kam noch die Sache mit David. Sie war Frau genug, um zu wissen, was zwischen ihnen geschah. Gut, mochte es so sein. In ihrer gegenwärtigen Situation würde sie jeden nur möglichen Vorteil ausnutzen müssen.

In London prasselten die Regentropfen gegen die Fenster von Charles Fergusons Wohnung am Cavendish Square. Hannah Bernstein spähte aus dem Fenster, und Kim, Fergusons ehemaliger Offiziersbursche, brachte aus der Küche ein Tablett mit einer Kanne Kaffee und Tassen.

»Kommen Sie, Chief Inspector«, rief Ferguson, der am Kamin saß, »es hat keinen Sinn, sich Sorgen zu machen. Trinken Sie einen Kaffee.«

Sie setzte sich in einen Sessel ihm gegenüber, und Kim schenkte ein. »Keine Neuigkeiten, Sir.«

»Ich weiß. Aber das wird schon. Schließlich muß das Ganze ja einen Sinn haben.«

»Ich nehme es an.«

»Sie mögen Dillon, nicht wahr?«

»Wenn Sie meinen, ob ich eine Schwäche für ihn habe, nein. Ich kann seine Vergangenheit nicht gutheißen, das habe ich nie getan.«

»Aber Sie mögen ihn trotzdem?«

»Schon. Obwohl er ein ausgemachter Bastard ist, nicht wahr, Sir?«

»Wie sind Sie denn in Wandsworth vorangekommen?«

»Ich habe mit Dunkerley, dem Chef der Wachmannschaft, gesprochen, und er hat mir so ziemlich das gleiche erzählt wie Ihnen, als Sie mit ihm telefoniert haben. Das Gefängnis ist an Besuchstagen der reinste Zirkus. Aussichtslos, daß sich bei etlichen hundert Leuten irgendwer an Brown erinnert. Es ist schon Pech, daß der Gefängniswärter Jackson, der einzige, der mit Brown persönlich zu tun hatte, bei diesem Unfall ums Leben kam.«

»Unfall, von wegen«, schnaubte Ferguson.

»So heißt es wenigstens im Polizeibericht, Sir. Alle Augenzeugen sagen, er sei nach vorn gestürzt.«

»Das kam viel zu gelegen. Was ist mit der Anwaltskammer?«

»Dort sind, beziehungsweise waren, drei George Browns registriert. Einer starb vor einem Monat, der zweite ist ein Farbiger, und der dritte ist berühmt für seine Auftritte vor Gericht im Rollstuhl.«

»Verstehe.«

»Ich habe eine Kopie des Films aus der Überwachungskamera im Besucherbereich, aber nur ein Mensch könnte darauf Brown identifizieren.«

»Riley?«

»Genau, Sir.«

»Ach ja«, seufzte Ferguson. »Ich hab' auch noch eine kleine Neuigkeit für Sie. Captain Carter hat sich auf dem Rückweg nach Zypern gemeldet. Er und seine Mannschaft hatten eine Besprechung unter Deck, als sie offenbar mit Giftgas betäubt wurden. Sie waren mehrere Stunden lang besinnungslos.«

»Sind alle in Ordnung?«

»Zwei seiner Männer machen ihm ziemliche Sorgen. Sie kommen gleich nach der Ankunft ins Militärkrankenhaus. Drücken wir ihnen die Daumen.«

Dillon, dem inzwischen kälter war als je zuvor in seinem Leben, lehnte sich gegen die Backsteinwand. »Großer Gott«, seufzte er. »Allmählich wird's wirklich langweilig.«

Im Wasser bewegte sich etwas, und eine Ratte glitt über sein rechtes Bein. Er fegte sie weg. »Da bist du ja wieder, du kleiner Schlingel. Benimm dich bloß.«

5

Da man ihm seine Uhr gelassen hatte, konnte Dillon verfolgen, wie die Zeit verging, auch wenn er sich fragte, ob das eigentlich gut war, denn die Stunden schienen einfach endlos.

Er erinnerte sich, daß es vier Uhr morgens gewesen war, als er zum letzten Mal nachgesehen hatte, und offenbar war er trotz seiner unangenehmen Lage kurz darauf eingenickt, denn als er wieder hochfuhr, sprang eine Ratte von seiner Schulter, und ein Blick auf die Uhr zeigte ihm, daß es halb acht war.

Etwas später wurde oben das Licht eingeschaltet, und Judas beugte sich über den Brunnenrand. »Noch heil und munter, Dillon?«

»Sozusagen.«

»Gut. Wir ziehen Sie jetzt hoch.«

Der Eimer kam herunter, Dillon stellte sich hinein und wurde langsam hinaufgezogen. Als sein Kopf über dem Brunnenrand auftauchte, sah er Judas, Aaron und Arnold.

»Mein Gott, Sie stinken vielleicht, Dillon!« Judas lachte. »Hol ihn da raus, Aaron, und mach so weiter, wie ich es gesagt habe.« Damit verschwand er die Treppe hinauf.

»Ich bringe Sie zurück in Ihr Zimmer«, sagte Aaron. »Mir scheint, Sie brauchen dringend eine Dusche.«

»Eher drei oder vier«, entgegnete Dillon.

Er zog sich im Badezimmer aus und warf die verdreckten Kleider in einen schwarzen Plastiksack, den Aaron ihm gegeben hatte. Während er zum zweitenmal duschte, erschien Arnold und nahm den Plastiksack mit. Dillon blieb weiter unter der Dusche, und als er endlich nach einem Handtuch griff, sah Aaron zur Tür herein.

»Frische Kleider liegen auf dem Bett, Mr. Dillon.«

»In der richtigen Größe, wie ich annehme.«

»Wir wissen alles über Sie.«

»Schuhe? Was ist mit Schuhen?«

»Sind ebenfalls da. Ich komme wieder, wenn Sie sich angezogen haben.«

Dillon trocknete seine Haare, rasierte sich und ging ins Schlafzimmer, wo frische Unterwäsche, ein kariertes Hemd, Jeans, Socken und ein Paar Turnschuhe bereitlagen. Er zog sich rasch an und kämmte sich, als Aaron die Tür öffnete.

»So ist's schon besser. Fertig fürs Frühstück?«

»Das können Sie laut sagen.«

»Dann kommen Sie mit.«

Er ging den Korridor entlang zu einer anderen Tür, die er öffnete und zur Seite trat.

»Hier herein, Mr. Dillon.«

Marie de Brissac stand an ihrer Staffelei und drehte sich unsicher um. »Ich bringe Ihnen etwas Gesellschaft«, sagte Aaron. »Gleich gibt es Frühstück.« Er schloß die Tür und sperrte ab.

»Sean Dillon.« Er streckte die Hand aus. »Comtesse, stimmt's?«

»Lassen wir das, Marie genügt – Marie de Brissac. War es schlimm?«

»Die Nacht war allerdings ziemlich übel. Ich nehme mir eine Zigarette, wenn's recht ist.«

»Natürlich.«

Er inhalierte genüßlich. »Wissen Sie vielleicht zufällig, wo wir hier sind?«

»Ich habe nicht die geringste Ahnung. Und Sie?«

»Leider auch nicht. Ich war in einem Fischerdorf namens Salinas auf Sizilien, das ist das letzte, an das ich mich erinnere. Ich muß mindestens zwölf Stunden lang auf See gewesen sein, aber ich war die meiste Zeit über bewußtlos.«

»So ähnlich war es auch bei mir. Ich war auf Korfu, als man mich entführt hat. Es wurde von einem Flug gesprochen, dann bekam ich eine Spritze in den Arm und bin erst hier wieder aufgewacht.«

»Aber was zur Hölle soll das alles?« fragte Dillon.

Die Tür öffnete sich, und Braun kam mit einem Tablett herein.

»Guten Morgen, Mr. Dillon – Comtesse.« Er stellte das Tablett ab. »Rühreier, Toast, Marmelade und englischer Frühstückstee. Viel besser als Kaffee. Ich komme später wieder.«

Nachdem er gegangen war, meinte Dillon: »Ich weiß nicht, wie es mit Ihnen ist, aber ich bin fast verhungert. Essen wir, solange alles warm ist.«

»Einverstanden.«

»Wir wissen also nicht, wo wir sind«, sagte Dillon, als sie sich am Tisch gegenübersaßen. »Könnte Italien oder Griechenland sein, vielleicht sogar die Türkei oder Kreta. Ägypten wäre auch möglich.«

»Reichlich Auswahl, aber wer sind Sie, Mr. Dillon, und warum sind Sie hier?«

»Ich arbeite für eine Abteilung des Britischen Geheimdienstes und war auf Sizilien, um in einer reichlich illegalen Aktion einen vielgesuchten arabischen Terroristen zu verhaften. Meine Partnerin, Chief Inspector Hannah Bernstein von der Abteilung für Innere Sicherheit bei Scotland Yard, war bei mir. Die ganze Sache stellte sich als eine Falle heraus. Mich haben sie mitgenommen, aber Hannah ließen sie laufen, damit sie es meinem Boß, Brigadier Ferguson meldete. Wie war's bei Ihnen?«

»Ich habe Urlaub im Nordosten Korfus gemacht, um dort an der Küste zu malen, und war ganz allein, wie ich es im Moment am liebsten habe.«

»Sie sind Französin.«

»Das stimmt. Ich malte am Strand, als David – der Mann, der sich David Braun nennt – zusammen mit diesem Moshe dort auftauchte. Sie packten meine Sachen zusammen und nahmen mich ohne eine Erklärung mit. Den Rest kennen Sie.«

»Es muß aber einen Grund geben«, meinte Dillon. »Was ist so Besonderes an Ihnen? Erzählen Sie mir von sich.«

»Nun, mein Vater war General Comte Jean de Brissac, ein Kriegsheld, der vor einigen Jahren verstorben ist, und letztes Jahr starb auch meine Mutter. Das habe ich immer noch nicht ganz verwunden. Jedenfalls bedeutet das, daß ich jetzt Comtesse de Brissac bin. Der Titel vererbt sich auf diese Weise weiter, von der Mutter oder dem Vater her.«

»Aber aus diesem Grund würde Sie niemand entführen«, sagte Dillon.

»Ich bin ziemlich wohlhabend. Vielleicht wollen sie ein Lösegeld?«

»Möglich, nur erklärt das nicht, warum sie mich verschleppt haben.« Er schenkte sich noch einen Tee ein. »Wissen Sie, nach allem, was dieser Judas mir erzählt hat, sind sie irgendeine jüdische Extremistengruppe.«

»Das macht die Sache noch viel mysteriöser. Ich habe keinerlei Verbindungen zu Juden.« Sie überlegte einen Moment. »Der Anwalt unserer Familie in Paris, Michael Rocard, ist Jude, aber wo sollte da ein Zusammenhang bestehen? Er ist schon seit mindestens dreißig Jahren der Anwalt der Brissacs. Das Häuschen, das ich auf Korfu gemietet hatte, gehört ihm.«

»Gibt es da sonst noch was?« fragte Dillon. »Irgend etwas in Ihrem Leben? Kommen Sie, Lady.«

»Mir fällt zumindest nichts ein.« Er spürte ihr Widerstreben und hakte sofort nach.

»Kommen Sie, die Wahrheit.«

Sie seufzte und lehnte sich zurück. Dann erzählte sie es ihm.

Dillon war sprachlos. Er ging zum Tisch am Fenster und nahm sich eine ihrer Zigaretten. »Jake Cazalet. Das ist es.«

»Aber warum?«

»Sie werden es gleich verstehen.« Er berichtete ihr alles, was in Sizilien geschehen war, von den Menschen, die dort umgebracht worden waren, von Judas und den Makkebäern und schließlich von Nemesis.

Als er fertig war, konnte sie nur fassungslos den Kopf schütteln. »Das ist so entsetzlich, ich kann es kaum glauben. Ein solch grauenhaftes Morden in einem solchen Ausmaß.«

»Dieser Judas ist komplett verrückt, da bin ich mir sicher; allerdings gilt das im Grunde eigentlich für viele Extremisten.«

»Aber es sind Juden. Wer würde denn glauben ...«

»Daß Juden Terroristen sind? Und wer hat Premierminister Rabin umgebracht? Es genügt ja schon eine kleine, zu allem entschlossene Gruppe. Nehmen Sie Irland als Beispiel.

Mehr als fünfundzwanzig Jahre Bomben und Schießereien, Tausende Tote, Hunderttausende Verwundete, von denen manche fürs Leben verkrüppelt sind, und trotzdem hat die IRA zu keiner Zeit mehr als dreihundertfünfzig aktive Mitglieder gehabt. Die Mehrheit der irischen Bevölkerung haßt die Gewalt und verurteilt sie.«

»Sie wissen gut Bescheid.«

Er spürte ihre unausgesprochene Frage, die in diesem Satz lag. »Ich stamme eigentlich aus Belfast. Mit neunzehn war ich ein junger Schauspieler in London. Mein Vater fuhr auf Besuch nach Hause, geriet auf einer Straße in Belfast in einen Schußwechsel und starb durch die Kugeln britischer Soldaten.«

»Und Sie sind der IRA beigetreten?«

»Wie man so reagiert mit neunzehn. Ja, Comtesse, ich wurde ein Kämpfer für die glorreiche Sache, und wenn man diesen Weg einmal eingeschlagen hat, gibt es kein Zurück mehr.«

»Aber Sie haben sich geändert. Immerhin arbeiten Sie für den britischen Geheimdienst und diesen Brigadier Ferguson.«

»Mir blieb kaum eine andere Wahl. Ich stand vor der Alternative, entweder von einem serbischen Erschießungskommando in Bosnien exekutiert zu werden oder Fergusons Angebot anzunehmen, künftig für ihn zu arbeiten.«

»Und eigentlich das gleiche zu tun wie bisher.«

»Genau, wenn auch für gewöhnlich auf der richtigen Seite.«

»Ich verstehe«, erwiderte sie mit deutlichem Unbehagen.

»Ich habe nie zu denen gehört, die am Bombenlegen ihren Spaß hatten, Comtesse«, sagte Dillon. »Und in Sizilien hätte ich notfalls höchstens Hakim und seine Männer erschossen, aber nicht das alte Ehepaar und das Mädchen.«

»Ja, ich ... ich glaube Ihnen.«

Er lächelte sein ganz besonderes Lächeln, das ungeheuer einnehmend war und seine Persönlichkeit vollkommen veränderte.

»Das ist auch besser so, Comtesse, weil ich der einzige Freund bin, den Sie hier haben.«

»Ich glaube Ihnen. Und jetzt geben Sie mir eine Zigarette und sagen mir, was wir Ihrer Meinung nach tun sollen.«

»Ich wünschte, ich wüßte es.« Er gab ihr mit seinem alten Zippo Feuer. »Interessanterweise hat Judas mit keinem einzigen Wort erwähnt, daß Sie Cazalets Tochter sind, aber er weiß es offensichtlich.«

»Warum hat er es Ihnen dann nicht erzählt?«

»Ich glaube, er hat seinen Spaß an solch kleinen Spielchen wie der Sache mit dem Keller und dem Brunnen letzte Nacht. Vermutlich wollte er, daß ich es von selbst herausfinde.«

Sie nickte. »Also hat er vor, mich als Druckmittel zu benutzen, um meinen Vater zur Unterzeichnung dieses Befehls zur totalen Zerstörung von drei Ländern zu zwingen?«

»So ungefähr.«

Sie schüttelte den Kopf. »Jake Cazalet ist ein guter Mann, Mr. Dillon. Ich kann nicht glauben, daß er so etwas genehmigen würde, ganz gleich, womit man ihm droht.«

»Normalerweise würde ich Ihnen zustimmen.« Dillon stand auf und ging zum Fenster. »Aber Judas meint offensichtlich, er habe mit Ihnen etwas ganz Außergewöhnliches in der Hand.« Er wandte sich um. »Erzählen Sie mir davon. Erzählen Sie mir von ihm und Ihrer Mutter. Jede Einzelheit. Vielleicht finden wir irgendwas, das uns helfen könnte.«

»Ich weiß nicht, ob ich das kann.« Sie schwieg einen Moment. »Meine Mutter hat mir im Lauf der Jahre nach und nach erzählt, wie es passiert ist. Es war keine schmutzige Affäre – ganz im Gegenteil.« Sie lachte, aber ihre Stimme zitterte. »Viel eher eine tragische.«

»Wir haben nichts Besseres zu tun. Erzählen Sie's mir einfach, solange wir noch Zeit haben. Sie könnten mich jede Minute holen kommen.«

»Also, es begann vor langer Zeit in Vietnam. Ich bin jetzt siebenundzwanzig, und genauso lange ist es her ...«

ÖSTLICHES MITTELMEER
SIZILIEN LONDON
WASHINGTON

1997

6

»Das ist ja eine wahnsinnige Geschichte«, sagte Dillon.

Sie nickte. »Erinnern Sie sich noch an seinen glänzenden Wahlsieg?«

»Haben Sie ihn seither mal gesehen?«

»Nur einmal, bei seinem Besuch in Paris letztes Jahr, kurz nachdem er sein Amt angetreten hatte. Ich war Gast auf dem Ball des Präsidenten, aber es war im Grunde sehr unbefriedigend. Alles ging sehr formell zu, wir konnten nur ein paar Augenblicke allein miteinander reden, aber wenigstens Teddy hatte Zeit für mich. Der liebe Teddy. Mein Vater hat einen besonderen Posten für ihn geschaffen. Oberster Staatssekretär. Er hat mehr Macht im Weißen Haus als der restliche Stab zusammen und würde für meinen Vater töten.«

»Trotz allem bleibt eine wichtige Frage«, meinte Dillon.

»Und die wäre?«

»Wie hat Judas herausgefunden, wer Sie sind? Sie, Ihr Vater und Teddy Grant sind die einzigen Menschen, die es wissen.«

»Ja, das beunruhigt mich auch.«

»Sie haben Ihren Familienanwalt erwähnt, diesen Michael Rocard. Könnte er es gewußt haben?«

»Ganz sicher nicht. Als meine Mutter im Sterben lag und wir über alles sprachen, hat sie versichert, daß er nichts davon weiß.«

Dillon nahm sich eine weitere Zigarette und gab ihr ebenfalls eine. »Jetzt hören Sie mir mal zu. Ich bin in dieser Sache auf Ihrer Seite, was immer auch passiert. Er wird uns sicher bald holen lassen, und dann werden wir erfahren, was er vorhat. Ich werde jedenfalls alles tun, was er will, da ich kaum eine andere Wahl habe, aber was auch immer passiert, meine einzige Sorge ist es, Sie letzten Endes hier rauszubringen. Glauben Sie mir das?«

»Ja, Mr. Dillon, ich glaube Ihnen.«

»Gut. Dann könnten Sie jetzt etwas für mich tun. Judas hat

ein altes silbernes Feuerzeug mit einem Emblem darauf, irgendein schwarzer Vogel, vielleicht ein Falke, mit Blitzen in den Klauen. Könnten Sie versuchen, mir das aufzuzeichnen?«

Sie ging zu ihrer Staffelei, öffnete ihre Malschachtel und kam mit einem Holzkohlestift und Zeichenpapier zurück zum Tisch. »Zeigen Sie es mir.« Dillon versuchte, so gut er es vermochte, den Vogel zu skizzieren. »Also ganz schwarz mit ausgebreiteten Schwingen«, sagte sie, nahm den Holzkohlestift und begann zu zeichnen. »Waren der Kopf und der Schnabel so? Dann wäre es ein Falke.«

»Nein, der Schnabel war gelblich.«

Sie wischte den Kopf aus und begann von neuem. »Das ist er«, sagte Dillon.

Sie lachte. »Ein Rabe, Mr. Dillon.« Sie holte zwei Stifte aus ihrer Schachtel, einen schwarzen und einen gelben, und zeichnete den Vogel fertig.

»In den Klauen hatte er rote Blitzstrahlen.«

Kritisch betrachtete sie danach ihre Skizze. »Nicht schlecht.«

»Verdammt klasse.« Dillon faltete das Blatt zusammen und steckte es in seine Tasche.

»Ist es wichtig?«

»Ich glaube, es ist ein militärisches Emblem. Es könnte möglicherweise eine Spur sein.«

In diesem Moment öffnete sich die Tür. David Braun und Aaron kamen herein. »Folgen Sie mir bitte«, sagte Aaron. »Alle beide.«

Braun ging voraus und führte sie wieder zu Judas in sein Arbeitszimmer.

»Da sind Sie ja. Haben Sie sich nett unterhalten?«

»Lassen Sie das Gerede«, erwiderte Dillon. »Kommen Sie lieber zur Sache.«

»Okay, Kamerad. Nächste Woche trifft sich das Future Projects Committee, und diesmal unterzeichnet der Präsident den Plan Nemesis.«

»Warum sollte er?«

»Weil ich andernfalls seine Tochter hinrichte.«

Es entstand eine lange Pause, ehe Dillon fragte: »Wovon reden Sie?«

»Lassen Sie den Blödsinn, Dillon. Ich weiß, wer sie ist.«

»Und woher?«

»Ich habe doch gesagt, ich habe überall Makkabäer. Beim MI5 in London, beim CIA ... Sie brauchen zum Beispiel nur in irgendeiner Computerdatei nach mir zu fahnden, und schon wird einer meiner Leute davon erfahren. Jeder im Geheimdienst weiß genau, daß es viel weniger die Leute in wichtigen Positionen sind, um die man sich Sorgen machen muß – es sind vielmehr die kleinen, unsichtbaren Angestellten, die an den Computern sitzen, die Archivkräfte, die Sekretärinnen.« Er lachte. »Ich weiß jedenfalls, wer sie ist, das genügt.«

»Mein Vater wird diesen Wahnsinnsbefehl nie unterzeichnen«, sagte Marie de Brissac.

»Oh, ich glaube, wir können ihn dazu überreden. Schließlich sind Sie Cazalet nicht gleichgültig, Marie, im Gegenteil. Im Zusammenhang mit Ihnen hat er sicher eine Menge Emotionen – Liebe, Schuldgefühle, tiefes Bedauern über den Verlust Ihrer Mutter und die versäumten Gelegenheiten, mit Ihnen zusammenzusein. Sie sind keine gewöhnliche Geisel. Und er kann jederzeit eine Provokation durch die Araber erfinden. Der CIA ist in solchen Sachen sehr geschickt, und wir werden natürlich mit Freuden dabei helfen. Nein, wir können wohl erwarten, daß er wunschgemäß reagiert, wenn er sich alles gründlich überlegt hat.«

»Und was jetzt?« fragte Dillon.

»Sie werden nach Salinas zurückgebracht, dann fliegen Sie weiter nach London und zu Ferguson.« Er öffnete eine Schublade und nahm ein Handy heraus. »Das neueste Modell, Kamerad, mit Satellitenantenne und nicht zu orten. Sie können mich zwar nicht anrufen, aber ich werde mich melden.«

»Wozu soll das gut sein?«

»Um meine Macht zu beweisen. Ich will's Ihnen erklären. Es wäre verständlich, wenn Ferguson nach dem Gespräch mit Ihnen beschließen würde, die Computer des Britischen Geheimdienstes nach Informationen über eine Terroristengruppe namens ›die Makkabäer‹ zu durchforsten. Wenn er das tut, weiß ich es schneller, als Sie sich vorstellen können, und rufe Sie an, um es Ihnen zu sagen. Falls Cazalet das gleiche bei den CIA-Dateien probiert, werde ich es ebenfalls erfahren und Sie ebenfalls anrufen. Meine unsichtbaren Leute sind überall. Übrigens ist es in jedem Fall nur Zeitverschwendung. Es gibt nirgendwo Informationen über mich oder meine Organisation.«

»Was ist dann der Zweck dieser Übung?«

»Es beweist Ihnen einfach meine Macht. Aber kommen wir wieder zur Sache. Wir setzen Sie also in Salinas ab, Sie kehren zu Ferguson zurück und informieren ihn darüber, daß ich Cazalets Tochter hinrichten lasse, falls er Nemesis nicht beim kommenden Treffen des Future Projects Committee unterzeichnet.«

»Sie sind verrückt«, flüsterte Marie de Brissac.

»Sagen Sie Ferguson, daß ich es für besser halte, den Premierminister nicht zu unterrichten. Sie machen mit Ferguson einen Abstecher nach Washington ins Weiße Haus, wo er sicher problemlos eine Audienz beim Präsidenten erhalten wird.«

»Ich verstehe«, nickte Dillon. »Und wir richten ihm Ihre Botschaft aus?«

»Genau, und Sie fügen hinzu, falls er den kleinsten Versuch unternimmt, die CIA, das FBI oder irgendeine militärische Spezialeinheit einzuschalten, werde ich davon erfahren und die Comtesse ebenfalls sofort hinrichten lassen. Ich habe überall meine Leute, Dillon, wie Ihnen meine Telefonanrufe auf Ihre Nachforschungen hin beweisen werden.«

Dillon holte tief Luft. »Es läuft also schlicht und einfach darauf hinaus, daß Cazalet entweder mit seiner Unterschrift den Plan Nemesis in Kraft setzt oder sie stirbt.«

»Ganz genau, Kamerad, ich hätte es selbst nicht besser sagen können.«

»Er unterzeichnet bestimmt nicht.«

»Das wäre ein Jammer – für die Comtesse.«

»Sie Ungeheuer!« rief Marie de Brissac.

Judas nickte David Braun zu. »Bring Sie zurück in ihr Zimmer.«

»Leben Sie wohl, Mr. Dillon, und Gott schütze Sie. Wir werden uns nicht wiedersehen. Mein Vater wird sich niemals auf eine solche Erpressung einlassen«, sagte Marie de Brissac.

»Verlieren Sie nicht die Hoffnung, Mädchen«, erwiderte Dillon, ehe David Braun sie hinausführte.

Dillon schlenderte zum Schreibtisch, nahm sich eine Zigarette und zündete sie mit dem silbernen Feuerzeug an. »Sie könnten sie genausogut gleich umbringen«, meinte er nach einem tiefen Zug. »Cazalet wird einen solchen Wahnsinnsbefehl nie unterschreiben.«

»Dann überreden Sie ihn besser dazu«, erwiderte Judas und wandte sich an Aaron. »Mr. Dillon reist ab. Bringt ihn nach Salinas.«

»Dem Kerl ist nicht zu trauen«, sagte Aaron in schnellem Hebräisch. »Du hast ja seine Akte gesehen.«

»Keine Sorge. Ich lasse ihn gleich nach dem Treffen mit dem Präsidenten in Washington erschießen. Ist alles schon arrangiert. Ein ganz professioneller Job, der wie ein normaler Straßenüberfall aussieht. Kennst du Washington? Dort werden dauernd Leute überfallen und umgebracht. Ich weiß, daß Ferguson immer im Charlton absteigt, und Tiefgaragen sind heutzutage ziemlich unsicher.«

»Und Ferguson?«

»Nein, er ist zu wichtig und könnte uns noch nützlich sein.«

»Was soll dieses Gerede?« fragte Dillon, der alles verstanden hatte. »Haben Sie Ihre Meinung geändert? Wirft man mich unterwegs mit einer zwanzig Pfund schweren Ankerkette um die Fußknöchel über Bord?«

»Sie haben wirklich eine blühende Fantasie, Kamerad. Jetzt los mit Ihnen.«

Er steckte sich eine Zigarre in den Mund, Aaron nahm das Spezialhandy vom Schreibtisch und führte Dillon zurück in sein Zimmer.

Auf dem Bett fand er sein Jackett. »Gewaschen und gebügelt«, sagte Aaron. »Brieftasche, Scheckkarten und Ihr Paß sind drin, auch Ihr Handy, so daß Sie Ferguson gleich anrufen können, wenn Sie in Salinas sind.« Er warf ihm das andere Handy zu. »Ihr Geschenk von Judas. Verlieren Sie es nicht.«

Dillon streifte das Jackett über und steckte es in eine Tasche. »Dieser elende Dreckskerl.«

»Ein großer Mann, Mr. Dillon, das werden sie noch einsehen.« Aaron nahm eine schwarze Kapuze aus seiner Tasche. »Ziehen Sie sich die hier über den Kopf.« Dillon gehorchte; Aaron öffnete die Tür und nahm seinen Arm. »Wir gehen jetzt zum Boot.«

Als das Boot an der Mole von Salinas anlegte, schaute Dillon auf seine Uhr und sah, daß die Fahrt ungefähr zwölf Stunden gedauert hatte. Man hatte ihn auch diesmal wieder betäubt, allerdings nur für die ersten acht Stunden. Es war dunkel, und im gelblichen Licht einer trüben Lampe glitzerten die herabfallenden Regentropfen wie silberne Fädchen.

»Acht Uhr an einem schönen sizilianischen Abend, Mr. Dillon«, sagte Aaron, »und das gute alte Salinas erwartet Sie.«

»Was für eine Freude.«

»Viel Glück, Mr. Dillon.« Überraschenderweise fügte er hinzu: »Sie werden es brauchen.«

Dillon stieg über die Reling und ging die Mole entlang, bis er am anderen Ende einen Unterstand fand, wo er sich eine Zigarette anzündete und dem Boot nachblickte. Seine roten und grünen Lichter verblaßten allmählich in der Nacht. Er nahm sein Handy heraus und gab Fergusons Privatnummer ein.

Der Brigadier meldete sich fast sofort. »Ferguson.«

»Ich bin's, Dillon.«

»Gott sei Dank.«

»Sie haben mich wieder zurück nach Salinas gebracht mit einer Botschaft für den Präsidenten, die wir beide ihm ausrichten sollen.«

»Ist es so schlimm, wie es klingt?«

»Ein einziger Alptraum.«

»Na gut. Ich sorge dafür, daß Lacey und Parry gleich nach Palermo fliegen, und rufe Gagini an, damit er sich darum kümmert, daß Sie sobald wie möglich abgeholt werden. Wo sind Sie zu finden?«

»Im English Café.«

»Warten Sie dort. Ich bin froh, daß Ihnen nichts passiert ist, Sean«, fügte er nach einer kleinen Pause hinzu.

Dillon schaltete sein Handy ab. Na, so eine Überraschung, dachte er, der alte Ferguson zeigt Gefühl!

Als erstes rief Ferguson bei Hannah Bernstein an. »Er ist wieder in Salinas, Chief Inspector, und es geht ihm gut. Ich sorge dafür, daß er so bald wie möglich wieder in London ist.«

»Und worum ging es bei der ganzen Sache, Sir?«

»Ich weiß es noch nicht. Ich möchte, daß Sie gleich zu mir kommen. Kim wird für Sie eines der Gästezimmer herrichten.«

»Natürlich, Sir.«

»Bis dann.«

Als nächstes telefonierte er mit der Flugbereitschaft des Verteidigungsministeriums und veranlaßte, daß eine Maschine nach Palermo startete; schließlich sprach er mit Gagini.

»Hören Sie, Paolo, ich kann Ihnen nicht sagen, worum es geht, aber es ist eine große Sache, und Dillon muß so rasch wie möglich aus Salinas abgeholt und sicher nach Palermo gebracht werden.«

»Kein Problem«, versicherte Gagini. »Sagen wir, Sie sind mir einen Gefallen schuldig.«

Nach dem Gespräch mit Gagini saß Ferguson am Kamin, trank seinen Tee, den Kim ihm serviert hatte, und genehmigte sich etwas Gebäck, das ihm sehr gut schmeckte, doch er fühlte sich trotzdem äußerst unbehaglich.

»Verdammt, Dillon!« sagte er leise. »Was haben Sie mir jetzt nur wieder eingebrockt?«

Etwas später klingelte es an der Tür, Kim öffnete, und Hannah kam mit einer Tasche herein, in die sie die nötigsten Sachen gepackt hatte. Kim nahm ihr den durchnäßten Regenmantel ab.

»Gott, Sie sind ja triefnaß«, sagte Ferguson. »Kommen Sie, setzen Sie sich an den Kamin.«

»Mir geht's gut, Brigadier. Was ist mit Dillon?«

»Wie schon gesagt, sie haben ihn wieder in Salinas abgesetzt. Er hat nur angedeutet, daß es eine große Sache ist und etwas mit dem Präsidenten zu tun hat, mehr weiß ich auch nicht.«

»Mein Gott!«

»Ich glaube nicht, daß wir bereits den Allmächtigen zu Hilfe rufen müssen. Ich lasse Kim frischen Tee aufgießen, und dann müssen wir uns einfach in Geduld fassen.«

Der Regen tropfte vom Dach des English Café. Dillon saß auf der Terrasse und gönnte sich eine halbe Flasche Rotwein – nachdem er eine Schüssel Spaghetti Napoli verspeist hatte –, als ein Polizeiwagen anhielt. Der Fahrer blieb hinter dem Lenkrad sitzen, aber ein junger Sergeant stieg aus und kam die Treppe herauf.

»Entschuldigung, Signor.« Er suchte offenbar nach Worten, da sein Englisch ihn im Stich ließ.

Dillon kam ihm in fließendem Italienisch zu Hilfe. »Mein Name ist Dillon, Sergeant. Was kann ich für Sie tun?«

Der Sergeant lächelte. »Ich habe Befehl von Colonel Gagini, Sie so bald wie möglich nach Palermo zu bringen.«

Ein zweiter Streifenwagen kam herangefahren und hielt hinter dem ersten. Der Beamte, der auf dem Beifahrersitz saß, hatte eine Maschinenpistole auf den Knien liegen.

»Eine lange Fahrt«, sagte Dillon.

»Pflicht ist Pflicht, Signor, und Colonel Gagini hat uns eingeschärft, Sie heil und gesund abzuliefern. Können wir aufbrechen?«

»Mit Vergnügen.« Sean Dillon trank seinen Wein aus und folgte ihm die Treppe hinunter.

Es regnete, als der Learjet am nächsten Morgen um neun Uhr auf dem Flugplatz von Farley Field landete. Dillon grinste Lacey zu. »Ich würde nicht auf Urlaub hoffen, Flight Lieutenant. Sie werden in den nächsten Tagen sehr beschäftigt sein.«

»Wirklich, Sir? Na, dann wird uns wenigstens nicht langweilig.«

Dillon ging auf den Daimler zu, in dem Hannah Bernstein

wartete, und stieg ein. »Der große Boß hat wohl keine Zeit, was?«

»Er wartet im Büro.« Sie zog seinen Kopf zu sich herab und küßte ihn auf die Wange. »Ich hab' mir Sorgen um Sie gemacht, Sie Scheusal.«

»Aber, aber, was ist das denn für eine Ausdrucksweise für ein nettes jüdisches Mädchen.« Er zündete sich eine Zigarette an und öffnete das Fenster. »Damit Sie nicht passiv mitrauchen müssen.«

»Sagen Sie endlich, was passiert ist. Was sollte das Ganze?«

Einen Moment schwieg sie fassungslos, nachdem er ihr alles erzählt hatte. »Das ist ungeheuerlich.«

»Ja, das kann man wohl sagen.«

»Dieser Judas muß wirklich verrückt sein.«

»Ja, das kann man wohl sagen.«

Der Brigadier saß an seinem Schreibtisch im Verteidigungsministerium und hörte Dillon schweigend zu.

»Das ist das Unglaublichste, was ich je gehört habe«, meinte er schließlich. »Ich frage mich, ob dieser Mann es tatsächlich ernst meint.«

»Ich habe mich bei Gagini wegen Hakim erkundigt«, erwiderte Dillon, »und ich glaube, Sie haben inzwischen schon seinen Bericht.«

»Ja, ein regelrechtes Blutbad.«

»Judas und seine Makkabäer meinen es sogar sehr ernst, Brigadier. Wie gesagt, es ist ein einziger Alptraum, aber leider sehr real.«

»Was also machen wir?«

»Stellen wir ihn doch einfach erst mal auf die Probe.« Dillon wandte sich an Hannah. »Loggen Sie sich mal in den Zentralcomputer des Geheimdienstes ein und sehen Sie, ob es dort irgendwas über Judas Makkabäus und die Makkabäer gibt.«

Ferguson nickte. »Nur zu, Chief Inspector.«

Nachdem sie das Büro verlassen hatte, meinte er: »Diese arme Frau, die dort bei Ihnen war, muß ja Todesangst ausstehen.«

»Sie ist eine wirkliche Lady und wird schon mit der Situation fertig.«

»Aber er wird sie umbringen!«

»Nein, das wird er nicht, weil ich ihn zuerst umbringe«, erklärte Sean Dillon mit eisiger Entschlossenheit.

Hannah kehrte zurück. »Nichts, Sir, absolut nicht das Geringste über Judas Makkabäus und die Makkabäer.«

»Gut«, nickte Dillon, »dann warten wir jetzt mal, ob er mich über das Spezialhandy anruft.« Er nahm das Gerät aus seiner Tasche und legte es auf den Tisch.

»Chief Inspector«, sagte Ferguson. »Sie haben gehört, was Dillon über die Sorgen der Makkabäer hinsichtlich der Zukunft Israels und so weiter erzählt hat. Wie denken Sie als Jüdin darüber?«

»Mein Großvater ist Rabbi, wie Sie wissen, und mein Vater ist ebenfalls sehr orthodox. Trotzdem sind sie stolz auf meinen beruflichen Erfolg und immer für mich da, selbst wenn ich wegen der Anforderungen meines Berufs die Gesetze unserer Religion übertreten muß. Ich bin sehr stolz darauf, Jüdin zu sein, und ich unterstütze Israel.«

»Aber?« fragte Ferguson. »Sie scheinen zu zögern.«

»Ich will es einmal so ausdrücken, Sir: Während des Zweiten Weltkriegs haben die Nazis schreckliche Verbrechen begangen; die Engländer haben sich dagegen verhalten, wie man es erwarten durfte. Es gibt arabische Terrorgruppen, die Frauen und Kinder abschlachten. Solche Aktionen erwarte ich von Israelis nicht. Allerdings gibt es eine fundamentalistisch gesinnte Minderheit, die zum Beispiel dem Mord an Rabin applaudierte, und solche Leute sind genauso schlimm wie jede andere Extremistengruppe.«

»Und das billigen Sie nicht?«

»Wenn mein Großvater, der Rabbi, jetzt hier wäre, würde er Ihnen sagen, daß es ein wesentlicher Grundsatz der jüdischen Lehre ist, daß man nicht einmal, um selbst zu überleben, anderen das Leben nehmen darf.«

»Und was bedeutet das auf Judas bezogen?« fragte Dillon.

»Daß dieser Mann kein religiöser Fanatiker ist. Ein reiner Nationalist, vermute ich.«

»Genau wie der echte Judas Makkabäus?«

»Richtig.«

»Und Sie sind sicher, Sie empfinden keine Sympathien für ihn?«

»Warum? Nur weil ich Jüdin bin?« erwiderte sie schroff.

Ferguson hob begütigend die Hand. »Ich mußte Ihnen diese Frage stellen, Hannah, das wissen Sie.«

Das Handy klingelte, und Dillon meldete sich.

»Da sind Sie ja, Kamerad. Anfrage bei Delta-Computer Nummer drei durch Chief Inspector Hannah Bernstein nach Informationen betreffs ›die Makkabäer‹. Antwort: keine Einträge vorhanden.«

»Ja, das dachten wir uns. Möchten Sie mit Brigadier Ferguson sprechen?«

»Wozu? Sagen Sie ihm einfach, er soll sich mal besser nach Washington in Bewegung setzen. Die Zeit wird immer knapper. Hannah Bernstein grüße ich mit *Shalom*, und richten Sie ihr aus, daß ich sie sehr bewundere.«

Die Leitung war tot. »Er weiß alles.«

»Das ist unglaublich«, erwiderte Ferguson.

»Nein, es sind seine unsichtbaren Leute.«

»Einer aus seinem Netzwerk der Makkabäer«, sagte Hannah.

»Genau. Übrigens, er läßt ausrichten, daß er Sie sehr bewundert.«

»So eine Unverschämtheit! Ich habe diesen Kerl noch nie im Leben gesehen.«

»Woher wollen Sie das wissen? Woher soll ich das wissen? Übrigens eine interessante Frage: Die Burschen, die mich gekidnappt haben, und später auch die anderen – alle haben ihre Gesichter gezeigt. Warum?«

»Weil sie nur einfaches Fußvolk sind«, entgegnete Hannah.

»Eben, aber Judas trug eine Kapuze. Jetzt bemühen Sie mal Ihren geschulten Polizeiverstand, Chief Inspector.«

»Das ist doch offensichtlich – er hat ein Gesicht, das man erkennen könnte.«

»Das bedeutet, er ist ein bekannter Mann.«

»Das ist doch egal«, warf Ferguson ein. »Jedenfalls wissen

wir jetzt, daß er die Wahrheit gesagt hat. Wir haben lediglich unserem zentralen Informationscomputer eine Frage gestellt, und er hat es sofort erfahren. Mit anderen Worten, wir sind regelrecht lahmgelegt.«

»Und was machen wir nun?« fragte Dillon.

»Nach Washington fliegen und mit dem Präsidenten reden, aber zuerst rufe ich Blake Johnson an. Chief Inspector, Sie sorgen dafür, daß der Lear bereitsteht.«

Blake Johnson war ein großer, gutaussehender Mann von achtundvierzig Jahren, der mit seinem pechschwarzen Haar um etliches jünger aussah. Mit neunzehn war er bei der Marine gewesen und aus Vietnam mit einem Silver Star, zwei Purple Hearts und einem vietnamesischen Tapferkeitskreuz zurückgekehrt. Nach dem Jurastudium an der Georgia State University war er ins FBI eingetreten.

An einem Tag im Juni vor drei Jahren war er als Leibwächter für Senator Jake Cazalet eingesetzt worden, da eine rechtsgerichtete Terrorgruppe mit Anschlägen auf ihn gedroht hatte. Die Polizeieskorte hatte den Kontakt zur Limousine des Senators verloren, aber Blake Johnson, der sich energisch seinen Weg durch den dichten Abendverkehr gebahnt hatte, war gerade noch im entscheidenden Moment bei ihm angekommen, hatte die beiden Attentäter erschossen und selbst eine Kugel ins linke Bein abbekommen.

Seither waren er und Jake Cazalet miteinander in Verbindung geblieben, und schließlich hatte der Präsident ihm den Posten als Leiter der Abteilung für Allgemeine Angelegenheiten im Weißen Haus angetragen.

Dabei handelte es sich nach außen hin um eine Abteilung, die für verschiedene Regierungsangelegenheiten zuständig war, und da die Räume im Souterrain lagen, war sie allgemein als ›der Keller‹ bekannt. Nur wenige Eingeweihte wußten, daß es sich in Wahrheit um die private Ermittlungstruppe des Präsidenten und eines der am strengsten gehüteten Geheimnisse der Regierung handelte. Sie war völlig unabhängig von der CIA, dem FBI, dem Secret Service, und wenn auch gelegentlich darüber gemunkelt wurde, glaubten nur sehr wenige Menschen tatsächlich an die Existenz dieser Truppe. Cazalet hatte sie sozusagen geerbt und, als der vorherige Amtsinhaber in Pension ging, die Gelegenheit genutzt, Blake Johnson den Job anzubieten.

Ferguson benutzte seine verschlüsselte Direktleitung zum Büro des Kellers, und Johnson meldete sich sofort.

»Wer ist da?«

»Charles Ferguson, mein Alter.«

»Charles, wie geht's?«

»Leider schlecht. Ich habe sehr ernste Neuigkeiten für Sie und den Präsidenten, und das ist eigentlich noch untertrieben. Ich weiß, es klingt merkwürdig, aber bitte keine Verbindung mit dem Premierminister aufnehmen.«

»So schlimm?«

»Leider ja. Ich fliege in einer Stunde mit Dillon und Chief Inspector Bernstein los. Dillon ist in dieser Sache unser wichtigster Mann. Wir müssen gleich nach unserer Ankunft den Präsidenten sprechen.«

»Unmöglich. Er ist für ein paar Tage in sein Haus am Strand von Nantucket gefahren, um in Ruhe nachzudenken.«

»Hier geht es um Leben und Tod, Blake.«

Johnson schwieg einen Moment. »Ich verstehe.«

»Sie sind sein Freund«, drängte Ferguson. »Sagen Sie ihm, es geht um die Sicherheit von ... jemandem, der verloren war, aber nun gefunden wurde.«

»Herrgott, Charles, was sollen diese Rätselspielchen?«

»Ich kann im Moment nicht mehr sagen. Richten Sie es ihm einfach aus. Er wird wissen, was ich meine, ebenso Teddy Grant. Sie müssen mir vertrauen, Blake – das ist geradezu lebenswichtig.«

»Okay«, erwiderte Johnson entschlossen. »Landen Sie nicht auf dem Washingtoner Flughafen, sondern auf dem Stützpunkt Andrews. Ich sage dort Bescheid, daß Sie kommen. Man wird einen Hubschrauber für Sie bereithalten, der Sie nach Nantucket bringt.«

»Keine CIA, Blake, oder irgendwelche anderen Sicherheitsorgane. Kommen Sie ganz allein.«

»Wie Sie meinen, Charles. Ich bereite dann schon mal den Präsidenten vor. Bis dann.« Er legte auf.

»Los geht's«, sagte Ferguson. »Wir haben keine Zeit zu verlieren.«

Gefolgt von zwei Männern des Geheimdienstes und seinem Hund Murchinson, einem schwarzen Kurzhaar-Retriever, ging der Präsident in der Nähe des alten Hauses bei Nantucket am Strand spazieren. Er genoß den Wind, der die Wellen ans Ufer trieb, und fühlte sich rundum wohl. Es war gut, wieder einmal den Alltag in Washington vergessen zu können.

»Zünden Sie mir eine Zigarette an, Clancey«, rief er einem der Männer vom Geheimdienst zu, einem riesigen Farbigen namens Clancey Smith, der als Mariner im Golfkrieg gedient hatte. »Mir gelingt's nicht bei diesem Wind.«

Clancey nahm zwei Marlboros aus seinem Päckchen, entzündete sie im Schutz seines Mantels und reichte eine dem Präsidenten.

Cazalet lachte. »Das hat auch Paul Henreid für Bette Davis in *Now Voyager* gemacht.«

»Muß vor meiner Zeit gewesen sein, Mr. President.«

Aus der Ferne hörte man jemanden rufen. Sie wandten sich um und sahen Teddy Grant, der auf sie zugelaufen kam. Murchison sprang ihm entgegen und begleitete ihn zurück. Atemlos blieb Teddy stehen.

»Um Himmels willen, Teddy, was ist denn?« fragte Cazalet.

Teddy deutete auf Clancey, der sich zurückzog, und erst dann berichtete er von den schlechten Neuigkeiten.

Vor dem Weißen Haus an der Pennsylvania Avenue herrschte der übliche Menschenandrang. Die meisten waren Touristen, die Fotos machten und hofften, etwas Besonderes zu sehen, vielleicht sogar den Präsidenten selbst, aber nirgends waren Fernsehkameras oder Journalisten.

Mark Gold schlug den Kragen seines Mantels hoch, um sich gegen den Nieselregen zu schützen, und lächelte dem nächststehenden Polizisten zu. »Kein Fernsehen heute da? Die Medien können doch nicht so schnell das Interesse an Cazalet verloren haben.«

Der Polizist zuckte die Schultern. »Er ist für ein oder zwei Tage runter nach Nantucket. Wenn Sie früher hier gewesen wären, hätten Sie den Helikopter gesehen.«

»Ach, das tut mir aber leid, daß ich das verpaßt hab'.«

Mark Gold drängte sich durch die Menge und ging ein Stück die Pennsylvania Avenue entlang bis zu der Stelle, wo er sein Auto geparkt hatte. Er hatte an der Columbia University einen Abschluß in Informatik gemacht und arbeitete als Computerfachmann in leitender Stellung im Verteidigungsministerium. Wann er zum letzten Mal eine Synagoge besucht hatte, wußte er selbst nicht mehr. Im Gegensatz zu ihm war sein älterer Bruder Simon ein tiefreligiöser Mann gewesen, der einen lukrativen Job als Broker an der New Yorker Börse aufgegeben hatte, um nach Israel auszuwandern und in einem Kibbuz in der Nähe der Golanhöhen zu arbeiten. Zusammen mit zwölf anderen war er bei einem Raketenangriff durch Terroristen der Hamas ums Leben gekommen.

Gold war nach Israel geflogen, um ihm die letzte Ehre zu erweisen, obwohl die Beerdigung bereits stattgefunden hatte. In ohnmächtiger Wut hatte er am Grab seines geliebten Bruders gestanden, als Aaron Eitan ihn angesprochen hatte, scheinbar aus Mitleid, und es hatte ihm gutgetan, sich bei jemandem seinen Zorn von der Seele zu reden. Daß man ihn nur ausfragen wollte, hatte er nicht bemerkt.

Die Geschichte hatte damit geendet, daß er von einem Wagen abgeholt und mit verbundenen Augen zu einem Haus in einer Seitengasse in Jerusalem gebracht worden war. Als man ihm die Augenbinde wieder abnahm, hatte er Judas gegenübergestanden, der mit seiner schwarzen Kapuze an einem Tisch saß.

So war aus Mark Gold ein Makkabäer geworden, und er war stolz darauf. Es gab seinem Leben einen Sinn, und seine Fähigkeit, sich in alle Computer des Verteidigungsministeriums einzuschalten, war für die Gruppe mehr als nützlich. Er konnte sich sogar Zugang zu den Akten des CIA in Langley verschaffen.

Ehe er den Wagen startete, griff er nach einem Spezialhandy mit Satellitenantenne und wählte eine Nummer. Judas antwortete fast sofort.

»Hier ist Gold. Der Präsident ist übers Wochenende in seinem Haus in Nantucket. Ich nehme an, dort werden auch unsere Freunde hinfahren.«

»Hast du im Hotel nachgefragt?«

»Ja, sie haben Zimmer reserviert.«

»Dann steigen sie sicher dort ab, wenn sie aus Nantucket zurückkommen, und Dillon hat somit seine Aufgabe erfüllt. Du kannst dich im Charlton um ihn kümmern, wie vereinbart.«

»Betrachte die Sache als erledigt.«

Gold steckte das Telefon in seine Tasche, startete den Motor und fuhr davon.

Als der Learjet auf dem Flugplatz des Stützpunkts Andrews landete, erwartete sie ein junger Major, der zackig salutierte.

»Zu Diensten, General.«

»Brigadier«, berichtigte Ferguson.

»Wir haben leider ein kleines Problem. Im ganzen Gebiet von Nantucket herrscht dichter Nebel. Wir setzen den Präsidenten gewöhnlich mit dem Helikopter direkt vor seinem Haus am Strand ab, aber das scheint heute nicht möglich.«

»Wie kommen wir also dorthin?«

»In der Nähe gibt es einen Stützpunkt der Luftwaffe. Von dort aus wird man Sie mit einer Limousine weiterfahren. Es ist schon für alles gesorgt.«

»Dann wollen wir los.«

Zehn Minuten später bestiegen sie den Hubschrauber, der sofort abhob.

In Sammy's Bar waren so früh am Abend kaum Gäste, als Mark Gold das Lokal betrat. An einem Ecktisch saß Nelson Harker, ein Farbiger mit Rastalocken, und las die *Washington Post*.

Gold setzte sich zu ihm. »Möchten Sie einen Drink?«

Harker schaute auf. »Nicht, wenn ich arbeite.«

Er hatte ein intelligentes, aufgewecktes Gesicht, was Gold überraschte bei einem solchen Profikiller, und Harker hatte schon oft getötet – manchmal für eine so lächerliche Summe wie tausend Dollar. Diesmal bekam er zehntausend, was bei Dillons Ruf durchaus angemessen schien. Er nahm ein Foto aus seiner Tasche und schob es ihm zu.

»Noch ein Foto von Dillon, nur zur Sicherheit.«

»Mann, ich hab' doch schon eins gesehen. Auch wenn er eine große Nummer bei der IRA gewesen ist, ist er bloß ein Dreckschwein, das Frauen und Kinder mit Bomben umgebracht hat. Für so jemanden hab' ich nichts übrig. Ich spucke auf ihn.«

»Heben Sie sich das für heute abend auf. Ich will, daß Sie nicht später als zehn Uhr im Charlton-Hotel sind.«

»Und dann?«

»Falls wir Dillon dort nicht sehen, können Sie ihn in seiner Suite erledigen. Von der Tiefgarage aus führt ein Fahrstuhl in alle Stockwerke.«

»Klingt gut. Wo ist mein Geld?«

Gold nahm einen Umschlag heraus und schob ihn über den Tisch. »Die Hälfte jetzt, die andere Hälfte danach.« Er stand auf. »Bis später.«

7

Begleitet von Blake Johnson und Teddy Grant setzte der Präsident seinen Spaziergang am Strand fort. Clancey Smith folgte in einigem Abstand. Murchison bellte wie wild die Wellen an und stürzte sich gelegentlich ins Wasser.

»Um Himmels willen, Blake, was kann das bedeuten?«

»Ich weiß nicht, Mr. President. Wenn Charles Ferguson allerdings sagt, es ist ernst, dann glauben wir ihm besser. Allein schon die Tatsache, daß er Dillon dabei hat, spricht für sich.«

»Ja, ja.« Der Präsident wandte sich an Teddy. »Sie waren letztes Jahr im Krankenhaus, als diese protestantischen Aktivisten auf meiner Reise nach London versuchten, mich zu töten. Dillon hat an diesem Tag bewiesen, was für ein bemerkenswerter Mann er ist.«

»So kann man es auch ausdrücken, Mr. President. Ich habe mich über ihn informiert und frage mich, auf wessen Seite er eigentlich steht. Er hat einundneunzig während des Golfkriegs versucht, den britischen Ministerrat mit Mörsern zu beschießen, und es wäre ihm beinahe geglückt.«

»Ja, ja, aber nun steht er auf unserer Seite.«

»Mr. President«, rief Clancey Smith, »ich bekomme Meldung, daß der Hubschrauber gelandet ist und sie hierher unterwegs sind.«

»Gott sei Dank«, sagte Jake Cazalet. Kurz darauf sah man eine schwarze Limousine, die rasch in Richtung seines Hauses fuhr. »Kommen Sie, meine Herren.« Er rannte durch die Nebelschwaden den Strand entlang, gefolgt von Murchison, der fröhlich nach seinen Fersen schnappte.

Um den Kamin im Wohnzimmer versammelt, lauschten sie mit wachsendem Entsetzen Dillons Bericht. Der Präsident schien es kaum glauben zu wollen.

»Habe ich das richtig verstanden? Dieser Judas behauptet, er habe Zugang zu unseren wichtigsten Computersystemen?

Bei der CIA in Langley, dem FBI, dem Verteidigungsministerium?«

»Das ist richtig, Mr. President.«

»Und wenn wir versuchen, mit Hilfe eines Computers herauszufinden, wer er und seine Leute sind, bringt er meine Tochter um.«

»Ja, so ungefähr«, erwiderte Dillon. »Und er macht keinen Spaß. Sie haben in Sizilien nicht nur Hakim und seine Männer getötet, sondern auch das alte Ehepaar und das Mädchen.«

»Den Gefängniswärter Jackson in London vermutlich ebenfalls«, ergänzte Ferguson.

»Und wenn ich Nemesis nicht unterzeichne, tötet er sie auf jeden Fall?«

»Ich fürchte, so ist es.« Dillon legte das Handy, das er von Judas erhalten hatte, auf den Tisch. »Das hier hat er mir gegeben. Er gewährt uns zwei Versuche, um zu beweisen, daß er die Wahrheit gesagt hat.«

»Wie wir Ihnen schon erzählt haben, Mr. President«, erklärte Ferguson, »hat er sich fast sofort gemeldet, als wir nachprüften, ob es Informationen über die Makkabäer in den Computerdateien des Britischen Geheimdienstes gibt.«

»Und jetzt wollen Sie es also mit dem Computer des Verteidigungsministeriums probieren.«

Ferguson nickte. »Wenn er sich daraufhin ebenfalls meldet, wissen wir genau, woran wir sind.«

»Dürfte ich Ihnen vielleicht eine Frage stellen, Mr. President?« warf Hannah Bernstein ein. »Es ist leider eine Berufskrankheit, aber in meinem Job entwickelt man ein Gespür für manche Dinge, ohne daß es einen besonderen Grund dafür gibt.«

»Und jetzt haben Sie so ein Gespür, Chief Inspector?« fragte Cazalet. »Nur zu, schießen Sie los.«

»Der Keller – wer weiß davon? ist er eine so geheime Angelegenheit, wie man sagt?«

Der Präsident wandte sich an Blake Johnson. »Sie haben meine Genehmigung.«

»Offiziell«, erklärte Blake, »handelt es sich dabei um die Abteilung für Allgemeine Angelegenheiten, und mehr ist niemandem bekannt. Ich habe eine Sekretärin namens Alice Quarmy, eine Witwe, die absolut vertrauenswürdig ist, ansonsten gibt es kein weiteres Personal. Man glaubt, ich hätte was mit der Verwaltung des Weißen Hauses zu tun.«

»Wie kommen Sie denn da zurecht?«

»So ähnlich wie Judas. Ich habe einen Kreis von Mitarbeitern in allen möglichen Berufen, ehemalige FBI-Agenten zum Beispiel, Wissenschaftler, Universitätsprofessoren, an die ich mich in speziellen Fällen wende. Immer absolut verläßliche Personen.«

»Wollen Sie damit sagen, daß nicht einmal der Verteidigungsminister, der Chef des Nachrichtendienstes und Leute in ähnlichen Positionen die wahre Natur des Kellers kennen?« fragte Ferguson.

»Teddy weiß es, aber Teddy weiß ja alles.« Der Präsident grinste etwas mühsam. »Ich will es Ihnen erklären. Vor längerer Zeit – ich möchte nicht sagen, unter wessen Präsidentschaft – gab es eine Reihe von Skandalen im Zusammenhang mit einer kommunistischen Infiltration des CIA und des Verteidigungsministeriums. Vielleicht erinnern Sie sich an das Gerücht über einen russischen Maulwurf im Pentagon.«

»Allerdings, Mr. President.«

»Der damalige Präsident beauftragte aus eigener Initiative einen alten persönlichen Freund, einen ehemaligen CIA-Mann, die Abteilung für Allgemeine Angelegenheiten einzurichten, damit er so jemanden hatte, der absolut vertrauenswürdig war, auf den er sich verlassen konnte. Es bewährte sich sehr gut, und als sein Nachfolger das Amt antrat, sprach der Präsident unter vier Augen mit ihm darüber, und der Keller blieb weiterhin bestehen.«

»Und besteht immer noch«, sagte Blake Johnson. »Natürlich hat es im Laufe der Jahre mal Getuschel gegeben, aber niemand wußte etwas so Konkretes, daß unsere Geheimhaltung gefährdet gewesen wäre. Unsere einzige Verbindung ins Ausland ist die mit Ihnen, Charles, und das ist eine besondere Beziehung.«

»Das ist es wahrhaftig«, nickte Ferguson und wandte sich an Hannah. »Worauf wollen Sie hinaus, Chief Inspector?«

»Nach allem, was Dillon erzählt hat, sieht es so aus, daß Judas zwar mit seinen Kontaktleuten bei allen großen Sicherheitsdiensten geprahlt hat – aber den Keller hat er nicht erwähnt.«

»Mein Gott, Mädchen, Sie haben recht«, sagte Dillon. »Sie sind wirklich clever.«

»Es hat mich einfach gewundert, vor allem bei einer solchen Angelegenheit, die den Präsidenten ganz persönlich betrifft.«

»Sie meinen also, daß er nichts über die Existenz des Kellers weiß?« fragte Ferguson.

Hannah nickte. »Wir könnten uns sogar Klarheit darüber verschaffen.« Sie wandte sich an Blake. »Ich nehme an, daß Sie auf Grund der extremen Geheimhaltung Ihrer Tätigkeit Ihre eigene Computerdatenbank haben?«

»Aber klar. Ich habe Zugriff auf die Computer von Langley, dem FBI und dem Verteidigungsministerium, aber in meine kommt keiner rein, dafür sorgen unsere speziellen Codierungen.«

»Gut. Er hat Dillon gesagt, er dürfe eine zweite Computerüberprüfung in London machen, um seine Macht zu beweisen. Versuchen wir es also nicht bei den anderen Sicherheitsdiensten, sondern mit der Datenbank des Kellers.«

Keiner erwiderte etwas, bis Teddy schließlich meinte: »Ich fand ja schon immer, daß wir mehr Frauen bei der Polizei brauchen. Frauen sind eben viel gerissener.«

»Wir machen einen Versuch«, sagte Blake. »Ich benutze den Kontrollraum, Mr. President.«

Er stand auf und ging hinaus. Murchison, der auf dem Boden gelegen hatte, war ebenfalls aufgesprungen. »Nein, leg dich wieder hin«, befahl der Präsident.

Murchison trottete jedoch statt dessen zu Hannah, die ihm die Ohren kraulte. »Wenn es funktioniert«, meinte Dillon, »ändert das eine ganze Menge.«

»Wir werden sehen«, erwiderte Ferguson.

Johnson kam zurück. »Ich habe nach einer Terroristengruppe namens ›die Makkabäer‹ gefragt und nach einem Judas Makkabäus. Die Antwort war negativ. Nichts bekannt.«

»Dann warten wir jetzt mal ab«, sagte der Präsident. »Aber wie lange?«

»In London hat er sich fast sofort bei uns gemeldet«, erklärte Ferguson.

»Wissen Sie was?« meinte Jake Cazalet. »Das Ganze ist einer der schlimmsten Alpträume in meinem Leben, aber ein Mensch muß auch mal etwas essen, und ich glaube, in der Küche ist eine kleine Mahlzeit für uns vorbereitet. Vertreiben wir uns damit die Zeit.«

»Ich habe Mrs. Boulder gesagt, sie könne früher gehen«, berichtete Teddy auf dem Weg in die Küche. »Es ist aber alles soweit fertig, ich brauche nur noch zu servieren. Sie hat die Kartoffeln auf kleiner Flamme im Ofen stehenlassen, und alles andere ist sowieso kalt.«

Hannah half ihm, und der Präsident öffnete zwei Flaschen eisgekühlten Sancerre. Es gab kalten Lachs, neue Kartoffeln, Salat und knusprigfrisches Brot, doch bis auf ein paar beiläufige Bemerkungen kam keine Unterhaltung zustande. Alle hatten nur Augen für Judas' Handy, das Dillon auf den Tisch gelegt hatte.

»Ich mache Kaffee«, sagte Teddy schließlich.

Dillon blickte auf die Uhr. »Eine Stunde vorbei. Ich würde sagen, wir probieren es jetzt mit dem Computer des Verteidigungsministeriums. Wir müssen endlich weiterkommen.«

Jake Cazalet nickte. »Okay, Blake.«

»Wir räumen inzwischen mal den Tisch ab«, sagte Dillon, »während Sie Kaffee kochen, Teddy. Ich selbst hätte allerdings lieber Tee.«

Hannah half ihm, und sie waren kaum fertig, als Blake zurückkehrte. »Ich habe mich in die Gemeinschaftsdatei von Langley, dem FBI und dem Verteidigungsministerium eingeklinkt. Absolut nichts über Judas und die Makkabäer.«

»Dann wollen wir mal sehen«, sagte Ferguson.

Teddy brachte den Kaffee und Dillons Tee. Schweigend saßen alle wieder am Küchentisch. »Es ist nicht gut, wenn gar nichts passiert«, seufzte Jake Cazalet schließlich.

Das Telefon läutete.

»Na, Kamerad«, sagte Judas, »Sie haben mich auf die Probe gestellt und nichts herausgefunden, weder in den englischen noch eben in den amerikanischen Computersystemen. Sie sehen, daß ich Bescheid weiß.«

»Gehen Sie zum Teufel, Sie verdammter Sadist«, fluchte Dillon mit gut gespielter Verbitterung.

»Nur die Ruhe, alter Knabe. Sagen Sie einfach dem Präsidenten, daß er jetzt weiß, woran er ist. Falls er versucht, die Geheimdienste einzuschalten, stirbt seine Tochter augenblicklich. Und wenn er sich weigert, Nemesis zu unterzeichnen, ebenfalls.«

»Sie sind verrückt.«

»Nein, nur pragmatisch. Herzliche Grüße an den Präsidenten.«

Judas schaltete ab, und Dillon wandte sich an Hannah. »Sie sind ein richtiges Genie. Er hat keine Ahnung, daß der Keller existiert. Das war gerade der Beweis dafür.«

»Okay«, sagte Blake Johnson, »die Situation ist also ungefähr folgendermaßen: Den Computer des Kellers können wir unbesorgt benutzen, obwohl es dort keinerlei Informationen über ihn gibt. Wenn wir es mit den anderen probieren, erfährt er davon, und zwar sehr rasch.«

»Und wir haben unsere beiden Versuche gehabt«, erinnerte Dillon. »Wenn wir andere Abteilungen einschalten, tötet er Marie.«

»Und Sie glauben ihm?« fragte der Präsident.

»Hundertprozentig.«

»Aber er kann sich nicht in unsere Telefonsysteme einklinken, und das gilt auch für die Handys, wenn wir darauf achten, nur chiffrierte Leitungen zu verwenden«, sagte Hannah. »Damit können wir miteinander in Verbindung bleiben.«

»Das stimmt«, nickte Ferguson.

»Aber der kleinste Laut über ein reguläres Telefonnetz, und es ist aus«, sagte Blake Johnson. »Daß er in kaum einer halben Stunde Bescheid wußte, obwohl unsere Computer derart streng gesichert sind, beweist wirklich die Macht der Makkabäer. Ich glaube, wenn wir die CIA oder andere Dienststellen einschalten, ist damit zu rechnen, daß er es erfährt.«

»Aber was soll ich tun?« fragte der Präsident. »Ich breche sowieso schon sämtliche Vorschriften, indem ich weder den Verteidigungsminister noch die Leiter der verschiedenen Dienststellen informiere, ganz zu schweigen von den Leitern der CIA und des FBI.«

»Genau das ist der Grund, warum einer Ihrer Vorgänger den Keller einrichten ließ«, erwiderte Blake. »Wir können niemandem vertrauen, darum geht es.«

»Gut, aber es geht noch um etwas anderes. Ich zögere nicht, einen Schlag gegen arabische Terroristen zu genehmigen, wenn sie es verdienen, aber ich kann nicht in vollem Bewußtsein der Folgen Nemesis unterzeichnen, wenn das Komitee sich nächste Woche trifft. Was soll ich nur tun?«

Alle schwiegen und sahen aus irgendeinem Grund zu Dillon. »Es gäbe vielleicht einen Weg«, meinte er, »aber dazu muß ich erst mal sterben, so wie Judas es geplant hat. Ja, ich glaube, das ist eine ganz gute Idee.«

»Was um Himmels willen meinen Sie?« fragte Ferguson.

»Ich werde es drauf ankommen lassen, wenn wir wieder in Washington sind, aber eine kugelsichere Weste tragen.«

»Nützt bloß nicht viel, wenn der Schütze auf den Kopf zielt«, meinte Johnson.

»Na ja, aber eigentlich geht man jeden Tag seines Lebens Risiken ein.«

»Und was dann, Mr. Dillon?« fragte Cazalet.

»Ich habe an der Royal Academy of Dramatic Art in London Schauspielerei studiert, Mr. President, und war sogar am National Theatre engagiert. Ich hatte schon immer das Talent, mich zu verwandeln, auch ganz ohne Maske. Ich will's Ihnen zeigen. Geben Sie mir mal Ihre Brille, Teddy.«

Teddy reichte sie ihm, und Dillon verließ den Raum. Als die Tür sich öffnete, schlurfte er, stark mit dem rechten Bein hinkend, herein, hatte den Kopf gesenkt, und ein gequälter Ausdruck lag auf seinem Gesicht, aber es war nicht nur die Brille und die veränderte Mimik, sondern seine gesamte Körpersprache wirkte anders, als sei er ein anderer Mensch geworden.

»Guter Gott«, sagte der Präsident, »ich hätte es nicht geglaubt, wenn ich es nicht mit eigenen Augen sehen würde.«

»Der Mann mit den tausend Gesichtern wurde er in internationalen Geheimdienstkreisen genannt«, berichtete Ferguson. »War zwanzig Jahre bei der IRA und ständig auf der Flucht, und wir haben nicht ein einziges Mal seinen Jackenzipfel zu fassen bekommen.«

»Wenn ich erst mal offiziell tot bin«, erklärte Dillon, »werde ich mich verändern – das Haar färben, eine getönte Brille tragen, vielleicht noch Wangenpolster, mal sehen. Dann brauche ich natürlich noch einen anderen Paß, aber das ist kein Problem. Ich habe immer zwei oder drei dabei, auch das entsprechende Make-up, je nachdem, welches Foto ich mir aussuche.«

»Falls Sie Hilfe brauchen«, sagte Teddy, »ich habe eine Freundin, Mildred Atkinson, die im gleichen Apartmenthaus lebt wie ich. Sie ist Maskenbildnerin und hat schon viele große Stars geschminkt, erst letzte Woche de Niro, wie sie mir erzählt hat.«

»Ist sie zuverlässig?«

»Absolut.«

»Na ja, sehen wir mal.«

»Ich möchte daran erinnern«, sagte Hannah, »daß wir nur fünf Tage haben, bevor das Future Projects Committee zusammentritt.«

»Was sollen wir also unternehmen?« fragte der Präsident.

»In erster Linie geht es schlicht um die Frage: Wo wird sie gefangengehalten?« entgegnete Dillon. »Definitiv kann ich nur sagen, daß der Ort in einem Radius von zwölf Stunden mit dem Schiff von Sizilien entfernt liegt.«

»Ja, aber das ist nur ein relativer Wert«, wandte Ferguson ein. »Es könnten auch viel weniger sein.«

»Sicher, aber wenn wir mal zwölf Stunden als Maximum annehmen, könnte es Korsika sein, die tunesische oder ägyptische Küste, Italien, Griechenland, die Türkei.«

»Sonst noch was?« fragte Johnson ironisch.

»Weiß der Geier. Marie hat mir erzählt, daß David Braun ihr auf Korfu gesagt habe, sie würden einen kleinen Flug machen.«

Alle schwiegen nachdenklich, bis der Präsident sagte:

»Okay, wenn Sie tot sind, nehmen Sie eine andere Identität an – und dann?«

»Der Brigadier und Chief Inspector Bernstein fliegen trauernd mit dem Lear nach Hause. Ich kehre nach Irland zurück und stöbere Riley auf, bringe ihn nach London, und er identifiziert für uns diesen Anwalt auf den Bändern der Überwachungskameras aus dem Wandsworth-Gefängnis.«

»Sie meinen tatsächlich, Sie können Riley finden?« fragte Johnson.

»Ich glaube schon. Wahrscheinlich ist er geradewegs zur Farm seiner Tante in Tullamore gefahren. Er hatte schließlich den irischen Paß, den der Brigadier ihm besorgt hat, und dazu mein Geld. Alles andere kann ich mir nur schwer vorstellen. In Irland ist er in Sicherheit.«

Der Präsident nickte. »Ja, das klingt logisch.« Er wandte sich an Blake. »Mir scheint, Mr. Dillon braucht vor allem die Möglichkeit, sofort weiterzukommen. Er möchte sicher nicht unnötig herumhängen und Zeit vergeuden.«

»Kein Problem, Mr. President. Ich habe die neue Gulfstream Five zur Hand und bin kürzlich selbst mehrmals damit geflogen. Ein tolles Flugzeug.«

»Mit der Gulfstream könnten sie in knapp sechs Stunden Irland erreichen, Mr. Dillon. Und ich möchte, daß Sie ihn begleiten, Blake. Teddy kann hier die Stellung halten.«

»Zu Befehl, Mr. President«, erwiderte Blake.

Cazalet nickte. »Gut, dann kann ich nur noch sagen: Los geht's. Ist der Helikopter bereit, Teddy?«

»Jederzeit.«

»Sie fliegen mit ihnen. Wir sehen uns morgen.«

»Nur noch eins«, sagte Dillon. »Ich mag Ihre Tochter, und Judas mag ich ganz und gar nicht. Ich werde alles tun, um sie zu befreien, selbst wenn das bedeutet, daß ich ihn töten muß. Ist das für Sie in Ordnung?«

»Und ob«, entgegnete Jake Cazalet mit grimmigem Nachdruck.

Mark Gold saß in seinem Wagen, der in einiger Entfernung vom Charlton-Hotel parkte, tippte auf die Tastatur seines

Laptops und seufzte zufrieden. Er hatte sich in den Computer des Luftwaffenstützpunkts Andrews eingeklinkt und sah nun auf seinem Bildschirm alles, was er wissen mußte – um welche Zeit der britische Lear gelandet war, die Namen der Passagiere und daß der Helikopter der Air Force, den der Präsident stets benutzte, zehn Minuten später nach Nantucket gestartet war. Einzelheiten über dessen Passagiere wurden stets geheimgehalten, doch es ließ sich unschwer erraten, wer sie waren. In einer halben Stunde sollte der Helikopter planmäßig wieder auf dem Flugplatz von Andrews landen. Gold stieg aus und blickte ungeduldig die Straße auf und ab. Nirgends ein Zeichen von Harker. Ärgerlich setzte er sich wieder ins Auto, da es zu regnen begann.

Marie saß am Fenster vor ihrer Staffelei und malte, als David Braun ein Tablett mit Kaffee und Keksen hereinbrachte, das er auf den Tisch stellte.

»Wieder an der Arbeit, wie ich sehe.«

»Was soll ich sonst tun – meinen Letzten Willen niederschreiben?«

»Marie, bitte, das Ganze ist schrecklich für mich. Mir liegt wirklich was an Ihnen. Ich würde alles für Sie tun.«

»Wunderbar. Dann gehen Sie und erschießen Sie Judas. Das würde mir wirklich helfen.«

Wortlos und mit gesenkten Schultern verließ er das Zimmer und versperrte die Tür.

Von Andrews aus ging es in Blake Johnsons Limousine zurück nach Washington. »Sean, ich habe nachgedacht«, meinte Johnson. »Warum müssen Sie ein solches Risiko eingehen und eine lebende Zielscheibe spielen? Es wäre doch viel besser, einfach wie geplant Ihre Identität zu ändern und sich nach Irland davonzumachen.«

»Dann riecht Judas aber möglicherweise Lunte. Wenn ich dagegen tot bin, wird er rundum glücklich sein. Deshalb besorgen Sie uns jetzt als erstes mal ein Taxi, in das der Brigadier, der Chief Inspector und ich umsteigen, damit man uns allein am Hotel ankommen sieht.«

»Und was mache ich?«

»Sie setzen Teddy ab. Es hat keinen Sinn, ihn unnötig in Gefahr zu bringen.«

»Ja, von wegen, das hätten Sie sich so gedacht, Mr. Dillon«, protestierte Teddy.

»Na gut, dann machen Sie, was Sie wollen.«

»Was ist mit einer kugelsicheren Weste?« fragte Johnson.

»Ich habe eine aus Nylon und Titan in meinem Koffer, die ich immer trage. Aber da Sie mir Rückendeckung geben, lassen Sie mich kurz erklären, wie es läuft.«

Der Empfangschef kam mit einem Schirm herausgelaufen, und einige Portiers eilten herbei, um das Gepäck zu übernehmen, als der Brigadier, Hannah Bernstein und Dillon vor dem Charlton aus ihrem Taxi stiegen.

»Scheiße!« fluchte Mark Gold. »Wo bleibt bloß dieser Harker?«

In diesem Moment klopfte jemand ans Fenster. Endlich! Gold kurbelte die Scheibe hinunter.

»Wo, zum Teufel, haben Sie gesteckt?«

»Ein Auto geklaut, Sie Idiot. Sie haben doch nicht etwa gedacht, wir fahren mit Ihrem Wagen in die Garage, damit sich am Ende noch irgendwer die Nummer aufschreibt, wenn wir abhauen müssen? Es steht ein Stück die Straße runter.«

Gold stieg aus, schloß den Wagen ab und folgte ihm.

Im gleichen Moment fuhren Blake Johnson und Teddy Grant in die Tiefgarage des Hotels, die nahezu vollbelegt war. Blake fand einen zwischen anderen Fahrzeugen günstig gelegenen Parkplatz und stellte den Motor ab. Aus dem Handschuhfach nahm er eine Beretta mit einem aufmontierten Schalldämpfer und überprüfte sie.

»Wie ich sehe, sind Sie für alles gerüstet«, meinte Teddy.

»Allerdings«, entgegnete Johnson grimmig.

Kurz darauf hielt eine Limousine ganz in der Nähe. Hastig gingen sie in Deckung. Ein weißhaariger, ziemlich beleibter Mann stieg aus und ging zum Fahrstuhl.

»Falscher Alarm«, sagte Blake.

Zwei oder drei Minuten später fuhr eine sandfarbene Limousine herein. Blake warf einen kurzen Blick auf Harker und Gold, der am Steuer saß.

»Runter, Teddy«, zischte er, und sie duckten sich in ihre Sitze. »Ich glaube, das sind sie. Ein übel aussehender Farbiger mit Rastalocken und ein Kerl in einem Designeranzug. Das paßt nicht zusammen.«

Die Limousine parkte zwischen zwei Lieferwagen in der Nähe des Fahrstuhls. »Bleiben Sie unten, Teddy.« Blake hob vorsichtig den Kopf. »Sie sitzen einfach nur da. Rufen Sie den Brigadier über Handy an.«

In seiner Suite hatte Dillon das Hemd ausgezogen, legte die Weste aus Nylon und Titan an und streifte darüber einen Polosweater aus dunkelblauer Seide, ehe er in sein Jackett schlüpfte.

»Sind Sie sicher, daß Sie das wirklich riskieren wollen?« fragte Ferguson.

»Er will mich umlegen lassen, das hat er klar gesagt, und daß solche Tiefgaragen wie hier im Hotel gefährlich seien.«

»Ich finde, das ist Irrsinn«, meinte Hannah.

»Aber nur, weil Sie mich lieben, Mädchen.«

»Um Himmels willen, Dillon, können Sie denn gar nichts ernst nehmen?«

»Hab' nie eingesehen, warum ich das sollte«, grinste er. »Judas weiß, daß ich mit dem Präsidenten gesprochen habe, also soll ich jetzt aus dem Weg geräumt werden. Wird ein tödlicher Irrtum – nicht für mich, sondern für ihn.«

Fergusons Handy läutete, und er meldete sich.

»Gut«, nickte er und wandte sich an Dillon. »Sandfarbene Limousine am Fahrstuhl. Zwei Männer, ein Farbiger und ein Weißer, der am Lenkrad sitzt. Wenn Sie soweit sind – Johnson ist bereit.«

Dillon überprüfte seine Walther, steckte sie hinten in seinen Hosenbund und küßte Hannah auf die Wange. »Die Todgeweihten grüßen und so weiter, wie es bei den guten alten Römern hieß. Halten Sie sich nur an den Plan. Es wird funktionieren. Der große Dillon irrt sich nie.«

»Ach, verschwinden Sie endlich, Sie verdammter Kerl!« sagte sie wütend, und genau das tat er auch.

»Wie lange wollen wir diesem Kerl noch geben, bevor ich nach oben gehe?« fragte Harker. »Am Ende hocken wir hier noch die ganze Nacht. Sie haben doch die Nummer seiner Suite?«

»Klar, ich hab' dem Portier ein gutes Trinkgeld gegeben.«

In diesem Moment öffnete sich die Fahrstuhltür, und Dillon kam heraus. Während er sich eine Zigarette anzündete, schlenderte er gemächlich zwischen den Reihen der geparkten Autos entlang.

»Das ist er«, sagte Gold aufgeregt.

»Ich hab' selbst Augen im Kopf. Hab' schließlich sein Foto gesehen.« Harker schraubte einen Schalldämpfer auf seinen automatischen Colt. »Dann mal los. Zeit für den Kuß des Todes.«

Er öffnete die Tür, stieg aus, zielte unverzüglich und schoß Dillon zweimal in den Rücken. Dillon taumelte vorwärts, sank in die Knie und fiel aufs Gesicht. Sein Jackett schwelte an den Stellen, wo die Kugeln eingedrungen waren.

Blake Johnson sprang aus seinem Wagen. »Was ist da los?« rief er.

Harker gab zwei Schüsse auf ihn ab, doch Blake hatte sich längst geduckt, und Harker sprang in die Limousine. »Los!« Gold trat aufs Gas, bog aus dem Parkplatz und raste zum Eingang.

Es herrschte vollkommene Stille. Teddy beugte sich über Dillon und schlug die winzigen Flammen aus. »Sean, sagen Sie was, um Gottes willen.«

»Muß erst mal wieder Luft kriegen.« Dillon stemmte sich auf die Knie.

Johnson hatte inzwischen über Handy eine Meldung durchgegeben. »Alles okay, Sean?«

»Hab' das Gefühl, als hätte mich zweimal ein Vorschlaghammer erwischt, aber ich werd's überleben.«

»Bleiben Sie liegen. Der Rettungswagen ist bereits unterwegs«, befahl Blake. »Ich rufe den Brigadier an und sag' ihm, daß Sie okay sind.«

Drei Straßen weiter hielt Gold an. »Hab' ich den kleinen Bastard kaltgemacht oder nicht?« lachte Harker aufgeregt.

»Das haben Sie. Ein Jammer, daß dieser Idiot auftauchte.«

»Ach, scheiß' drauf. Wo ist mein Geld, Mann?«

Gold reichte ihm einen Umschlag. »Besten Dank«, grinste Harker. »War mir ein Vergnügen, mit Ihnen Geschäfte zu machen. Wenn ich Sie wäre, würd' ich mich jetzt aber verziehen.«

Er öffnete die Wagentür und verschwand; Gold stieg ebenfalls aus, ohne sich damit aufzuhalten, Spuren zu verwischen, da er Handschuhe getragen hatte. Er kehrte zu seinem Auto in der Nähe des Hotels zurück, schloß auf und stieg ein. Einige Augenblicke später sah er einen Krankenwagen in die Tiefgarage des Hotels einfahren.

Gold griff nach seinem Handy und wählte die Spezialnummer. »Hier ist Gold. Auftrag ausgeführt.«

»Bist du sicher?« fragte Judas.

»Zwei in den Rücken. Ich hab's mit eigenen Augen gesehen. Ein Krankenwagen ist gerade rein, um ihn abzuholen.«

»Folge ihm«, sagte Judas, »und vergewissere dich. Danach meldest du dich wieder.«

Gold schaltete ab und startete den Motor, als die Ambulanz wieder auftauchte.

Ferguson und Hannah sahen im Krankenwagen zu, wie Dillon sein Jackett und das Hemd auszog. Die beiden Kugeln steckten in der kugelsicheren Weste. Johnson half ihm, die Klettverschlüsse zu öffnen und sie abzustreifen.

»Sie werden verdammt schöne blaue Flecke kriegen«, meinte Blake. »Nur fünf Zentimeter zwischen den beiden Treffern. Dieser Dreckskerl ist gut. Ich habe einen Freund bei der Washingtoner Polizei, der mir einen Gefallen schuldet. Er kann sich mal die Bänder der Überwachungskamera aus der Garage anschauen. Mal sehen, ob er den Mann identifizieren kann. Danach wird er unsere kleine Komödie löschen. Alles reichlich illegal.«

»Der Bursche am Steuer müßte der Makkabäer sein«, sagte Dillon, während Hannah ihm ein sauberes kariertes Hemd und seine Lederjacke reichte. »Unser dunkelhäutiger Freund wird ein angeheuerter Killer sein. Leider können wir niemanden verhaften lassen, dann wüßte Judas gleich Bescheid.«

»Sind Sie auch wirklich ganz in Ordnung?« fragte Hannah.

»Ich könnte einen Bushmills-Whiskey vertragen, aber das hebe ich mir für später auf. Haben Sie meinen Schminkkoffer mitgebracht?«

Sie nickte. »Ja.«

»Gut. Dann kommt jetzt der zweite Akt.«

Gold bremste und hielt an, als der Krankenwagen ins Leichenschauhaus des Dritten Distrikts fuhr. Bislang war nirgends Polizei aufgetaucht, aber wahrscheinlich waren sie wohl im Hotel und nahmen ihre Untersuchungen vor. Er wartete einige Zeit, dann holte er tief Atem und stieg aus.

Der Wärter, der Nachtdienst hatte, war ein Farbiger namens Tino Hill, ein ehemaliger Marine Sergeant, der früher als FBI-Spitzel auf Honorarbasis tätig gewesen war und ein Auge offengehalten hatte nach steckbrieflich Gesuchten. Blake kannte ihn noch aus dieser Zeit.

Er stand mit Teddy, Ferguson und Hannah im Büro, dessen Tür leicht angelehnt war. Dillon saß am Tisch vor dem geöffneten Schminkkoffer und betrachtete sich in einem kleinen Spiegel, während er sein Gesicht zuerst mit einer grünweißen Grundierung, danach mit Streifen von falschem Blut bedeckte.

»Geht's so?«

»Sie sehen gräßlich aus«, sagte Hannah.

»Prima. Warten wir mal ab, was passiert.«

»Sind Sie sicher, daß jemand kommt?« fragte Johnson.

»Ich denke, daß Judas eine Bestätigung haben will.«

Es klingelte. Johnson spähte durch die leicht geöffnete Tür. »Das ist er, der Fahrer. Machen Sie genau, was ich gesagt habe, Tino.«

Tino ging nach draußen. »Kann ich Ihnen helfen?«

»Na ja, ich weiß nicht«, sagte Gold. »Ich wollte mich vor

dem Charlton-Hotel mit meinem Cousin treffen, und er ist nicht gekommen, aber jemand hat mir erzählt, es hätte dort eine Schießerei gegeben.«

»Sekunde, bitte.«

Tino ging wieder ins Büro, nickte Dillon zu, öffnete eine Tür und ging voraus in einen gekühlten Raum mit mehreren Tischen, auf denen Leichen lagen; drei davon waren nackt, die übrigen mit Tüchern abgedeckt.

»Warten alle auf den Pathologen. Okay, Mr. Dillon, rauf mit Ihnen.«

Dillon legte sich auf einen freien Tisch, und Tino bedeckte ihn mit einem Tuch, ehe er zu Gold zurückkehrte.

»Schauen wir mal.« Er sah in sein Verzeichnis. »Sie sagen, in der Nähe des Charlton?«

»Stimmt.«

»Wie hieß Ihr Cousin?«

»Dillon«, erwiderte Gold mit unsicherer Stimme.

»Ja, das ist das Opfer der Schießerei in der Garage dort. Man hat ihn gerade erst gebracht. Wollen Sie ihn identifizieren?«

»Wenn ich muß.«

»Okay. Hier lang, und falls Ihnen übel wird, laufen Sie auf die grüne Tür zu.«

Beim Anblick der nackten Toten blieb Gold betroffen stehen. »Sehen nicht so gut aus, was?« meinte Tino. »Blüht uns aber allen eines Tages. Schauen Sie sich mal den Pimmel von dem Kerl da drüben an. Der hat bestimmt seinen Spaß gehabt.«

Gold holte tief Atem. Tino zog das Tuch von Dillons Gesicht, dessen Augen starr und blicklos waren. Er sah wirklich schrecklich aus, und Gold rannte tatsächlich prompt auf die grüne Tür zu, hinter der er eine Toilette fand und sich gründlich erbrach.

Als er herauskam, begleitete Tino ihn zurück zum Eingang. »Können Sie mir Ihre Personalien geben, Sir? Falls die Polizei danach fragt.«

»Ich bin jetzt viel zu durcheinander. Ich komme morgen früh noch mal her«, erwiderte Gold und eilte nach draußen.

Im Büro schaltete Blake sein Handy ab. »Ich lasse ihn von einem Zivilwagen verfolgen, aber wir können ihn uns natürlich nicht schnappen, sonst wäre Judas unglücklich. Ich möchte allerdings für später gern wissen, wer er ist.«

»Und der Schütze kommt auch einfach so davon?« fragte Teddy. »So ein dreckiger Killer?«

»Ich verstehe Sie schon, Teddy, aber solche Burschen kann es jede Nacht auf der Straße erwischen.«

Dillon kam herein, setzte sich, entfernte mit Reinigungscreme die grausige Schmiere auf seinem Gesicht und wusch sich danach an einem Waschbecken in der Ecke.

»Hab' den Dreckskerl zu Tode erschreckt«, grinste er und trocknete sich ab.

Blakes Telefon läutete. Er meldete sich. »Danke, hast einen Gefallen bei mir gut. War mein Freund von der Kripo«, erklärte er den anderen. »Das Gesicht des Fahrers war nur undeutlich zu sehen, aber den Schützen hat er sofort erkannt. Ist ein gewisser Nelson Harker, ein berüchtigter Killer, vor dem alle solche Angst haben, daß kein Mensch je gegen ihn aussagen wird. Er lebt in der Flower Street.«

»Werden Sie ihm einen Besuch abstatten?« fragte Hannah.

»Demnächst vermutlich. Fahren wir ins Hotel zurück. Ich setze Sie ab, packe zu Hause selbst meine Sachen, und dann düsen wir nach Irland.«

Auf dem Weg zum Hotel klingelte sein Handy erneut. Als er abschaltete, sagte er: »Mein Mann ist unserem Unbekannten bis zu einem Apartmentkomplex in Georgetown gefolgt. Mark Gold ist sein Name. Meine Sekretärin Alice Quarmby hat ihn durch unseren Computer überprüfen lassen, und wissen Sie was? Er arbeitet als Informatiker im Verteidigungsministerium, ein sehr kluger junger Mann. Sein Bruder emigrierte nach Israel und wurde bei einem Raketenangriff der Hamas auf den Kibbuz, in dem er lebte, getötet.«

»Also ist Gold ein Makkabäer?« meinte Hannah.

»Zweifellos.«

Er hielt vor dem Hotel am Straßenrand. »Wir treffen uns so bald wie möglich auf dem Stützpunkt Andrews.«

Sie stiegen aus, und Blake Johnson fuhr mit Teddy weiter.

Gold hatte mit seinem Anruf bei Judas gewartet, bis er zu Hause war. Das Leichenschauhaus, die Toten und der süßliche Verwesungsgeruch hatten ihn ziemlich mitgenommen.

Er gönnte sich einen Brandy, ehe er nach seinem Spezialhandy griff. »Hier Gold. Ich war im Leichenschauhaus. Er ist wirklich tot.«

»Hervorragend«, sagte Judas. »Ich melde mich wieder.«

Marie de Brissac ruhte auf dem Bett, als die Tür geöffnet wurde und David Braun hereinkam, gefolgt von Judas, der wieder seine Kapuze trug. Marie setzte sich auf und bemühte sich, sie nicht merken zu lassen, wie erschrocken sie war.

»Was ist?«

»Ich wollte Ihnen bloß ein paar Neuigkeiten mitteilen.« Judas lachte. »Ihr Freund Dillon ist vor kurzem ums Leben gekommen.«

»Sie lügen.«

»Nein, Comtesse, er wird nicht mehr zurückkehren, denn im Moment liegt er mit zwei Kugeln im Rücken in einem Leichenschauhaus in Washington.«

Laut lachend verließ er das Zimmer, und sie begann zu weinen. David Braun legte eine Hand auf ihre Schulter, aber sie stieß ihn weg.

»Gehen Sie! Sie sind genauso schlimm wie er!«

IRLAND LONDON FRANKREICH
ÖSTLICHES MITTELMEER

1997

8

Dillon saß mit einem Handtuch um die Schultern vor dem Waschbecken in Teddys Apartment. Mildred Atkinson stand hinter ihm und betrachtete ihn im Spiegel, während Teddy in der Ecke lehnte und eine Zigarette rauchte.

»Kannst du was machen, Mildred?«

»Natürlich kann ich das. Prima Gesicht. Aber die Haare – nein, ich hasse es, Leute schwarz zu färben. Ganz egal, wie gut man es macht, es sieht nie wirklich echt aus. Außerdem haben Sie tolle Haare, Schätzchen«, sagte sie zu Dillon, »wie helles Stroh. Ich werde sie statt dessen nur schneiden, richtig schön kurz scheren, und braun tönen, genau wie auf dem Paßfoto, das Sie mir gezeigt haben. Dadurch wird sich Ihre ganze Kopfform verändern. Und die Augenbrauen …« Sie überlegte einen Moment. »Die Brille ist getönt, wie ich sehe. Ich schau' mal nach, was ich in meiner Trickkiste habe.« Sie griff nach der Schere.

»Sie sind Engländerin?« fragte Dillon.

»Stimmt, Schätzchen. Ich komme aus Camden im guten alten London. Hab' mein Metier in den Pinewood Studios gelernt.«

»Und was hat Sie hierher verschlagen?«

»Die Liebe, Schätzchen, die Liebe zu dem größten amerikanischen Mistkerl, den man sich nur vorstellen kann. Bis ich das allerdings rausfand, hatte ich hier beruflich Fuß gefaßt und beschloß zu bleiben. Und jetzt hören Sie mal auf zu reden, damit wir vorankommen.«

Dillon lehnte sich zurück und betrachtete diesen ganz anderen Dillon, der ihm aus dem Spiegel entgegenblickte. »Du bist ein Genie, Mildred«, meinte Teddy bewundernd. »Die getönte Brille ist genau richtig.«

Sie packte ihre Sachen zusammen. »Viel Glück, Mr. Dillon. Die Färbung dürfte etwa zwei Wochen halten.«

»Ich will dich dafür bezahlen«, sagte Teddy.

»Unsinn, war mir ein Vergnügen.« Sie tätschelte im Hinausgehen seine Wange und lächelte Dillon zu. »Netter Junge, Teddy.«

Auf dem Stützpunkt Andrews trennten sie sich. Blake, Dillon und Teddy standen am Eingang des Hangars, wo sie vor dem Regen geschützt waren, und blickten dem Lear hinterher, mit dem Ferguson und Hannah Bernstein zurückflogen.

Teddy schüttelte beiden die Hände. »Jetzt ist die Sache an euch, Jungs.«

Dillon fiel in letzter Sekunde noch etwas ein. Er nahm aus seiner Brieftasche die Skizze, die Marie de Brissac für ihn gezeichnet hatte, und faltete das Blatt auseinander.

»Das hat die Tochter des Präsidenten für mich gemacht. Es ist das Emblem auf Judas' silbernem Feuerzeug.«

»Sieht mir wie ein Divisionszeichen aus«, meinte Blake.

»Ja, und da wir wissen, daß Judas im Jom-Kippur-Krieg gedient hat, muß es ein israelisches sein. Können Sie das überprüfen, Teddy? Es muß doch irgendwo eine Auflistung israelischer Uniformabzeichen geben.«

»Wahrscheinlich in der Stadtbücherei«, lachte Teddy. »Okay, ich kümmere mich drum.«

Ein großer Farbiger in der üblichen dunkelblauen Uniform der Fluggesellschaft kam mit einem Regenschirm auf sie zu. »Sergeant Paul Kersey, meine Herren. Ich bin Ihr Flugbegleiter. Die Piloten kennen Sie, glaube ich, schon, Mr. Johnson.«

»Allerdings.«

Dillon streckte die Hand aus. »Keogh – Martin Keogh.« Da er ja tot sein sollte, erschien es ihm sinnlos, seinen richtigen Namen zu nennen.

»Freut mich. Folgen Sie mir, meine Herren.«

Unter seinem Schirm gingen sie zur Gangway, wo die Piloten warteten. Johnson begrüßte sie wie alte Freunde und übernahm die Vorstellung.

»Captain Tom Vernon und Lieutenant Sam Gaunt. Das ist Martin Keogh.«

»Schön, Sie kennenzulernen«, sagte Vernon. »Wie Sie sehen, tragen wir Zivil. Wir halten nichts davon, unnötig aufzufallen. Gewöhnlich hat dieses Flugzeug eine Besatzung von vier Mann, aber wir kommen auch mit drei aus. Die Gulf Five ist das beste Privatflugzeug der Welt. Es hat eine Reichweite von sechstausendfünfhundert Meilen und schafft sechshundert Meilen pro Stunde.«

»Dann ist Irland ja kein Problem.«

»Bei so gutem Wind wie heute abend müßten wir in sechs Stunden in Dublin sein.«

»Also, dann los«, sagte Johnson. »Nach Ihnen, meine Herren.« Er folgte den Piloten die Treppe hinauf.

Teddy Grant lief unruhig in seinem Apartment auf und ab. Es stand so viel auf dem Spiel, so verdammt viel, und dieses Gefühl der totalen Hilflosigkeit machte ihn richtig fertig. Er erinnerte sich an die Skizze, die Dillon ihm gegeben hatte, und sah auf seine Uhr. Gerade erst neun. Die Buchhandlungen in Georgetown hatten bis zehn Uhr abends geöffnet. Das würde ihn ein wenig ablenken.

Entschlossen griff er nach seinem Regenmantel und verließ die Wohnung.

Er fuhr einen behindertengerechten Wagen mit Automatik, den er geschickt durch den Abendverkehr nach Georgetown steuerte, wo er am Straßenrand parkte und einen Taschenschirm aus dem Handschuhfach nahm. Daneben lag ein kurzläufiger Colt, den er in die Tasche seines Regenmantels steckte. Bei den häufigen Raubüberfällen auf offener Straße war es besser, vorsichtig zu sein.

Es blieben ihm noch vierzig Minuten, bevor die Läden schlossen. Mit einem Druck auf den Automatikknopf öffnete er seinen Schirm und ging los.

In einigen Straßen gab es mehrere Buchläden, und er betrat gleich den ersten, suchte die Abteilung für Militaria und begann zu stöbern. Die meisten Bücher schienen sich mit dem Zweiten Weltkrieg, den Nazis und der SS zu befassen. Merkwürdig, wie besessen manche Leute davon waren. Über die israelische Armee gab es gar nichts. Auf dem Weg nach draußen musterte er mit mürrischer Miene ein neues Buch über die Geschichte des Judaismus, das auf einem Ständer präsentiert wurde.

Er selbst war zwar Christ, doch seine Großmutter väterlicherseits war Jüdin gewesen und hatte außerhalb ihres Glaubens geheiratet, wie man das nannte. Sie war schon lange tot, aber Teddy erinnerte sich voller Liebe an sie und war stolz auf die jüdischen Wurzeln, die er ihr verdankte. Er hatte dieses Tatsache nie an die große Glocke gehängt, da ihm Religion an sich nichts bedeutete, doch die Juden waren schon ein tolles Volk. Die religiösen Grundsätze, die Morallehre, die sie der Welt geschenkt hatten, waren einzigartig. Der Gedanke an Menschen wie Judas und seine Makkabäer, die dieses Erbe mit ihren Taten beschmutzen, machte ihn richtig wütend.

Er versuchte es in drei weiteren Läden, ehe er Glück hatte. Der Besitzer eines kleinen Ladens an der Ecke, ein sehr alter, weißhaariger Mann, wollte gerade schließen.

»Ich will Sie nicht lange aufhalten«, sagte Teddy. »Ich suche nach einem Handbuch über israelische Armeeeinheiten, mit Divisionszeichen, Uniformabzeichen und so was.«

»Moment.« Der alte Mann ging zu einem Regal und kehrte mit einem kleinen Taschenbuch zurück. »Dieser Verlag bringt eine ganze Reihe davon raus, Armeen der Welt. Ist ziemlich populär. Ich habe nur noch die Bände über die russische und die israelische Armee übrig. Muß wieder nachbestellen.«

»Wieviel?«

»Fünfzehn fünfzig.«

Teddy suchte das Geld heraus. »Eine Tasche brauche ich nicht, und vielen Dank für Ihre Hilfe.«

In Hochstimmung eilte er durch den Regen zurück zu seinem Wagen, stieg ein, schaltete das Licht an und schlug das Buch auf, das hauptsächlich aus Text bestand. Ungefähr zwölf Seiten zeigten farbige Abbildungen der Uniformzeichen verschiedener israelischer Einheiten. Enttäuscht klappte er es wieder zu. Keine einzige ähnelte auch nur entfernt dem Raben.

Frustriert zündete er sich eine Zigarette an und dachte an die Ereignisse des Tages, die in dem Mordversuch an Dillon gegipfelt waren. Daß Mark Gold in Ruhe gelassen werden mußte, sah er ein, aber Harker, ein Scheusal, das unzählige Male für Geld getötet hatte? Damit konnte er sich überhaupt nicht abfinden.

»Wozu war denn dann Vietnam und das alles gut?« sagte er leise zu sich selbst. »Ist die Welt dadurch besser geworden? Nein, im Gegenteil, verdammt noch mal.«

Er öffnete das Handschuhfach, suchte den Schalldämpfer und befestigte ihn an seinem Colt, ehe er ihn wieder in seine Tasche steckte. Was hatte Blake über Harker gesagt? *Solche Burschen kann es jede Nacht auf der Straße erwischen.* Mit grimmigem Lächeln startete Teddy den Wagen.

Es regnete in Strömen. Nelson Harker war naß bis auf die Haut, als er in die Flower Street einbog, und außerdem mehr als nur ein wenig betrunken. Da er Geld in der Tasche hatte, hatte er ordentlich einen draufgemacht und sich zudem mit zwei Prostituierten vergnügt, wie er es am liebsten mochte. Er stolperte über eine Unebenheit auf dem Bürgersteig und blieb schwankend stehen.

»Entschuldigung.«

Harker blinzelte und sah einen kleinen einarmigen Mann in einem Regenmantel, der ihn unverwandt anstarrte. »Was is', du kleiner Scheißer?«

Teddy umfaßte den Colt in der Tasche seines Regenmantels und sehnte sich mit allen Fasern danach, ihn einfach zu erschießen – aber er konnte es nicht. Es waren keine moralischen Hemmungen, die ihn zurückhielten; in Vietnam hatte er aus nichtigeren Gründen getötet, doch ein guter Engel bewahrte ihn davor, seiner Wut nachzugeben. Denn falls diese Sache aufflog und er am Ende bei der Polizei landete, würde der Skandal, der darauf folgte, den Präsidenten stürzen, den Menschen, den er mehr schätzte als jeden anderen auf der Welt. Heiliger Gott, was hatte er sich bloß gedacht?

Er holte tief Atem. »Verzeihung. Ich wollte bloß nach dem Weg fragen.«

»Mann, verpiß dich«, lallte Harker und torkelte weiter.

Teddy eilte rasch zurück zu seinem Wagen. Eine Meile weiter mußte er den Fluß überqueren. Er hielt mitten auf der

Brücke an, stieg aus und warf den Colt in das dunkle Wasser. Er war nicht registriert, es könnte ihn also niemand mit ihm in Verbindung bringen, doch das spielte keine Rolle. Er würde im Schlamm versinken und dort für alle Zeit liegenbleiben, eine Erinnerung an die dümmste Tat in seinem gesamten Leben, die er beinahe begangen hätte.

»Verdammter Narr«, sagte er leise. »Was hast du dir bloß gedacht?« Dann stieg er wieder ein und fuhr weiter.

Der Flug mit der Gulfstream war so ruhig, daß Dillon es kaum glauben konnte. Überhaupt war er ungeheuer beeindruckt. Die riesigen Clubsessel ließen sich zum Schlafen verstellen, an der Seitenwand stand zudem noch ein Sofa, die Tische waren aus furniertem Ahorn, es gab eine Bordküche, einen Aufenthaltsraum für die Besatzung und sogar eine Dusche.

»Ihr gönnt euch was«, meinte er zu Johnson.

»Es ist das beste Flugzeug der Welt«, erwiderte Blake, »und genau das brauche ich. Ich kann sogar Rollbahnen benutzen, die nur halb so lang sind wie die für Verkehrsflugzeuge.«

»Mir gefällt besonders, daß ›Gulfstream V‹ mit der römischen Ziffer anstatt mit einer normalen Fünf geschrieben ist.«

»Das ist eben Stil. Und dank Satellitentechnik auf dem neusten Stand haben wir jederzeit und überallhin Telefonverbindung.«

»Das will ich gleich mal ausprobieren.«

Captain Vernons Stimme kam aus dem Lautsprecher. »Unsere Flughöhe beträgt fünfzigtausend Fuß, und wir haben guten Rückenwind. Übrigens ist Irland uns fünf Stunden in der Zeit voraus, daher schlage ich vor, Sie stellen Ihre Uhren um.«

Kersey brachte Kaffee und für Dillon Tee. »Bitte sehr, meine Herren. Melden Sie sich, wenn Sie etwas möchten. Ich serviere das Abendessen in einer Stunde, wenn's recht ist.«

»Also, ein großer Bushmills-Whiskey wäre mir jetzt schon recht«, sagte Dillon. »Falls Sie hier so was haben.«

»Wir haben alles.« Kersey kehrte nur Sekunden später mit dem Bushmills zurück. »Okay, Sir?«

»Bestens«, grinste Dillon.

Nachdem Kersey die Tür zur Bordküche geschlossen hatte, sagte Blake: »Sie wollten doch einen Anruf machen?«

»Ja. Mein alter Freund Liam Devlin ist der größte lebende Experte, was die IRA angeht. Er hat uns beträchtlich bei der Irish-Rose-Affäre geholfen, erinnern Sie sich?«

»Und ob.« Blake stellte seine Uhr um. »Aber dort drüben ist es jetzt halb drei in der Nacht.«

»Dann weck' ich ihn eben auf.« Dillon griff nach dem Telefon.

In seinem Häuschen in Kilrea, einem Dorf nahe bei Dublin, schaltete Liam Devlin fluchend das Licht ein, als das Telefon beharrlich läutete, und nahm den Hörer ab, wobei er einen Blick auf den Wecker warf.

»Jesus, Maria und Josef, wissen Sie, wieviel Uhr es ist, wer immer Sie sind?«

»Ach, halt die Klappe, alter Gauner, und hör mir zu, ja? Hier ist Sean – Sean Dillon.«

Devlin richtete sich auf. »Na, sag mal – von wo aus rufst du denn jetzt an?«

»Aus einer Gulfstream, die gerade den Atlantik überquert, Liam. Ich habe einen Freund bei mir, und wir brauchen dich.«

»Geht's um die IRA?«

»Schlimmer, viel schlimmer. Mit der IRA hat's zwar nichts zu tun, aber Dermot Riley ist in die Sache verwickelt.«

»Der sitzt doch gerade seine fünfzehn Jahre in Wandsworth ab.«

»Das hat er, bis er Ferguson angeboten hat, ihm den Aufenthaltsort und das Waffenlager einer anderen IRA-Gruppe in London zu verraten.«

»Hast du ihm das etwa geglaubt?« Devlin lachte laut auf. »Und dann ist er euch entwischt, was?«

»So ungefähr, nur ist alles noch viel komplizierter, und wie ich schon sagte, es ist keine Sache, die die IRA betrifft. Ich muß ihn unbedingt finden, Liam. Es ist wirklich lebenswichtig. Hör dich mal um, ob du irgendwas rausfinden kannst.«

»Na ja, da wäre seine Tante Bridget O'Malley unten in Tullamore. Ihre Farm liegt in der Nähe des Blackwater River.«

»Könnte sein, er könnte sich aber auch gedacht haben, daß das zu riskant ist. Wir sind gegen halb zehn bei dir in Kilrea. Er hat übrigens den Namen Thomas O'Malley benutzt.«

»Gut. Kann ich jetzt weiterschlafen?«

»Klar, du hast doch schon immer nur das getan, was du wolltest«, entgegnete Dillon und legte auf.

Devlin konnte nicht wieder einschlafen. Nach allem, was Dillon gesagt hatte, schien es sich um etwas Besonderes zu handeln, um etwas ganz Besonderes sogar, und das ließ ihm keine Ruhe. Er griff nach einer Zigarette und zündete sie an. Sein Arzt hatte versucht, ihn dazu zu überreden, weniger zu rauchen, aber was spielte das in seinem Alter noch für eine Rolle? Er stand auf, streifte seinen Bademantel über, ging in die Küche und setzte den Kessel auf, ehe er nach dem Telefon griff und eine Nummer wählte.

»Bist du's, Michael? Hier Liam Devlin.«

»Mein Gott, Liam, du bist aber noch spät auf.«

»Du auch.«

»Na ja, weißt du, ich hab' angefangen, Romane zu schreiben, und arbeite gern nachts.«

»Das hab' ich gehört, und ich hab' auch gehört, daß du meistens morgens gegen sieben Uhr im Irish Hussar frühstückst.«

»Stimmt.«

»Dann leiste ich dir Gesellschaft. Ich brauche ein paar Auskünfte von dir.«

»Kann mir schon denken, was das heißt, alter Knabe. Gut, dann bis nachher.«

Devlin legte auf, griff nach dem Kessel und goß sich leise pfeifend eine Kanne Tee auf.

In der Gulfstream wurde eine hervorragende Mahlzeit aus Seezungenfilet mit Kartoffeln und gemischtem Salat serviert, gefolgt von italienischer Eiscreme mit Haselnüssen. Dazu teilten sie sich eine Flasche Chablis.

»Ich frage mich«, meinte Dillon danach, »was wohl die armen Schweine auf den Verkehrsflügen in der ersten Klasse heute abend kriegen. Das war großartig.«

»Zufriedene Gäste sind unser Ziel.« Blake nahm einen Schluck Kaffee. »Dieser Devlin scheint ein außergewöhnlicher Mensch zu sein. Sind die Geschichten, die ich über ihn gehört habe, alle wahr?«

»Vermutlich. Er hat einen Universitätsabschluß am Trinity College in Dublin gemacht. Ein Gelehrter und ein Poet, dazu einer der gefürchtetsten Kämpfer, den die IRA je hatte. Im Spanischen Bürgerkrieg hat er gegen Franco gekämpft und wurde von den Italienern gefangengenommen, die ihn den Nazis auslieferten.«

»Und er hat für sie gearbeitet?«

»Er war kein Faschist, aber die IRA hat damals mit Hitler geliebäugelt, weil man meinte, wenn England den Krieg verlieren würde, wäre das die große Chance für Irland. Devlin ist für die Abwehr in Irland mit dem Fallschirm abgesprungen und nur mit knapper Not nach Berlin zurückgekommen.«

»Und dann? Ist irgendwas dran an der alten Legende, daß ein Deutscher versucht hat, mit Devlins Hilfe Churchill zu entführen?«

»Norfolk, 1943, eine Elitetruppe deutscher Fallschirmjäger. Davlin war tatsächlich dabei, aber der Versuch schlug fehl, und es war wieder ein kleines Wunder, daß er rauskam.«

»Aber Sie haben gesagt, er sei kein Faschist gewesen?«

»Man hat ihn gut bezahlt, und das Geld ging an die Organisation. Er hat mal gesagt, er hätte sogar versucht, sich Hitler zu schnappen, wenn ihm jemand genügend dafür gezahlt hätte. Er hat die ganzen Nazibonzen persönlich gekannt – und war sogar dabei behilflich, ein Attentat auf Hitler durch die SS gegen Ende des Kriegs zu vereiteln.«

»Guter Gott!«

»Dahinter steckte die Überlegung, daß es besser sei, wenn Hitler am Leben blieb und alles immer tiefer in die Scheiße ritt, während der Krieg vielleicht noch länger gedauert hätte, wenn die SS das Kommando übernommen hätte.«

»Ich verstehe.«

»Hitler verlieh ihm das Eiserne Kreuz Erster Klasse, und Devlin lacht sich heute noch kaputt, wenn er davon erzählt.«

»Und dann kam Irland?«

»Ja. Er war einer der Begründer der Provisional IRA und stand bei der britischen Armee auf der Fahndungsliste.«

»Und damals haben Sie ihn kennengelernt?«

»Er hat mir alles beigebracht, was ich kann und weiß, aber Liam war ein altmodischer Revolutionär, und ich machte gerade eine marxistische Phase durch, jung und dumm wie ich war. Wir haben uns ganz schön bekriegt, aber letzten Endes dann wieder versöhnt.«

»Ein merkwürdiger Mann.«

»Ein großer Mann; der beste, den ich je gekannt habe.«

»Dieser Name auf Ihrem falschen Paß, Martin Keogh – hat er eine Bedeutung?«

Dillon zuckte die Schultern. »Nur ein Tarnname, den ich seit Jahren immer mal wieder benutze.«

Blake nickte. »Sie denken also, Devlin könnte uns dabei helfen, Riley zu finden?«

»Falls es jemand kann, dann er. Wenn wir Riley erst mal haben, schleppen wir ihn nach London, damit er uns diesen falschen Anwalt zeigt, den die Überwachungskameras in Wandsworth aufgenommen haben. Sobald wir sein Gesicht kennen, finden wir auch seine Identität raus.«

»Sie klingen recht zuversichtlich.«

»Bin ich auch. Mit etwas Glück könnte er uns zu Judas führen.«

Blake blieb skeptisch. »Viel ist es nicht.«

»Es ist alles, was wir haben. Aber noch etwas – falls wir tatsächlich diesen Ort finden, an dem Judas sie gefangenhält, wäre es nicht so gut, Kampfschwimmer oder eine andere Spezialeinheit zu Hilfe zu rufen. Er wird sie beim geringsten Anschein eines Angriffs sofort umbringen.«

»Sie meinen, Sie wollen ganz allein dort rein?«

»Ich bräuchte natürlich Rückendeckung«, entgegnete Dillon. »Aber ich habe doch so einiges von dem Gebäude gesehen und weiß zumindest, daß sie im dritten Stock wohnt.«

»Ein Mann ganz allein?« Blake schüttelte den Kopf. »Das ist verrückt.«

»Er hat nur fünf Makkabäer um sich«, erwiderte Dillon. »Und nirgends gab's Anzeichen für Personal. Aber es ist ohnehin klar, daß er keins hat. Es sind also mit ihm zusammen sechs.«

»Und Sie würden das wirklich riskieren?«

»Warum nicht? Sie kennen doch die alte Geschichte von dem Schneider aus dem Märchen der Brüder Grimm? Sieben auf einen Streich! Bei mir sind's eben sechs.«

»Das waren aber Fliegen auf einem Marmeladenbrot.«

»Macht doch keinen Unterschied.« Dillon rief nach Kersey. »Noch einen Bushmills, und dann leg' ich mich lang.«

»Sofort, Sir.«

»Wissen Sie«, meinte Blake, »eins beruhigt mich wirklich an der ganzen Sache.«

»Und das wäre?« fragte Dillon und nahm den Drink, den Kersey brachte.

»Nach allem, was Marie de Brissac Ihnen erzählt hat, wußte der General aus diesem anonymen Brief nur, daß seine Frau die Nacht mit einem amerikanischen Offizier verbracht hatte. Er wußte aber nicht, daß es Jake Cazalet war.«

»Scheint so.«

»Das Geheimnis war also nur Marie, ihrer Mutter und dem Präsidenten bekannt.«

»Sie vergessen Teddy Grant.«

»Okay, aber das heißt, es waren nach dem Tod der Gräfin nur noch drei. Wie zur Hölle hat Judas es also herausgefunden?«

»Weiß der Himmel, aber jedenfalls wußte er es.« Dillon knipste das Licht über dem Sitz aus und kippte ihn zurück. »Ich schlafe jetzt erst mal ein bißchen, solange dazu noch Gelegenheit ist.«

Devlin parkte seinen Wagen am Ufer des Liffey und ging durch den leichten Nieselregen zum Irish Hussar, einem altmodischen Lokal mit gemütlichen Nischen und einer Theke aus Mahagoni vor einer Spiegelwand, in deren Regalen Flaschen aufgereiht standen. Normalerweise war es ein beliebter Treffpunkt von Republikanern und Sinn-Fein-Anhängern; zu dieser Zeit am Morgen aber waren die Gäste hauptsächlich Arbeiter, die sich ein ordentliches irisches Frühstück gönnten. In der letzten Nische entdeckte er Michael Leary, der gerade mit seiner Mahlzeit begann.

»Liam, alter Gauner.«

»Selber«, entgegnete Devlin.

Eine junge Frau kam mit strahlendem Lächeln an den Tisch, denn Devlin war einer ihrer Lieblingsgäste. »Was kann ich Ihnen bringen, Mr. Devlin?«

»Das gleiche, dazu reichlich Frühstückstee, in dem der Löffel steht.« Er wandte sich an Leary. »Läuft die Arbeit gut, Michael?«

»Dieser Thriller, den ich geschrieben habe, hat sich an den Flughäfen ganz ordentlich verkauft. Um ehrlich zu sein, Liam, ich habe in den vergangenen zwölf Monaten fünfzigtausend Pfund verdient, und es scheint noch mehr zu werden.«

»Und du arbeitest immer noch die Nacht durch?«

»Liegt an meinem Bein, daß ich nicht schlafen kann. Hab' ziemliche Schmerzen.« Er schlug sich mit der Faust auf den Oberschenkel.

Leary, der mehr als zwanzig Jahre lang ein aktives Mitglied der IRA gewesen war, hatte ein Bein verloren, als eine Bombe, die er in einem alten Laster über die Grenze bringen sollte, vorzeitig explodierte und zwei seiner Kameraden tötete. Der einzige Vorteil dieses Unglücks war gewesen, daß er nicht in einem englischen Gefängnis gelandet war, aber seine Karriere als aktives Mitglied der Bewegung war danach beendet gewesen.

Die junge Frau brachte Devlin sein Frühstück und eine Kanne Tee, und er begann zu essen.

»Was gibt's, Liam? Was willst du?« fragte Leary.

»Vor fünfzehn Jahren, als ich sechzig war und es besser hätte wissen müssen, habe ich dir in County Down das Leben gerettet. Die Bullen hatten dich in die Schulter geschossen, und ich hab' dich über die Grenze gebracht.«

»Stimmt«, sagte Leary, »bloß eins ist genauso falsch wie mein linkes Bein – du warst nicht sechzig, du warst siebzig.«

»Ach, sei nicht so pingelig; jedenfalls bist du mir was schuldig, und jetzt kannst du dich revanchieren.«

Leary nickte nur und widmete sich weiter seinem Frühstück. »Rede schon.«

»Ich weiß, daß du immer noch eng mit der Organisation verbunden bist. Bevor der Friedensprozeß begann, hast du die Abwehrabteilung in Dublin geleitet.«

Leary schob seinen Teller zur Seite, den die Kellnerin sofort wegräumte. »Geht es um eine IRA-Sache, Liam?«

»Nur indirekt. Eher um einen Gefallen für einen Freund.«

»Schieß los.« Leary begann seine Pfeife zu stopfen.

»Du hast immer noch deine Ohren überall und wüßtest doch wahrscheinlich auch, wenn Dermot Riley zurückkäme? Ich hab' nämlich als letztes gehört, daß er fünfzehn Jahre in Wandsworth absitzt, aber anscheinend ist er entwischt. Soviel ich weiß, hat er dabei einen irischen Paß auf den Namen Thomas O'Malley benutzt.«

»Und wer sagt das?«

»Mein Freund, aber das ist vertraulich.«

»Es gibt mehr als einen, der Dermot gern sehen möchte, einschließlich des Stabschefs. Na gut, er ist wieder da. Er ist vor drei Tagen als Thomas O'Malley durch die Paßkontrolle am Flughafen von Dublin spaziert. Einer der Sicherheitsleute hat ihn erkannt. Da er einer von uns ist, hat er ihn einfach durchgewinkt und dann die Sache dem Stabschef gemeldet.«

»Und was hat der getan?«

»Erst mal in London angerufen und anschließend Bell und Barry, zwei seiner Gorillas, zu Bridget O'Malley auf ihre Farm am Blackwater River geschickt. Das war gestern. Sie hat geglaubt, er sitze immer noch im Gefängnis, und geschworen, er sei nicht bei ihr aufgetaucht.«

»Die beiden kenne ich. Es überrascht mich, daß sie nicht versucht haben, sie mit brennenden Zigaretten zu traktieren.«

»Glaubst du, er ist dort, Liam?«

»Wenigstens in der Gegend. Wohin sollte er sonst?«

Leary schwieg einen Moment nachdenklich. »Die Sache stinkt jedenfalls. Wir haben überall Freunde, das weißt du selbst, sogar in Wandsworth. Es scheint, als sei Riley auf ein Überstellungsgesuch hin rausgelassen worden, das Brigadier Charles Ferguson vor ein paar Tagen unterzeichnet hat.«

»Ach was?« Devlin zündete sich eine Zigarette an.

»Und wir alle wissen, wer heutzutage seine starke rechte Hand ist – Sean Dillon. Könnte er zufällig dieser Freund von dir sein, Liam?«

Devlin lächelte. »Wie käme ich denn dazu, einen solch gräßlichen Kerl zu kennen?«

»Jetzt komm aber, Liam. Du hast ihm alles beigebracht, was du weißt und sogar immer gesagt, er sei so was wie deine dunklere Hälfte.«

Devlin stand auf. »Ein tolles Frühstück, und da du jetzt so ein erfolgreicher Autor bist, Michael, lasse ich mich gern von dir einladen. Falls du zufällig mal Dermot Riley begegnest, wäre es nett, wenn du mir Bescheid sagen würdest.«

»Mach keine Dummheiten, Liam. Selbst die lebende Legende der IRA kann ein böses Ende nehmen.«

»Ach, Herrgott, in meinem Alter kümmert einen das schon nicht mehr so besonders. Übrigens kannst du dem Stabschef sagen, wenn du ihn anrufst, daß diese Sache hier nichts mit der IRA zu tun hat. Er hat dafür mein Wort.«

Nachdem er gegangen war, dachte Leary über alles nach und fragte sich, warum Ferguson wohl Riley aus Wandsworth herausgeholt hatte. Offensichtlich aufgrund irgendeines Handels, und dann war Riley ihm entwischt. Oder könnte es sein, daß er mit einem falschen Paß in Irland war, um für Ferguson einen Job zu erledigen?

Auf jeden Fall wußte er, was er zu tun hatte. Er stand auf und ging rasch hinaus zu seinem Wagen.

Der Stabschef lebte in einem kleinen Haus am Stadtrand. Während seine Frau Tee servierte, streichelte er die Katze auf seinem Schoß und hörte schweigend zu.

»Treib' Bell und Berry auf und schick sie zu mir«, sagte er, als Leary fertig war.

»Und Liam?«

»Ich hab' den alten Knacker wirklich sehr gern, aber falls er dort auftaucht, und erst recht zusammen mit Dillon, dann können Bell und Barry alle beide kaltmachen.«

Devlin wohnte in einem viktorianischen Häuschen mit gotischen Giebeln und einem spitzen Dach neben dem Kloster in Kilrea. Blake Johnson und Dillon hatten sich am Flughafen in Dublin einen Mietwagen genommen und waren um halb zehn bei ihm.

»Das ist hübsch.« Johnson betrachtete den Garten, der in allen Farben leuchtete.

»Ja, er ist ein leidenschaftlicher Gärtner.« Dillon läutete an der Tür.

Devlin öffnete. »Da bist du ja, du alter Schurke!« Er umarmte Dillon heftig und lächelte Blake zu. »Und wer ist das?«

»Ein Freund aus Washington, Blake Johnson.«

»So, so, ein Freund? Na ja, ich bin alt genug, um einen Bullen zu erkennen, wenn ich einen sehe, Mr. Johnson. Kommt doch mit in die Küche. Ich habe schon gefrühstückt, aber ich mache Kaffee. Was für ein Bulle sind Sie denn?«

»Ich war früher mal beim FBI«, erwiderte Johnson, während Devlin den Wasserkessel füllte.

»Und jetzt?«

»Sagen wir mal, er macht das für den Präsidenten, was Ferguson für den Premierminister macht«, antwortete Dillon an seiner Stelle.

»Eine große Nummer also«, lächelte Devlin. »Na gut, setzt euch und erzählt mir alles.«

Nachdem Dillon fertig war, meinte er: »Üble Geschichte, wirklich übel. Ich verstehe, wozu ihr Riley braucht.«

»Werden Sie uns helfen, Mr. Devlin?«

»Nennen Sie mich Liam, mein Sohn. Ich hab's schon versucht.« Er berichtet ihnen von seinem Frühstück mit Leary.

»Bell und Barry sind also immer noch dabei?«

»Sind sie was Besonderes?« fragte Blake.

»Ganz miese Typen. Wenn sie anfangen, die Frau zu bearbeiten, wird sie plaudern.« Er nahm seine Walther heraus und überprüfte sie. »Sind Sie bewaffnet?« fragte er Blake.

»Klar, hab' meine Beretta dabei. Meinen Sie, ich brauche sie?«

»Könnte sein. Leary wird dem Stabschef alles erzählen, und der schickt sie bestimmt noch mal los.«

»Das glaube ich auch. Ich dachte mir, es würde helfen, das Feuer etwas zu schüren, Sean«, sagte Devlin.

»Das hast du wahrhaftig getan. Wir machen uns jetzt besser auf die Socken.«

»Nicht ohne mich.« Devlin lächelte Blake zu. »Tullamore, wo Bridgets Farm liegt, ist eine hübsche Gegend zwischen dem Blackwater River und den Knockmealdown Mountains. Ein prima Tag für einen Ausflug aufs Land, oder?«

In Fergusons Büro im Verteidigungsministerium telefonierte Hannah zur gleichen Zeit mit einem leitenden Beamten in Wandsworth und erklärte ihr Anliegen; danach klopfte sie an Fergusons Tür.

»Ich habe mit jemandem gesprochen, der für die Überwachungsbänder verantwortlich ist, Brigadier. Er gräbt mal alles aus, was sie haben. Ich habe gesagt, daß ich gleich da bin.«

»Nehmen Sie meinen Wagen und meinen Fahrer«, erwiderte Ferguson.

»Ich habe übrigens nachgedacht und glaube nicht, daß Judas das gesamte Ministerium kontrollieren kann. Falls er hier einen Spitzel hätte, dann hätten seine Leute bestimmt nicht mit Richtmikrofonen vor Dillons Haus auf der Lauer liegen müssen.«

»Das ist mir auch schon in den Sinn gekommen, Chief Inspector.«

»Dann bleibt immer noch die Tatsache, daß anscheinend sowohl beim MI5 wie auch beim SIS ein Makkabäer in der Computerabteilung arbeitet.«

»Wir müssen damit warten, diese Personen ausfindig zu machen, bis diese unselige Angelegenheit so oder so erledigt ist.«

»Gut, Sir.«

»Nebenbei gesagt, habe ich mir heute morgen als erstes an meinem Computer den Lebenslauf jedes Mitarbeiters vorgenommen.«

»Und sich die Religionszugehörigkeit angeschaut, Brigadier?«

»Herrgott, ja.«

»Und ich war die einzige Jüdin.« Sie lächelte. »Wann ist ein Makkabäer kein Makkabäer? Knifflige Frage. Bis später, Sir.«

»Was haben Sie gesagt, wie weit es ist?« fragte Blake Johnson.

»Na ja«, meinte Devlin, »wir sind jetzt ungefähr dreißig Meilen gefahren, also noch vielleicht hundert oder hundertzwanzig. Diese Landstraßen hier sind nun mal keine Autobahnen und schlängeln sich gemütlich durch die Gegend.«

»Ich rufe mal Ferguson an«, sagte Dillon, »und sehe, was er so macht.«

Er drückte den entsprechenden Knopf an seinem Handy, um das Gespräch zu chiffrieren. »Ich bin's – Martin Keogh«, fügte er trotzdem sicherheitshalber hinzu.

»Keine Sorge«, erwiderte Ferguson. »Uns kann niemand abhören. Wo sind Sie?«

»Auf dem Weg von Dublin nach Carlow und weiter nach Waterford.«

»Sie wollen zu dieser Ms. O'Malley?«

»Ja. Devlin hat von einem IRA-Mann erfahren, daß Riley vor drei Tagen auf dem Flughafen von Dublin gelandet ist und einen Paß auf den Namen O'Malley benutzt hat. Nun würden die Burschen ebenfalls gern ein Wörtchen mit ihm reden. Der Stabschef hatte schon zwei seiner Schläger nach Tullamore geschickt, um ihn aufzustöbern, aber sie haben nichts erreicht.«

»Ich verstehe.«

»Devlin hat allerdings wieder Bewegung in die Sache gebracht. Wir glauben, der Stabschef wird seine Gorillas jetzt noch mal losschicken. Sie sind vielleicht sogar schon vor uns.«

»Passen Sie auf sich auf und sorgen Sie dafür, daß Johnson nichts passiert. Sie sind entbehrlich, Dillon, aber sein Verschwinden hätte erhebliche diplomatische Verwicklungen zur Folge.«

»Besten Dank.« Dillon schaltete sein Handy ab, lehnte sich zurück und lachte lauthals.

9

Dermot Riley trug eine Mütze, eine alte wasserdichte Jacke und Gummistiefel. Er hatte gerade die letzte Kuh gemolken und schleppte die Milchkannen zum Traktor, hob sie in den Anhänger und fuhr eine Viertelmeile den Weg hinunter, um sie am Tor abzustellen, wo sie der Laster der Molkerei aus dem Dorf abholen würde.

Danach parkte er den Traktor in der Scheune. Während er eine Zigarette rauchte, schaute er über die Hänge der Knochmealdown Mountains und fühlte sich so glücklich wie noch nie zuvor. Karl, der deutsche Schäferhund, lag auf einem Heuballen und beobachtete ihn mit heraushängender Zunge.

»Das ist ein Leben, was, Hund? Das einzig wahre Leben.«

Der Hund winselte, und über den Hof tönte Bridgets Stimme: »Komm rein, Dermot.«

Sie war eine stämmige, mütterlich wirkende Frau Anfang Sechzig, die jedoch älter aussah mit ihrem weißen Haar und den bäuerlich roten Wangen. Als Dermot in der Nacht an ihrer Türschwelle aufgetaucht war, war sie außer sich vor Freude gewesen. Sie hatte ja tatsächlich geglaubt, er sei noch immer im Gefängnis. Natürlich hatte er ihr gesagt, es müsse vorerst geheim bleiben, bis er alles mit der IRA geregelt habe. Sie hatte Decken und Kissen zusammengesucht und ihn mit ihrem alten Jeep eine halbe Meile weiter zu einer abgelegenen Scheune auf der oberen Weide gefahren, in der sie in der Lammzeit die Schafe versorgte. Dort gab es über dem Heuboden einen Raum mit einer Geheimtür, den Riley in früheren Zeiten oft benutzt hatte, wenn er auf der Flucht gewesen war.

»Du bleibst hier, bis ich Colin und Peter gesagt habe, daß sie sich eine Woche frei nehmen sollen«, erklärte sie.

Aber am Morgen waren Bell und Barry in einem silbernen BMW auf den Hof gekommen, zwei wahrhaft erschreckende Männer, die sich nach Dermot erkundigt hatten. Sie hatte das

Blaue vom Himmel heruntergelogen, was sie als gute Katholikin gar nicht gern tat, und behauptete, Dermot sei im Gefängnis. Hilfreich war gewesen, daß Colin und Peter, die beiden Rentner, die halbtags auf der Farm arbeiteten, ebenfalls glaubwürdig behauptet hatten, Dermot sitze doch in England im Gefängnis. Zudem hatte Bridget noch einen Brief vorzeigen können, den Dermot erst vor zehn Tagen aus Wandsworth geschrieben hatte.

Die beiden Männer hatten darauf bestanden, das Haus und die Farmgebäude zu durchsuchen. Barry, der einen Meter neunzig groß war und gebaut wie ein Schrank, hatte mit gefährlich leiser Stimme bei der Abfahrt zu ihr gesagt: »Sie wissen ja, wen Sie in Dublin anrufen müssen, falls er auftaucht. Er braucht sie überhaupt keine Sorgen zu machen. Der Chef will bloß mit ihm reden, mehr nicht.«

Sie hatte ihm allerdings nicht eine Sekunde lang geglaubt.

In der Küche richtete sie ihm ein Eiersandwich und einen Becher Tee. »Du verwöhnst mich«, sagte Dermot.

»Ach, du verdienst es auch, verwöhnt zu werden.« Sie setzte sich an den Tisch und schenkte sich ebenfalls Tee ein. »Wie soll's jetzt weitergehen, Dermot? Schlimm genug, daß du vor der Polizei auf der Flucht bist, aber die IRA ist noch mal was anderes.«

»Ich regle das schon. Ich brauche bloß eine Chance, meine Seite der Geschichte zu erzählen. Wird schon wieder alles in Ordnung kommen, glaub mir.«

»Und dann bleibst du hier?«

»Ich gehe nie wieder weg«, grinste er, »sondern such' mir ein nettes Mädchen aus dem Dorf und gründe eine Familie.«

Bell und Barry hatten inzwischen bereits Tullamore erreicht. Ihr Treffen mit dem Stabschef war nur sehr kurz gewesen.

»Ich mache mir Sorgen wegen Riley. Als letztes hat man von ihm gehört, daß er Wandsworth in Begleitung von Brigadier Charles Ferguson verlassen hat, und was das bedeutet, wissen wir ja alle. Ich will den Kerl haben, deshalb fahrt noch mal hin und holt ihn mir.«

Als sie ins Dorf kamen, entdeckten sie Colin und Peter,

die gerade das Postamt verließen. »Die beiden Alten von der Farm«, sagte Bell. »Das ist ja interessant. Warum arbeiten die heute nicht?«

»Vielleicht sind sie bloß halbtags beschäftigt«, meinte Barry.

»Aber dann doch wohl eher morgens, da ist nämlich das meiste zu tun – die Kühe versorgen, melken und so weiter. Ich weiß darüber Bescheid, bin schließlich auf einer Farm groß geworden. Ich rede mal mit ihnen.«

Bell folgte Colin und Peter, die in Murphy's Select Bar verschwunden waren. Die beiden alten Männer, die jeder ein halbes Stout vor sich hatten, waren neben dem Wirt und einem kräftigen jungen Mann um diese frühe Zeit am Morgen die einzigen Gäste.

Murphy, der sehr gut wußte, wer Bell war, wurde bleich, und die beiden Alten erstarrten vor Angst. Der junge Mann trank einen Schluck von seinem Ale und musterte ihn mürrisch.

»Na, ihr zwei«, sagte Bell. »Ich glaube nicht, daß ihr mir die Wahrheit gesagt habt, als wir gestern miteinander geredet haben.«

»Doch, Mister, ich schwör's.«

»Dann verrate mir mal, warum ihr nicht bei der Arbeit seid?«

»Die Frau hat uns einen Tag freigegeben«, erwiderte Peter.

»He, Sie da«, rief der junge Mann an der Bar. »Lassen Sie die beiden in Frieden.«

Murphy legte eine Hand auf seinen Arm. »Laß mal, Patrick, das ist eine IRA-Sache.«

Bell beachtete ihn gar nicht. »Du hast also Riley gesehen?«

»Nein, ich schwör's bei Gott.«

Patrick kam zu ihnen herüber und tippte Bell auf die Schulter. »Laß sie in Ruhe, hab' ich gesagt.«

Bell rammte ihm mit voller Wucht seinen rechten Ellbogen in den Mund, und als Patrick zurücktaumelte, versetzte Barry, der in der Tür aufgetaucht war, ihm einen gezielten Schlag in die Nieren, so daß er auf die Knie fiel. Bell stieß ihn zu Boden.

»Sag' dem dummen Jungen, er soll sich künftig bessere Manieren angewöhnen«, rief er Murphy zu, ehe sie das Lokal verließen.

Barry setzte sich ans Steuer und fuhr weiter zur Farm. An der Zufahrtsstraße parkte der Laster der Molkerei, und zwei Männer verluden Bridgets Milchkannen.

»Interessant«, sagte Bell. »Ihren Arbeitern hat sie freigegeben – wie, zum Teufel, ist diese alte Frau dann mit den Milchkannen fertig geworden?«

»Na, wir werden's schon rausfinden, was?« entgegnete Barry.

Bridget war gerade in der Speisekammer, die auf der anderen Seite des Hauses lag, daher hörte sie das Auto nicht, und der Schäferhund war bei Dermot in der Scheune auf der oberen Weide, wo dieser nach einigen Mutterschafen schauen wollte. Sie kam mit einem Beutel Mehl in die Küche und blieb wie angewurzelt stehen, als sie Barry und Bell in der Tür erblickte.

»Sie schon wieder«, flüsterte sie und stellte das Mehl auf den Tisch.

»Ja, wir sind's wieder, du verlogene alte Schlampe.« Barry ging auf sie zu und schlug ihr ins Gesicht. »Also, wo ist er?«

»Ich weiß nicht«, rief sie außer sich vor Angst. »Ehrlich, ich weiß es nicht, Mr. Barry.«

»Du bist eine schlechte Lügnerin.« Er schlug erneut zu, so daß ihr das Blut aus der Nase rann, und drückte ihren Kopf hinunter auf den Tisch.

Bell zündete sich eine Zigarette an und zog daran, ehe er die rotglühende Spitze an ihre rechte Wange preßte.

In Todesangst schrie sie auf und versuchte, sich zu wehren. »Nein – bitte! Ich sag's ja!«

Barry ließ sie los. »Siehst du, mit ein bißchen Geduld kriegt man alles«, grinste er Bell zu. »Wo ist er?« schrie er Bridget an, die verzweifelt schluchzte.

»Eine halbe Meile weiter in einer Scheune. Über dem Heuboden ist ein Raum mit einer Geheimtür, dort schläft er.«

»Na, das war doch gar nicht so schlimm, oder?« lächelte Barry und verschwand mit seinem Kumpan.

»Ach, Dermot, was hab' ich getan?« flüsterte Bridget und begann bitterlich zu weinen.

Dermot war mit den Mutterschafen beschäftigt, als er von weitem den silbrigen Wagen entdeckte und wußte, daß er in Schwierigkeiten war. Er eilte in die Scheune.

»Lauf los, Junge, lauf heim zu Bridget«, befahl er Karl, der ihm gefolgt war, denn den Hund konnte er auf keinen Fall mit in den geheimen Raum nehmen. Ein Winseln oder Bellen würde ihn sofort verraten.

Karl blieb unsicher stehen. »Na los, weg mit dir!«

Diesmal gehorchte der Schäferhund. Dermot kletterte die Leiter zum Heuboden hinauf, stieg über einige Ballen und öffnete die Geheimtür in der Bretterwand zu dem kleinen dunklen Raum, in den nur spärliches Licht drang.

Als Barry und Bell aus dem BMW stiegen, saß der Schäferhund vor der Scheune und sah sie an. »Schaff uns für den Anfang den mal vom Hals«, sagte Barry.

Bell griff nach seiner Smith & Wesson, aber da rannte Karl auch bereits los, daß die Schafe auseinanderstoben, und verschwand hinunter ins Tal. Lachend steckte Bell den Revolver wieder in seine Tasche.

»Gar nicht dumm, dieser Hund.«

»Na, wollen sehen, ob das auch für Dermot gilt.« Barry ging voraus in die Scheune.

Sie sahen hinauf zum Heuboden, auf dem dicht an dicht die Ballen gelagert waren. »Dermot, wir wissen, daß du da bist«, rief Barry. »Kannst also genauso gleich rauskommen. Bridget war sehr gesprächig, nachdem wir ihr ein bißchen gut zugeredet hatten.«

Dermot erstickte fast vor Wut, aber da er keine Waffe hatte, konnte er es nicht riskieren, sich mit ihnen anzulegen.

»Hier drin gibt's eine Menge Heu und Stroh«, meinte Bell. »Wenn ich ein Streichholz fallen lasse, bist du verdammt in der Klemme, Dermot. Aber es ist deine Sache, ob du gut durchgebraten werden willst.«

Einen Moment später öffnete sich die Geheimtür, und Dermot erschien am Rand des Heubodens.

»Ihr verfluchten Mistkerle, wenn ihr Bridget was getan habt, zahle ich euch's heim.« Dann kletterte er die Leiter hinunter.

Barry packte seine Arme und zerrte sie nach hinten. »Du solltest wirklich nicht so reden.« Er nickte Bell zu. »Paß auf, daß sein Gesicht heil bleibt, damit er leidlich normal aussieht, wenn er auf der Rückfahrt nach Dublin im Auto sitzt.«

»Aber gern«, sagte Bell und verpaßte Riley einen kräftigen Schlag unter die Rippen.

Blake Johnson saß am Steuer des Mietwagens, der auf den Hof einbog. Die Küchentür stand offen, Karl kam herausgerannt und sprang knurrend am Auto hoch. Dillon öffnete ein Fenster und stieß einen leisen unheimlichen Pfiff aus, daß den anderen eine Gänsehaut über den Rücken lief. Karl legte die Ohren an und duckte sich.

»Mann, das habe ich dir aber wirklich gut beigebracht«, sagte Devlin.

Bridget spähte verängstigt aus der Tür und versuchte, das Blut, das ihr aus der Nase lief, mit einem Handtuch zu stillen.

»Liam Devlin, bist du das?«

»In ganzer Pracht.« Devlin legte einen Arm um sie. »Wer hat dir das angetan?«

»Barry und Bell. Sie waren gestern schon mal hier und haben nach Dermot gesucht. Ich hab' ihnen gesagt, er sei nicht da.«

»Aber er war's doch.« Dillon drückte tröstend ihre Schulter. »Ich bin Sean Dillon. Ich habe damals in den alten Zeiten zusammen mit Dermot in Derry gekämpft.«

Sie nickte flüchtig. »Sie sind vorhin wieder aufgetaucht, haben mich geschlagen und mit einer Zigarette verbrannt.«

»Diese Dreckskerle«, knurrte Devlin.

»Und ich ... ich hab' ihnen gesagt, wo Dermot sich versteckt. Eine halbe Meile den Weg hoch in der Scheune.« Sie begann zu weinen. »Ich konnte nicht anders, es tat so weh.«

»Geh rein und mach' dir eine Tasse Tee. Wir kommen mit Dermot zurück, ich versprech's dir.«

Nachdem sie im Haus verschwunden war, erklärte Devlin grimmig: »Ich glaube, hier wäre eine kleine Lektion angebracht.«

Die drei Männer stiegen wieder in den Wagen.

»Nur keine Eile«, sagte Dillon zu Blake, der am Steuer saß, und schraubte den Schalldämpfer auf seine Walther. »Wir wollen die schöne Landschaft genießen. Es könnte brenzlig werden. Die Kerle sind bestimmt bewaffnet, und sie können damit umgehen. Was ist mit dir, Liam?«

Devlin grinste. »Wozu brauche ich eine Knarre, wenn zwei solche Teufelskerle wie ihr auf mich aufpaßt?«

Sie fuhren langsam die Anhöhe hinauf. Am Wegrand standen Bäume, und die Wiese wurde ebenfalls von einer Baumreihe begrenzt. Dahinter lag die Scheune.

»Sie werden uns kommen sehen«, meinte Blake.

»Genau deshalb springe ich in der Kurve raus und renne auf die Bäume zu«, sagte Dillon, »also fahren Sie mal schön langsam. Du redest mit ihnen, Liam, und keine Sorge: Der Bursche da mit seinem ganzen FBI-Training ist ein harter Mann. Wird schon klappen, vor allem, wenn ich noch zur Hintertür reinkomme.«

»Ja, das ist ein beruhigender Gedanke.« Blake verringerte das Tempo.

Dillon öffnete die Tür und sprang in den Graben, Devlin schloß sie rasch wieder, und das Auto fuhr weiter. Dillon huschte inzwischen bereits auf die Bäume zu.

Bell ging zur Tür und zog seinen Revolver, als sie einen Wagen näher kommen hörten.

»Was ist?« fragte Barry.

»Keine Ahnung. Schwarze Limousine, Fahrer und Beifahrer.«

»Rauf auf den Heuboden!« Bell kletterte die Leiter hoch, während Barry Riley zu Boden stieß und ihm einen Tritt versetzte. »Gib Ruhe.«

Er drückte sich hinter die offene Tür. Das Auto hielt an, und jemand kam auf die Scheune zu.

Devlin blieb kurz im Eingang stehen, ehe er, gefolgt von Blake Johnson, hereinkam.

»Na, Dermot, ich muß schon sagen, allzu gut siehst du nicht aus.«

»Passen Sie auf, Mr. Devlin, das Schwein ist hinter der Tür!«

Barry kam mit gezücktem Revolver zum Vorschein. »Keine Bewegung, ihr beiden, sonst niete ich euch um.« Er preßte Blake den Lauf in den Rücken, tastete ihn ab und fand die Beretta in seiner Tasche. »Sieh mal einer an! Und was ist mit dir, Devlin?«

»Sei kein Idiot. Als ob ein fünfundsiebzigjähriger Mann wie ich mit einer Pistole rumläuft!«

»Kannst ruhig noch zehn Jahre zugeben, du alter Scheißer.«

Devlin seufzte. »Er gehört noch zu den Neandertalern«, meinte er zu Blake, »und hat erst heute morgen gelernt, aufrecht zu gehen.«

»Ich geb' dir gleich was, du alter Sack.« Barry schäumte vor Wut. »Der Totengräber wartet schon seit Jahren auf dich.«

»Na, auf euch ja auch.« Devlin streckte die Hand aus. »Komm hoch, Dermot. Laß dir von solchem Abschaum nichts gefallen.«

»Ich hab' dich gewarnt!« schrie Barry. »Ich schieß' dich zum Krüppel.«

»Aber warum denn so giftig?« sagte Sean Dillon.

Draußen hatte starker Regen eingesetzt. Dillon stand in der Hintertür der Scheune und verbarg in der linken Hand die Walther hinter seinem Rücken. Mit der rechten schüttelte er eine Zigarette aus seiner Packung, steckte sie in den Mund und zündete sie mit seinem alten Zippo an.

Barry war durch sein Auftauchen vollkommen verdattert. »Sean Dillon, du?«

»Ja, ich bin's wirklich und kein Alptraum.«

»Der Heuboden, Sean, paß auf«, krächzte Riley.

Barry versetzte ihm einen Tritt. »Erledige ihn!« rief er.

Bell stand mit schußbereiter Waffe am Rand des Heubodens, doch Dillon war schneller. Der prasselnde Regen übertönte das Knallen der beiden Schüsse aus der schallgedämpften Waffe, und Bell stürzte, mitten ins Herz getroffen, kopfüber hinunter.

Barry hatte kaum seinen Revolver gehoben, als Liam Devlin ihn mit der Walther, die er in der Tasche seines Regenmantels umklammert hatte, in den Rücken schoß. In der darauffolgenden Stille war nur noch das Trommeln des Regens auf dem Dach zu hören.

»Mein Gott«, sagte Blake Johnson, »das war ja was.«

Dillon steckte die Walther wieder ein und drehte die beiden Leichen um. »Na, ich denke, wir haben der Welt einen Gefallen getan. Hast du übrigens nicht gesagt, du seist unbewaffnet?« fragte er Devlin kopfschüttelnd.

»Ich bin nun mal ein unverbesserlicher Lügner«, erwiderte Devlin und wandte sich an Dermot. »Alles in Ordnung mit dir?«

»Meine Rippen machen mir ziemlich zu schaffen.«

»Wirst es überleben. Das hier ist Mr. Johnson, ein Amerikaner und ehemaliger FBI-Mann, also benimm dich. Er und Dillon arbeiten an dem Fall, in den du verwickelt bist. Du fährst mit ihnen zurück nach London.«

»Und warum sollte ich das?«

»Weil das im Moment der sicherste Ort für dich ist«, entgegnete Dillon. »Ferguson wird sein Wort halten. Du brauchst dir nur die Videoaufnahmen der Überwachungskamera von dem Tag anzuschauen, an dem dieser falsche Anwalt George Brown dich in Wandsworth besucht hat, und ihn uns zu zeigen. Kannst aber auch hierbleiben. Dann kriegt dich allerdings die IRA am Wickel.«

»Das könnte ich schon regeln«, sagte Devlin, »wenn ich mit den richtigen Leuten rede, Dermot, und alles erkläre. Du hast nichts gegen die Organisation getan, und ich habe immer noch einigen Einfluß.«

»Trotz dieser zwei toten Schläger hier?«

»Abschaum, Dermot, und das weiß auch der Chef. Manchmal muß so was eben sein. Und jetzt raus hier.«

Devlin rief über sein Handy Michael Leary an. »Bist du's, Michael? Du schickst mal besser ein paar Leute hierher nach Tullamore. In der Scheune von High Meadow findest du Bell und Barry, die ziemlich tot sind. Ich mußte Barry persönlich umlegen, Sean hat Bell erledigt.«

»Liam, was hast du getan?«

»Nichts anderes, als was diese beiden Schweine seit Jahren verdient hatten. Waren eine Schande für die Organisation. Dillon nimmt Riley heute nachmittag mit zurück nach London. Die Sache hat nichts mit der IRA zu tun. Ich will, daß du ihm danach erlaubst zurückzukommen.«

»Du mußt komplett verrückt sein!«

»Wir treffen uns später am Nachmittag im Irish Hussar, dann erkläre ich dir alles, und du kannst es dem Stabschef erzählen. Ein Nein lasse ich als Antwort nicht gelten.«

»Immer noch der harte Mann, Liam«, sagte Dillon.

»Wenn's nötig ist.« Devlin ging voraus in die Küche zu Bridget. »Laß dich nachher vom Doktor verarzten, Bridget, versprich mir's.«

Sie nickte.

»Später kommen ein paar Männer mit einem Leichenwagen oder einem Laster und holen Bell und Barry ab. Sie haben nie existiert, vergiß sie ganz einfach.«

»Und Dermot?«

»Er fährt mal kurz mit Sean nach London, dann kriegst du ihn wieder. Ich regle das mit der IRA.«

»Gott segne dich, Liam.«

Riley hatte sich inzwischen umgezogen. Er trug Cordhosen, ein Jackett und eine Krawatte und sah sehr respektabel aus. »Geht's so?«

»Aber klar«, nickte Dillon. »Fahren wir.«

Riley umarmte Bridget. »Bin bald wieder da.«

»Ich bete für dich, Dermot.« Tränen stürzten ihr aus den Augen, und sie eilte aus der Küche.

In seinem Büro im Verteidigungsministerium legte Ferguson den Telefonhörer auf und drückte auf den altmodischen Summer, um Hannah Bernstein hereinzurufen.

»Brigadier?«

»Dillon hat sich gerade gemeldet. Sie haben Riley und sind jetzt auf dem Rückweg.«

»Gab es Probleme, Sir?«

»Die scheint es immer zu geben, wenn Dillon dabei ist.

Zwei Schlägertypen der IRA sind tot. Einen hat Dillon ausgeschaltet, den anderen Devlin. Ist das zu glauben?«

»Allzusehr überrascht mich das nicht.«

»Offensichtlich hatten sie Bridget O'Malley gefoltert, bis sie verriet, wo Riley sich versteckte. Kein großer Verlust.«

»Dann könnten wir heute abend Riley das Video zeigen?«

»Ich denke schon.«

»Ausgezeichnet«, nickte Hannah. »Falls Sie nichts dagegen haben, nehme ich mir dann ein paar Stunden frei, gehe heim und mache mich frisch. Um fünf bin ich wieder da.«

»Nur zu«, sagte Ferguson.

Im Oval Office des Weißen Hauses erhielt der Präsident einen Anruf von Blake Johnson und drückte den Spezialsummer für Teddy. »Hervorragend, Blake. Ich erwarte dann weitere Berichte.«

»Gute Neuigkeiten?« fragte Teddy.

Der Präsident nickte und setzte ihn kurz über alles ins Bild, was in Tullamore geschehen war.

»Also sind sie mit Riley auf dem Weg zurück nach London, damit er sich das Video ansehen und versuchen kann, Brown zu identifizieren?«

»Genau.«

»Okay, aber selbst wenn sie wissen, wie er aussieht, müssen sie ihn immer noch ausfindig machen.«

»Er hat Riley erzählt, er sei tatsächlich Anwalt, nur sei Brown nicht sein richtiger Name.«

»In London gibt's eine Menge Anwälte, Mr. President.«

»Teddy, hören Sie bloß auf zu unken. Diese Männer sind meine ganze Hoffnung.«

Teddy sah sein angespanntes Gesicht und entschuldigte sich zerknirscht. »Das war dumm von mir, verzeihen Sie.« Er wandte sich um und verließ das Zimmer. »Du Idiot«, fluchte er leise, nachdem er die Tür hinter sich geschlossen hatte. »Du verdammter Idiot!«

Devlin begleitete sie zum Flughafen von Dublin und sah der Gulfstream hinterher, ehe er mit einem Taxi zurück in die

Stadt fuhr. An der nächsten Telefonzelle ließ er den Fahrer halten und rief Leary an.

»Ich bin's, Liam. Ich bin in zwanzig Minuten im Irish Hussar.«

An Bord der Gulfstream trank Blake einen Kaffee, Dillon und Riley dagegen Tee. »Ich bin dir was dafür schuldig, Dermot«, sagte Dillon, »daß du mich vor Bell auf dem Heuboden gewarnt hast.«

»Und Devlin und mich vor diesem Barry hinter der Tür«, ergänzte Blake.

»Hat bloß nicht viel genutzt«, meinte Riley.

»Aber sicher doch«, entgegnete Dillon. »Wir haben schließlich beide kalt gemacht.«

»Sag mal, Sean«, fragte Riley etwas unsicher, »glaubst du, Ferguson meint es ehrlich und läßt mich gehen, wenn diese Sache vorbei ist?«

»Ich geb' dir meine Hand drauf.«

»Aber wohin soll ich dann? Daß ich in Irland sicher bin, kann ich mir noch nicht so recht vorstellen.«

»Überlaß das Liam. Er wird es schon regeln.«

»Glauben Sie wirklich, er kann das deichseln?« fragte Blake.

»Betrachten Sie die Sache mal so: Nichts, was Dermot getan hat, war gegen die Interessen der IRA gerichtet. Wenn Liam das erst mal klargestellt hat, ist alles okay. Er kann sehr überzeugend sein.«

»Aber was ist mit Bell und Barry?«

»Die beiden waren doch nichts weiter als Abschaum. Liam Devlin dagegen ist die lebende Legende der IRA. Es wird schon klappen.«

»Gott, ich hoffe es«, seufzte Riley inbrünstig.

Devlin bezahlte das Taxi, das vor dem Irish Hussar angehalten hatte, und ging hinein. Fast die Hälfte der Tische war besetzt. Er hörte, wie sein Name geflüstert wurde, und viele Gäste, die ihn erkannten, nickten ihm zu. Michael Leary und der Stabschef saßen in einer Nische im Hintergrund des Lokals.

»Gott schütze euch.« Devlin nahm Platz. Keiner erwiderte

etwas. »Gott schütze auch dich, wäre darauf die richtige Antwort.«

»Liam, was zur Hölle hast du getan?« fragte Leary.

»Sich eigenhändig den Strick um den Hals gelegt, das hat er getan«, sagte der Stabschef.

Devlin winkte die Kellnerin heran. »Drei große Bushmills.« Gelassen zündete er sich eine Zigarette an. »Ich war zwar gelegentlich nicht mit den Methoden einverstanden, aber habe ich die Organisation nicht immer unterstützt?«

»Sie haben uns gut gedient«, erwiderte der Stabschef zögernd.

»Besser als jeder andere«, stimmte Leary zu.

»Warum sollte ich dann jetzt lügen – ich alter Mann, der mit einem Bein im Grab steht?«

»Ach, hören Sie schon auf«, winkte der Stabschef ab. »Erzählen Sie endlich.«

Devlin begann mit seiner verkürzten und etwas beschönigten Version der Geschichte.

»Ein falscher Anwalt namens Brown besucht Dermot in Wandsworth und bietet ihm eine Möglichkeit an rauszukommen. Er solle sich mit Ferguson in Verbindung setzen und behaupten, er könne ihm verraten, wo sich ein ziemlich übler Terrorist namens Hakim aufhält. Auf Sizilien, nebenbei bemerkt.«

»Und?«

»Nun, die ganze Sache war ein Täuschungsmanöver einer arabischen Fundamentalistengruppe, die noch eine Rechnung mit Dillon offen hatte. Sie wußten, daß Ferguson niemand außer Dillon auf Hakim hetzen würde, und Riley bot, wie befohlen, an, ihn zu begleiten, um seine Ehrlichkeit zu beweisen.«

»Und was ist passiert?«

»Sie haben sich Dillon in einem sizilianischen Fischerhafen geschnappt, und Riley dämmerte, daß es ihm auch ans Leder gehen würde; deshalb sprang er über Bord, als sie aus dem Hafen fuhren, und schwamm zurück. Den Rest kennen Sie.«

»Nein, kennen wir nicht«, entgegnete Leary, aber merkwürdigerweise begann der Stabschef zu lachen.

»Weiter«, befahl er. »Wie ist Dillon davongekommen? Er muß sie ja irgendwie reingelegt haben.«

»Er hatte eine Knarre in der Tasche und eine zweite im Hosenbund unter dem Mantel, die man natürlich gefunden hat. Nur die Walther, die er in einem Knöchelhalfter im linken Hosenbein trug, haben sie übersehen. Er hat drei von ihnen erschossen und ist ebenfalls ins Wasser gesprungen. Bis er ans Ufer kam, war Dermot natürlich längst weg.«

»Und das ist die ganze Geschichte?« fragte der Stabschef.

»Sicher. Dermot soll nur aus einem einzigen Grund nach London, um diesen falschen Anwalt Brown auf dem Überwachungsvideo ausfindig zu machen. Danach läßt man ihn frei.«

»Ich verstehe.«

»Das Ganze hat also überhaupt nichts mit der IRA zu tun, darauf gebe ich mein Wort. Der einzige, der von der Sache profitiert, ist Dermot. Er hätte sonst die ganzen fünfzehn Jahre – oder zumindest zwölf bei Straferlaß – in seiner Zelle absitzen müssen. Die Briten dagegen sind die Verlierer. Ich hatte gedacht, das würde Ihnen gefallen.«

Der Stabschef blickte zu Leary und grinste etwas widerstrebend. »Na gut, Liam, Sie haben gewonnen. Riley kann heimkommen. Trinken wir darauf.«

»Na, Sie alter Knacker«, sagte Devlin, als Ferguson den Hörer abnahm. »Sind Sie schon da?«

»Dafür ist es noch zu früh«, erwiderte Ferguson. »Sie haben erstklassige Arbeit geleistet.«

»Heben Sie sich das Süßholz für jemanden auf, der es braucht. Sagen Sie Dillon, ich hätte gute Neuigkeiten für Riley. Ich habe mit Leary und dem Stabschef gesprochen, und er kann wieder heimkommen.«

»Wie haben Sie das denn fertiggebracht?«

»Ich hab' ihnen die halbe Wahrheit erzählt, wenn Sie so wollen.« Er berichtete Ferguson die Geschichte, die er Leary und dem Stabschef serviert hatte.

»Mein Gott«, sagte Ferguson, »Sie sind unglaublich. So einen Mann wie Sie gibt es nicht noch mal.«

»Da geb' ich Ihnen recht«, lachte Devlin. »Sagen Sie Sean, er soll auf sich aufpassen.«

Hannah fuhr mit ihrem roten Mini, den sie für den besten Wagen im Londoner Verkehr hielt, vom Verteidigungsministerium aus zu ihrer Wohnung im Erdgeschoß am Ebury Place.

Der Mann, der sich George Brown genannt hatte, richtete sich hinter dem Lenkrad des schwarzen Ford Escort auf, der am Straßenrand parkte, und griff nach seinem Handy.

»Sie ist da. Komm, so rasch du kannst. Wenn sie vorher wieder geht, folge ich ihr und melde mich von unterwegs.«

Hannah duschte rasch, trocknete sich ab und zog frische Wäsche, eine Bluse und einen rehbraunen Hosenanzug an.

Anschließend rief sie im Büro ihres Vaters in der Harley Street an, mußte aber von seiner Sekretärin hören, daß er gerade im Princess Grace Hospital eine Herz-Lungen-Transplantation durchführte, die vermutlich acht Stunden dauern würde.

Hannah gestand sich ein, daß sie im Grunde auch weniger mit ihm, sondern eigentlich mit jemand anderem reden wollte. Sie griff nach ihrer Handtasche, verließ die Wohnung und fuhr in ihrem Mini davon, gerade als ein Krankenwagen um die Ecke gebogen kam. Brown fluchte und folgte ihr, aber fünf Minuten später, als er die Themse-Uferstraße entlangfuhr, entdeckte er den Krankenwagen im Rückspiegel.

Der Fahrer war Aaron Eitan; neben ihm saß Moshe. »Bleib dran«, sagte er. »Dieser Verkehr hier ist schrecklich.«

Aaron lachte. »Es ist Jahre her, seit ich das letzte Mal in London gefahren bin. Macht richtig Spaß.«

Rabbi Thomas Bernstein, ein kleiner, vornehm aussehender Mann mit schneeweißem Bart und grauem Haar, das eine schlichte Yarmulka aus schwarzem Samt bedeckte, saß in seinem Arbeitszimmer am Schreibtisch, als es klopfte und seine Enkelin hereinkam.

Er legte seinen Füllhalter hin und streckte die Arme aus. »Da bist du ja, Licht meines Lebens.«

Sie umarmte ihn herzlich. »Deine Predigt für Shabbes?«

»Die Königin der Woche. Es ist wie im Showgeschäft. Ich muß ihre Aufmerksamkeit fesseln. Wie geht es dir?«

»Viel zu tun.«

Er lachte. »Mittlerweile weiß ich genug über dich und deine Arbeit, um zu begreifen, was das bedeutet. Du arbeitest also an einem großen Fall?«

»Dem größten überhaupt.«

Sein Lächeln verschwand. »Kannst du mir davon erzählen?«

»Nein, alles streng geheim.«

»Du scheinst bedrückt. Warum?«

»Ich kann dir nur soviel sagen: Es gibt dabei einen Aspekt, der mich als Jüdin verstört.«

»In welcher Hinsicht?«

»Laß mich dir eine Frage stellen. Der Mann, der Premierminister Rabin erschossen hat ...«

»Ermordet ist der passendere Ausdruck«, unterbrach er sie.

»Dieser Mann und die Gruppen, die ihn unterstützen, berufen sich auf bestimmte Stellen in der Schrift ...«

»Weder in der Bibel noch der Thora gibt es dafür irgendeine Rechtfertigung«, erklärte er mit strenger Stimme. »Diese abscheuliche Gewalttat war eine große Sünde in den Augen Gottes.«

»Wenn ich nun solche Leute zur Strecke bringen müßte, würde es dir nicht zu schaffen machen?«

»Warum? Weil es Juden sind? Wir sind genauso wie andere Menschen. Gut, schlecht, durchschnittlich und manchmal böse.«

»Sag mir, warum läßt Gott solche Dinge zu?«

»Weil er uns Menschen einen freien Willen gegeben hat und somit die Möglichkeit der Wahl. Darin liegt die einzig wahre Bedeutung des Wortes Erlösung. Vertrau auf das, was du für richtig hältst, Kind, und tue deine Pflicht. Du hast wie immer meinen Segen.«

Sie küßte seine Stirn. »Ich muß gehen. Bis bald.«

Er blickte versonnen auf die geschlossene Tür und begann für sie zu beten.

10

Brown stand neben dem schwarzen Escort, der hinter dem Krankenwagen parkte. Als sie aus dem Tor des kleinen Vorgartens kam, mußte sie an den beiden Fahrzeugen vorbei, um zu ihrem Mini zu kommen. Brown klopfte an die Hintertür des Krankenwagens und sprach sie gleichzeitig an.

»Detective Inspector Bernstein?«

Sie blieb automatisch stehen. »Ja, wer sind Sie?«

Die Türen des Krankenwagens öffneten sich, Moshe sprang heraus, packte ihren Arm und zerrte sie mit Aarons Hilfe hinein.

»Ganz brav sein, Chief Inspector«, sagte er und hielt plötzlich eine Pistole mit Schalldämpfer in der Hand. »Wenn ich Sie erschießen müßte, würde kein Mensch etwas davon hören.« Aaron griff nach ihrer Handtasche, öffnete sie und nahm die Walther heraus.

»Wer sind Sie?«

»Juden wie Sie, Chief Inspector, und stolz darauf.«

»Makkabäer?«

»Sie sind gut informiert. Bitte die Hände ausstrecken.« Er legte ihr Handschellen an. »Und nun machen Sie keine Dummheiten.«

Er stieg aus und schloß die Türen. »Ich fahre hinter euch her«, sagte Brown, »und komme in Dorking zu euch.«

»Dann wollen wir mal.« Aaron setzte sich hinter das Lenkrad und fuhr los.

»Möchten Sie eine Zigarette?« fragte Moshe.

»Ich rauche nicht«, erwiderte sie auf hebräisch.

Er strahlte hocherfreut und erwiderte in der gleichen Sprache: »Hätte ich mir natürlich denken können.«

»Wohin bringen Sie mich?«

»Das erfahren Sie noch früh genug.«

»Sie werden nie damit durchkommen.«

»Aber, aber, Chief Inspector, das klingt ja wie aus einem schlechten Film. Wir sind Makkabäer, wie Dillon Ihnen doch bestimmt erzählt hat. Wir schaffen alles. Wir haben die Tochter des Präsidenten entführt, wir haben uns Dillon geschnappt, und wo ist er jetzt? Auf einer Bahre in einer Leichenhalle in Washington.«

»Dafür seid ihr Bestien also ebenfalls verantwortlich? Ich war bislang nicht sicher, aber jetzt weiß ich's. Und wie rechtfertigen Sie so einen Mord?«

»Er hatte seinen Zweck erfüllt, und Dillon war ein Mann, der uns ernsthaft gefährlich hätte werden können.«

»Deshalb haben Sie ihn umbringen lassen?«

»Manchmal rechtfertigt das Ziel jedes Mittel, und unsere Sache ist gerecht und wichtiger als das Leben eines Mannes wie Dillon.«

»Das kommt mir irgendwie bekannt vor«, nickte Hannah. »Ach ja, Hermann Göring, 1938. Machen wir uns doch nicht verrückt wegen ein paar toter Juden, sagte er damals.«

Moshe wurde bleich, und seine Hand mit der Pistole zitterte. »Halten Sie den Mund!«

»Aber gern. Am liebsten würde ich sowieso kein Wort mehr mit Ihnen reden«, entgegnete Hannah Bernstein.

Ferguson blickte auf die Uhr in seinem Büro. Kurz nach fünf und noch immer kein Zeichen von Hannah. In diesem Moment läutete sein Telefon. »Ferguson.«

»Ich bin's«, sagte Dillon. »Wir sind gerade auf dem Flugplatz von Farlay Field gelandet. Danke für den Range Rover.«

»Kommen Sie direkt zum Ministerium«, befahl Ferguson. »Hier fahren so viele Autos rein und raus, daß Sie niemandem auffallen werden.«

»Mich würde sowieso kein Mensch erkennen.«

»Wenigstens etwas. Es gibt auch keine Richtmikrofone hier. Ich habe eine neue Warnvorrichtung installieren lassen, damit wir sicher sind.«

»Nur bei unserem Computersystem sind wir machtlos«, sagte Dillon. »Dann bis gleich.«

Nach einer halben Stunde Fahrt bog Aaron auf den Parkplatz eines großen Supermarktes in Dorking, auf dem dicht an dicht die Fahrzeuge standen. Brown stellte seinen Wagen ab und kam ans Fenster.

»Steig hinten ein«, befahl Aaron. »Danach fährst du mit dem Krankenwagen hierher zurück, läßt ihn stehen und machst dich mit deinem Auto davon.«

»Gut.«

Brown ging nach hinten, öffnete die Tür und kletterte hinein. Hannah musterte ihn schweigend, während der Krankenwagen losfuhr, und plötzlich dämmerte es ihr. »Sie sind nicht zufällig George Brown, oder?«

»Wie kommen Sie darauf?« Brown war völlig perplex.

»Oh, reine Intuition. Nach zwölf Jahren als Bulle entwickelt man eine Nase für solche Dinge.«

»Scheren Sie sich zum Teufel!«

»Nein, Sie!« entgegnete Hannah Bernstein.

Von Dorking aus fuhr Aaron in Richtung Horsham weiter nach Sussex hinein und schließlich über ein Labyrinth von Landstraßen nach Flaxby, einem Dorf, das praktisch nur aus einem Pub und ein paar vereinzelten Häusern bestand. Eine Meile weiter bog er in einen schmalen Weg ein, der bei einem riesigen, von Gras überwachsenen Flugplatz mit einem Tower endete.

Er bremste vor einem der verfallenden Hangars, stieg aus und öffnete die Tür. »Endstation.«

»Wo sind wir?« fragte Hannah auf hebräisch.

»Im tiefsten Sussex. Während des Zweiten Weltkriegs war hier mal ein Bomberstützpunkt, und die extra lange Rollbahn ist immer noch gut zu gebrauchen, trotz Gras und Unkraut. Wie für uns gemacht.«

Motoren sprangen an, und ein Citationjet rollte aus einem der Hangars. Die Tür öffnete sich. Eine Treppe wurde hinuntergelassen.

»Erfahre ich auch unser Ziel?«

»Lassen Sie sich doch lieber überraschen. Bring sie an Bord, Moshe.«

Moshe drängte sie die Stufen hinauf, einer der Piloten zog sie hinein und drückte sie auf einen Sitz, während Aaron zu Brown sagte: »Los mit dir. Wir bleiben in Verbindung.«

»Wäre ich ein arabischer Fundamentalist, würde ich jetzt wahrscheinlich antworten: Gott ist groß«, meinte Brown.

»Und das ist er auch«, entgegnete Aaron. »Unser Gott jedenfalls.«

Er stieg die Gangway hinauf, zog sie hinter sich ein und verschloß die Tür. Die Citation rollte ans andere Ende des Flugplatzes und wendete, ehe sie über die Rollbahn donnerte und abhob.

In einem der Kontrollräume im Verteidigungsministerium sahen Ferguson, Dillon, Riley und Blake Johnson einem Techniker zu, der den betreffenden Abschnitt des Videos abspielte.

»In Ordnung, vergrößern Sie das Bild und gehen Sie die Menge durch.«

Auf dem Schirm erschien ein größeres Bild, das die einzelnen Gesichter zeigte.

»Das ist er!« rief Riley. »Der da in dem Regenmantel mit dem Aktenkoffer.«

»Machen Sie so viele Standbilder wie möglich«, drängte Ferguson.

Es kamen eine Reihe von Aufnahmen zustande, auf denen Brown aus unterschiedlichen Blickwinkeln zu sehen war.

»Das sollte reichen«, sagte Dillon. »Drucken Sie's jetzt aus.«

Nach wenigen Sekunden schon hielt er mehrere farbige Aufnahmen des Mannes in den Händen, der sich George Brown genannt hatte. Dillon reichte eine nach der anderen an Blake weiter.

»Da haben wir unseren Mann.« Er wandte sich an den Techniker. »Sie können jetzt gehen.«

»Aber wie finden wir ihn, Dillon?« Ferguson blickte auf seine Uhr. »Und wo zur Hölle steckt Chief Inspector Bernstein? Es ist halb sieben.«

Das Handy, das Judas ihm gegeben hatte, klingelte. Dillon holte es aus seiner Tasche und schaltete ein, lauschte mit ausdruckslosem Gesicht und reichte es an Ferguson weiter.

»Hier Ferguson.«

»Und hier ist Judas, alter Kamerad. Ich dachte mir schon, daß Sie das Spezialhandy behalten haben, das ich dem bedauerlicherweise verstorbenen Sean Dillon mitgegeben hatte.«

»Was wollen Sie?«

»Ich dachte, Sie vermissen möglicherweise einen Detective Chief Inspector.«

Ferguson mußte tief durchatmen, um nicht die Fassung zu verlieren. »Was sagen Sie da?«

»Sie ist in diesem Moment gerade in einem Citationjet auf dem Weg zu mir.«

»Aber warum?«

»Nur um sicherzugehen, daß Sie keine Dummheiten machen, Brigadier. Jetzt geht es nicht mehr um eine, sondern um zwei Geiseln. Eine falsche Bewegung, und beide sterben. Ich wünsche Ihnen eine gute Nacht.«

Die Leitung war tot, und Ferguson schaltete mit bleichem Gesicht das Handy ab. »Das war Judas. Er behauptet, er hätte Hannah.«

Alle schwiegen betroffen. »Ich denke, ich muß den Präsidenten informieren«, meinte Blake Johnson schließlich.

»Ja, auf jeden Fall. Nehmen Sie das Telefon in meinem Büro. Was, zum Teufel, sollen wir nur tun?« stöhnte Ferguson.

Dillon holte tief Atem, um seine Wut niederzukämpfen. »Es ändert im Grunde nichts. Unsere Aufgabe ist es immer noch, Judas zu finden.«

»Und wie stellen wir das an?«

Dillon hielt die Fotos in die Höhe. »Indem wir als erstes mal Brown aufstöbern.«

»Wir können ja wohl keine Suchmeldung im Fernsehen bringen lassen«, sagte der Brigadier.

»Dann müssen wir einen anderen Weg finden.«

Der Präsident saß nach dem Telefongespräch eine Weile schweigend in seinem Wohnzimmer, ehe er den Summer für Teddy drückte und aufstand, um sich einen Whiskey einzuschenken.

»Kann ich irgendwas tun, Mr. President?«

»Ich fange langsam an zu glauben, daß niemand irgend etwas tun kann. Blake hat sich gerade gemeldet. Die guten Neuigkeiten sind, daß Riley den falschen Anwalt auf den Videobändern erkannt hat.«

»Na prima!«

»Die schlechten Neuigkeiten lauten, daß Judas Chief Inspector Bernstein gekidnappt hat. Jetzt sind es sogar zwei, Teddy, um die man sich Sorgen machen muß. Er hat Ferguson gesagt, er wolle auf diese Weise sicherstellen, daß er keinen Unsinn macht.«

»Dieses sadistische Schwein.«

»Da haben Sie zwar recht, aber das hilft uns leider auch nichts«, entgegnete der Präsident.

»Eins wissen wir«, sagte Dillon. »Er ist Anwalt, das hat er Riley ja erzählt. Stimmt doch, Dermot?«

»Klar. Er kannte sich jedenfalls gut mit dem ganzen Kram aus. Dem Gefängniswärter, der mich zu ihm brachte, ist dieser Brown gleich mit irgendwelchem juristischem Geschwätz gekommen. Aber was ist jetzt mit mir? Kann ich noch irgendwas tun?«

»Im Grunde nicht«, erwiderte Ferguson. »Warten Sie draußen im Vorzimmer. Ich sorge dafür, daß Sie irgendwo übernachten können. Wir haben hier Zimmer für besondere Fälle. Und morgen früh sind Sie auf dem Rückweg nach Irland.«

»Danke.« Dermot wandte sich an Dillon. »Tut mir leid, Sean.«

»Nicht deine Schuld. Viel Glück, Dermot.«

Riley verließ das Zimmer. »Was zur Hölle machen wir bloß?« fragte Ferguson.

Dillon lächelte plötzlich. »Mir ist gerade was eingefallen. Wir könnten uns an jemanden wenden, der weit mehr über Strafverteidiger weiß als alle anderen Leute, die ich kenne, weil er sie so oft gebraucht hat.«

»Und wer soll das sein?«

»Harry Salter.«

»Guter Gott, Dillon, der Mann ist ein Gangster.«

»Eben!« Dillon wandte sich an Blake. »Sind Sie dabei?«

»Und ob.«

»Gut, wir nehmen uns ein Auto aus dem Fuhrpark, und dann zeige ich Ihnen mal ein bißchen was von der dunkleren Seite der Londoner Unterwelt.«

»Harry Salter«, erklärte Dillon, als sie die Horse Guards Avenue entlangfuhren, »ist jetzt Ende Sechzig, ein richtiger Dinosaurier. Mit Mitte Zwanzig hat er sieben Jahre wegen Bankraubs gesessen und ist seither nie mehr im Knast gewesen. Er betreibt Kaufhäuser und Vergnügungsboote, mit denen man Fahrten auf der Themse machen kann, dazu besitzt er in Wapping immer noch einen Pub an der Themse, namens Dark Man, denn das war damals sein erster Erwerb als ehrbarer Geschäftsmann.«

»Aber er ist nach wie vor in der alten Branche tätig?«

»Hauptsächlich Schmuggel, unverzollte Zigaretten und allerlei Gesöff aus Europa. Ist ein großes Geschäft, seitdem der Gemeinsame Markt so explodiert ist. Diamanten aus Amsterdam sind ebenfalls recht profitabel.«

»Keine Drogen und Prostitution?« fragte Blake. »Sollten wir es hier tatsächlich noch mit einem altmodischen Gangster zu tun haben?«

»Genau. Wohlgemerkt, er schießt Ihnen die Kniescheibe weg, wenn Sie ihn verärgern, aber das ist eben so in diesem Geschäft. Er wird Ihnen gefallen, Blake.«

»Na, dann freue ich mich drauf, ihn kennenzulernen.«

Während sie die Wapping High Street hinunterfuhren, meinte er nachdenklich: »Warum wohl hat Judas Hannah nicht auch gleich mitgenommen, als er Sie in Sizilien entführt hat?«

»Ich vermute, er brauchte sie als zuverlässige Augenzeugin, damit sie Ferguson berichtet, was geschehen war. Sicher, er hätte sie ebenfalls gleich mitnehmen und sich persönlich mit ihm in Verbindung setzen können, aber auf diese Weise wußte Ferguson ohne jeden Zweifel, wie ernst die Sache war.«

»Ja, das könnte sein«, nickte Blake. »Ich glaube außerdem, wir haben es hier mit einem ziemlich labilen Kerl zu tun. Er hat seinen Spaß an kleinen Spielchen.«

»Allerdings.«

»Dieser Salter hat Ihnen schon früher mal geholfen?«

»O ja, bei einem kleinen Auftritt, den ich vor einiger Zeit hatte, als ich die Sicherheitsvorkehrungen im Unterhaus testen und beweisen sollte, daß ich es bis zur Häuserreihe am Fluß schaffe. Er hat heute keine Gefolgsleute mehr außer seinem Neffen Billy, der ein echter Rabauke ist, und zwei Gorillas, Baxter und Hall. Der Rest sind Buchhalter in seinem Büro, alles ganz legal.«

Der Dark Man war ein altmodischer Londoner Pub, über dessen Tür ein Schild im Wind schaukelte, auf dem eine finster aussehende Gestalt in einem schwarzen Umhang zu sehen war.

»Da wären wir«, sagte Dillon. »Gehen wir rein.«

Der Schankraum war menschenleer, doch gleich darauf erschien aus einem Hinterzimmer die Barfrau, eine propere, stark geschminkte Blondine in den Vierzigern. Dillon kannte sie gut und merkte gleich, wie durcheinander sie war.

»Sie sind es, Mr. Dillon. Ich dachte schon, die Mistkerle seien wieder zurückgekommen.«

»Mal ganz ruhig, Dora. Was ist denn hier los?«

»Die Gäste haben sich alle verdrückt, und wer kann es ihnen schon verdenken? Harry und die Jungs saßen vor einer halben Stunde in der Ecknische bei einem Sheperd's Pie, als Sam Hooker und vier seiner Männer mit abgesägten Schrotflinten reinplatzten.«

»Und was war der Grund dafür?«

»Er ist neuerdings im gleichen Gewerbe wie Harry tätig, betreibt auch ein paar Vergnügungsboote als Tarnung und wollte eine Partnerschaft, aber Harry hat ihm nur gesagt, er solle sich zum Teufel scheren.«

»Und was ist dann passiert?«

»Sie haben Harry, Baxter und Hall mitgenommen. Billy hat sich natürlich mit ihnen angelegt, aber sie haben ihn bewußtlos geschlagen. Ich war gerade in der Küche und hab' nach ihm gesehen. Kommen Sie nur mit.«

Billy Salter saß am Tisch, hatte ein halbautomatisches Gewehr vor sich liegen und trank Scotch. Er war ein harter junger Mann von sechsundzwanzig Jahren, der bereits wegen tätlichen Angriffs und Körperverletzung im Gefängnis gesessen hatte. Die linke Seite seines Gesichts war verfärbt und geschwollen.

»Dillon, was, zum Teufel, machst du hier?«

»Eigentlich wollte ich zu deinem Onkel. Ich bräuchte seine Hilfe, nur scheint mir eher, als könnte er im Moment meine gebrauchen.«

»Dieser verfluchte Sam Hooker. Den mache ich schon selbst fertig.«

»Ganz allein mit dieser Knarre? Sei kein Idiot, Billy. Dora hat mir erzählt, daß Hooker vier Gorillas dabei hatte. Willst du etwa Rambo spielen? So was funktioniert nur im Kino, weil das Drehbuch es vorschreibt.«

Billy schenkte sich noch einen Whiskey ein und musterte Blake. »Wer ist dein Freund?«

»Wenn ich dir sagen würde, daß er ein ehemaliger FBI-Agent ist, würdest du's mir sowieso nicht glauben. Blake Johnson.«

»Ihr Gesicht sieht aus, als wäre der Wangenknochen gebrochen«, meinte Blake. »Sie müssen dringend ins nächste Krankenhaus.«

»Blödsinn. Das einzige, was ich brauche, ist Sam Hookers Kopf auf einem Tablett.«

»Na, das wird dir hier nicht serviert«, sagte Dillon. »Wohin haben sie ihn gebracht?«

»Hookers Zentrale ist ein Vergnügungsboot namens *Lynda Jones,* das gewöhnlich an dem alten Dock in Pole End anlegt. Das ist von hier aus eine halbe Meile flußabwärts.«

Dillon wandte sich an Blake. »Hören Sie, diese Sache ist rein privat, Sie brauchen dabei nicht mitzumachen.«

»Quatsch, stehen wir nicht länger hier rum«, erwiderte Blake. »Tun wir lieber was.«

Mit seinen rostigen Kränen, die sich in den nächtlichen Himmel reckten, spiegelte Pole End in seiner Trostlosigkeit geradezu den Verfall des einstmals größten Hafens der Welt wider. Dillon hielt in einiger Entfernung vom Dock an.

»Verdammter Mist«, sagte Billy, der sein Gewehr umklammerte. »Sie haben abgelegt. Das da draußen ist die *Lynda Jones.*«

Zwei Arme des Docks erstreckten sich in den Fluß hinaus; die Wasserfläche dazwischen war ungefähr dreihundert Meter breit, und in ihrer Mitte ankerte die *Lynda Jones.*

»Sind Sie sicher, daß Ihr Onkel dort ist?« fragte Blake.

»Was glauben Sie denn, warum er rausgefahren ist?« erwiderte Billy. »Ich will's Ihnen sagen. Weil von dort niemand so leicht abhauen kann.«

»Vielleicht doch«, meinte Dillon. »Ich hab' dir ja mal das Tauchen beigebracht, Billy, oder? Und Harry hat gleich erkannt, welche Möglichkeiten sich damit bieten. Ich weiß zufällig, daß du anschließend bei deinem Urlaub auf Barbados einen Tauchkurs gemacht hast.«

»Na und?«

»Komm schon, Billy, ihr habt angefangen, euer Sortiment zu erweitern – um Diamanten aus Amsterdam, die von flußaufwärts fahrenden Schiffen an einer kleinen Boje über Bord geworfen werden. Du schwimmst später unter Wasser hin und holst sie dir. Das heißt, du hast deine Tauchausrüstung im Dark Man, stimmt's?«

»Okay, du weißt also Bescheid – aber worauf willst du hinaus?«

»Du fährst jetzt schleunigst zurück in den Pub, holst deine Sauerstoffflasche, Flossen und eine Maske und kommst wieder her. Einen Taucheranzug brauch' ich nicht.«

»Du meinst, du willst dort rausschwimmen?«

»Fällt dir irgendwas anderes ein, das wir tun könnten?«

»Aber sie sind zu fünft.«

»Na ja, dann habe ich für jeden zwei Kugeln in meiner Walther. Los mit dir, Billy, und denk' auch an einen Tauchbeutel. Hier sind die Schlüssel.«

Während Billy zum Wagen lief, ging Blake zum Rand des Docks und spähte hinunter in die Dunkelheit. »Nicht mal ein Ruderboot da unten. Wollen Sie das auch wirklich riskieren, Sean?«

»Warum nicht? Ich brauche sie doch bloß in Schach zu halten, Salter und die beiden anderen zu befreien und das Boot zurückzubringen.«

»So, wie Sie es sagen, klingt's wirklich ganz einfach.«

Sie sahen hinaus zu den Lichtern des Boots, auf dem Gelächter zu hören war. »An Deck sind Leute«, sagte Dillon.

»Ich schätze, es sind drei, und einer von ihnen klettert die Leiter hinunter. Es ist zwar ziemlich dunkel, aber mir scheint, da ist ein Boot.«

Seine Vermutung erwies sich als richtig, denn gleich darauf sprang ein Motor an, und ein Schnellboot kam auf das Dock zugefahren. Dillon und Blake drückten sich in den Schatten eines Krans.

»Sie sind größer als ich, deshalb packen Sie ihn von hinten und halten ihm den Mund zu, damit er keinen Mucks von sich gibt, während ich mit ihm rede«, flüsterte Dillon.

»Alles klar.«

Es war merkwürdig, aber als er dort in der Dunkelheit stand, fühlte sich Blake Johnson so lebendig wie seit Jahren nicht mehr. Angespannt, beinahe erwartungsvoll machte er sich bereit. Das Boot legte an. Ein Mann stieg aus und kam die steinernen Stufen herauf. Blake sprang mit einer raschen Bewegung auf ihn zu und packte ihn.

Dillon hielt ihm den Lauf der Walther unters Kinn. »Ein Mucks, und du bist tot. Das Ding hier hat einen Schalldämpfer. Niemand wird was hören. Hast du verstanden?« Der Mann nickte, und Blake nahm seine Hand weg. »Salter und seine Jungs sind draußen bei Hooker, stimmt's?« fragte Dillon.

Der Mann war völlig verängstigt. »Ja.«

»Wo?«

»In der Kajüte.«

»Gefesselt?«

Er nickte.

»Und was machst du hier?«

»An der Hauptstraße ist ein chinesisches Restaurant. Hooker hat dort telefonisch was bestellt. Ich sollte es abholen.«

»Wie schön von ihm. Du hast da übrigens eine hübsche Krawatte.« Dillon knöpfte sie ab und reichte sie Blake, der damit seine Handgelenke zusammenband.

»Denken Sie dasselbe wie ich?« fragte Blake.

»Wahrscheinlich. Sobald Sie sehen, wie ich an Bord klettere, kommen Sie und Billy im Boot hinterher. Hooker wird meinen, der Kerl kommt mit dem chinesischen Essen.« Er grinste. »Da sieht man mal wieder, wohin Gefräßigkeit führen kann.« Er schüttelte den Mann kräftig durch. »Wo steht dein Auto?«

»Da drüben in dem alten Lagerhaus.«

Dillon trieb ihn vor sich her zu einem Ford-Lieferwagen, öffnete die Hintertür und schob ihn hinein. »Keinen Mucks, sonst komme ich zurück, und was das heißt, kannst du dir denken.«

Blake schloß die Türen; danach kehrten sie zum Dock zurück.

Ein paar Minuten später rollte Billys Wagen im Leerlauf über das abfallende Kopfsteinpflaster. Er hielt an, stieg aus und öffnete den Kofferraum.

»Alles okay?«

»Erzählen Sie's ihm, Blake«, sagte Dillon. Er öffnete die Tür zum Rücksitz, zog sich bis auf die Unterhosen aus und steckte seine Brille in eine Jackentasche. Danach streifte er die Neoprenjacke und die Sauerstoffflasche über.

»Gebt mir fünf Minuten Zeit. Das Licht an Deck ist am Heck hell genug, daß ihr mich sehen könnt, wenn ich über die Reling klettere. Dann kommt ihr mit dem Boot hinterher.«

»Arschkalt, das Wasser«, meinte Billy.

»Ist ja nur eine kurze Strecke.« Dillon steckte seine Walther in den wasserdichten Beutel und hängte ihn sich um den Hals, ehe er die Treppe hinunterstieg. Auf der letzten Stufe zog er die Flossen an, rückte seine Maske zurecht, setzte das Mundstück ein und glitt in das dunkle Wasser.

Billy hatte recht, es war bitterkalt, aber er kam zügig voran und tauchte nur einmal auf, um seine Position zu überprüfen. Als er die Ankerkette erreichte, streifte er die Sauerstoffflasche, seine Maske und die Flossen ab und zog sich zur Ankerpforte hoch. Vorsichtig spähte er hindurch. Niemand war an Deck, aber aus der Kajüte kam Gelächter und dann ein Schmerzensschrei. Dillon kletterte an Bord, nahm die Walther aus dem Beutel um seinen Hals und winkte in Richtung Dock. Als er unter Deck schlich, startete das Boot bereits.

Ein weiterer Schmerzensschrei ertönte. Er spähte durch das Bullauge in der Tür. Salter und seine beiden Gorillas, Baxter und Hall, waren an drei Stühlen gefesselt. Ein großer Mann in einem dunklen Anzug, vermutlich Hooker, hatte eine Butangasflasche in der Hand, wie man sie zum Ablösen alter Anstriche benutzt. Mit einem Ausdruck hämischer Freude auf seinem brutalen Gesicht richtete er die Flamme auf Baxters linke Wange, der vor Schmerz brüllte.

»Das sollst du mir büßen«, rief Harry Salter. »Ich schwör's dir.«

»Ehrlich?« grinste Hooker. »Glaub' ich nicht, denn wenn ich fertig bin, bist du ein gut durchgebratener Hamburger. Noch eine Kostprobe gefällig?«

Dillon entdeckte zwei von Hookers Männern, die ihm lachend zusahen. Wo war der dritte? Aber er konnte nicht länger warten. Als Hooker zur Seite zuging, stieß er die Tür auf und trat ein.

»Schluß damit.«

Hooker starrte ihn verblüfft an. »Wen zur Hölle haben wir denn da? Schnappt ihn euch, Jungs.«

Einer der beiden fuhr mit der Hand in seine Tasche, doch Dillon war schneller und schoß ihn in den Oberschenkel.

Salter lehnte sich zurück und lachte laut auf. »Guter Gott, Dillon, du kleiner irischer Teufel. Ich hab' keine Ahnung, was du angestellt hast, daß du dir selbst kaum mehr ähnlich siehst, aber deine Stimme erkenne ich.«

»Stell den Brenner ab«, befahl Dillon, »und leg' ihn auf den Tisch.«

»Leck mich!« zischte Hooker.

»Na dann«, erwiderte Dillon und schoß ihm ein Stückchen des linken Ohrs weg.

Hooker kreischte auf, ließ den Brenner fallen, der aus irgendeinem Grund erlosch, und preßte sich die Hand ans Ohr. Zwischen seinen Fingern sickerte Blut hindurch.

»Schneid sie los«, befahl Dillon dem einzigen noch unverletzten Mann.

Da die Tür offengeblieben war, hatte er nicht bemerkt, daß jemand an ihn herangeschlichen war, bis sich der Lauf einer Waffe an seinen Hals preßte. Er drehte ein wenig den Kopf und sah in der verspiegelten Wand einen kleinen Mann mit dunklem lockigem Haar, der wie ein Zigeuner aussah. Er hielt eine abgesägte Flinte in der Hand und nahm ihm die Walther ab.

»Bring ihn um!« fauchte Hooker. »Blas ihm den verfluchten Schädel weg.«

In diesem Moment bemerkte Dillon, daß sich die Tür am anderen Ende der Kajüte öffnete und Blake Johnson, gefolgt von Billy, hereinkam. Blitzschnell ging er in die Knie. Fast gleichzeitig schoß Blake mit der Beretta den Zigeuner in die rechte Schulter, so daß er herumgerissen wurde und das Gewehr fallenließ.

»Wo habt ihr so lange gesteckt?« fragte Dillon.

Billy riß seine Waffe hoch. »Ich bring' euch alle um!«

»Nein, laß das, Billy«, sagte Harry Salter. »Schneid uns nur los.« Er betrachtete Baxters verbranntes Gesicht. »Keine Sorge, George, ich kümmere mich darum, daß du in der London Clinic verarztest wirst. Nur das Beste für meine Jungs.« Als er frei war, stand er auf und massierte seine Hände. »Dillon, du siehst zwar richtig lächerlich aus, aber ich werde dich in meinem Testament bedenken.«

Der Mann, den Dillon ins Bein geschossen hatte, lag neben dem Zigeuner auf der Sitzbank unter dem Spiegel, Hooker lehnte sich stöhnend gegen den Tisch. Überall war Blut.

Salter lachte. »Alles eine Nummer zu groß für euch, aber das habt ihr nicht mal gemerkt.«

»Gehen wir«, sagte Dillon. »Ihr Boot wartet.«

»In Ordnung.« Salter wandte sich an Hooker. »In der Wapping High Street gibt's einen ausgezeichneten indischen Chirurgen namens Azis. Kannst ihm sagen, daß ich dich geschickt hab'.« Er ging mit den anderen hinauf an Deck, wo er jedoch plötzlich stehenblieb. »Hab' noch was vergessen. Gib mir mal die Walther, Dillon.«

Dillon reichte sie ihm ohne Zögern, und Salter verschwand in der Kajüte. Man hörte zwei rasche Schüsse und einen

Schmerzensschrei, dann kehrte er wieder zurück und reichte Dillon die Walther.

»Was hast du getan?«

»Hab's genauso gemacht, wie ihr es bei euch in der IRA haltet, und ihm eine Kugel in jede Kniescheibe verpaßt, so daß er künftig an Krücken geht. Ich hätte ihn auch töten können, aber auf diese Weise ist er als abschreckendes Beispiel besser. Und jetzt kommt endlich hier weg. Stell mich übrigens mal deinem neuen Freund vor. Er scheint zu wissen, was er tut.«

Hall brachte Baxter in ein Krankenhaus, damit er medizinisch versorgt wurde, während Salter, Blake und Billy sich im Dark Man an einen Tisch setzten.

»Champagner, Dora«, rief Salter. »Du weißt ja, daß dieser Bursche hier am liebsten Krug trinkt, also her damit.«

»Warte, ich helf' dir.« Billy ging in die Bar.

»Was für ein verfluchtes Glück für mich, daß du aufgetaucht bist«, sagte Salter. »Weswegen wolltest du mich denn sprechen?«

»Eine ganz spezielle Sache«, erwiderte Dillon. »Alles strikt geheim, aber eine Rolle dabei spielt ein Anwalt, der einen Gefangenen in Wandsworth besucht hat, wobei er den falschen Namen George Brown benutzt hat.«

»Woher willst du denn wissen, daß er tatsächlich Anwalt ist?«

»Sagen wir mal so: Sein ganzes Auftreten und Verhalten scheint darauf hinzudeuten, daß er im Strafrecht Bescheid weiß. Ich dachte mir, du würdest ihn möglicherweise erkennen.«

Er nahm vier Fotos des mysteriösen Brown aus seiner Jackentasche und breitete sie auf dem Tisch aus, doch Salter schüttelte den Kopf. »Tut mir leid, mein Alter, den hab' ich noch nie gesehen.«

Dora brachte den Champagner, und Billy stellte einen Eiskübel auf den Tisch, wobei sein Blick auf die Fotos fiel. »Was willst du denn mit dem Rechtsverdreher?«

Dillon schwieg einen Moment verblüfft. »Du kennst ihn? Wer ist das, Billy?«

»Berger – Paul Berger. Weißt du noch«, wandte er sich an Salter, »wie Freddy Blue vor neun Monaten wegen Betrugs dran war, weil er Anzahlungen auf Fernsehgeräte kassiert hatte, die nie ankamen?«

»Klar.«

»Dieser Berger war sein Anwalt. Er kramte irgendein Gesetz aus, von dem noch nie jemand was gehört hatte, und hat ihn tatsächlich rausgepaukt. Echt gerissen. Er ist Partner in einer Kanzlei namens Berger und Berger. Hab' ich mir gemerkt, weil es so komisch klang.«

»Dora, holst du mir mal das Telefonbuch?« bat Dillon.

Billy schenkte Champagner ein. »War's das, was du wolltest?«

»Billy, du hast dir einen Orden verdient. Auf dich!« Dillon hob sein Glas, kippte den Champagner hinunter und stand auf. »Ich muß Ferguson anrufen.«

»Alles okay?« fragte Blake, als er von der Bar zurückkam.

»Ja, Ferguson läßt über die Telefonauskunft die Anschrift raussuchen.«

»Wollen wir hoffen, daß dort nicht auch ein Makkabäer sitzt.«

»Unwahrscheinlich. Sie können ja nicht überall sein, und wir wollen uns nicht noch einen Verfolgungswahn zulegen.«

»Was ist denn ein Makkabäer?« fragte Salter. »Klingt mir wie ein Schokoriegel.«

»Ist aber alles andere als das, Harry.« Dillon hob sein Glas, um sich noch mal nachschenken zu lassen.

Sein Handy läutete, er schaltete es ein, nahm einen Stift und notierte auf der Rückseite eines Bierdeckels, was Ferguson ihm mitteilte.

»Gut, wir melden uns dann wieder.« Er schaltete ab und nickte Johnson zu. »Hab' seine Privatadresse. Camden Town. Gehen wir.«

Salter schüttelte ihm die Hand. »Hoffentlich findest du, was du brauchst.«

»Freut mich, daß ich dir helfen konnte, Harry.«

»Was glaubst du, wie ich mich erst freue«, erwiderte Salter.

11

Die Wohnung lag in einer Nebenstraße der Camden High Street namens Hawk's Court. »Fünfzehn – da ist es«, sagte Blake, und Dillon verringerte das Tempo.

Die Einfamilienhäuser in dieser Gegend waren in der Blüte des Viktorianischen Zeitalters erbaut worden und unterschieden sich beträchtlich voneinander. Offensichtlich schien das Viertel im Trend zu liegen, da einige Häuser frisch renoviert waren und neue Fenster und hellgestrichene Türen mit Messingbeschlägen hatten, andere dagegen vergammelt und heruntergekommen aussahen.

Nummer fünfzehn paßte in keine der beiden Kategorien so recht. Es wirkte nicht gerade schäbig, sah aber auch nicht besonders luxuriös aus. Dillon wendete am Ende der Straße bei einer alten Kirche mit einem eingezäunten Friedhof, auf dem einige Bänke und ein paar altmodische Laternen standen, fuhr bis in die Camden High Street und parkte.

Zu Fuß kehrten sie zurück. »Was haben Sie vor?« fragte Blake.

»Ich hab' nicht die geringste Idee.«

»Na ja, wir können ihn jedenfalls nicht einfach herumlaufen lassen, nachdem wir mit ihm gesprochen haben. Das wäre zu riskant.«

»Wir haben ein entsprechendes Haus, in dem er unter Bewachung bleiben könnte.«

»Aber was ist, wenn Judas ihn vermißt und Lunte riecht?«

»Wieviel Zeit haben wir noch, Blake? Vier Tage? Vielleicht müssen wir einfach mal was riskieren. Knöpfen wir uns erst mal diesen Berger vor und jagen ihm eine ordentliche Höllenangst ein. Der Kerl kümmert mich sowieso nicht. Marie und Hannah sind wichtiger.«

Sie öffneten das Tor, gingen die Treppenstufen hinauf und läuteten an der Tür. Im Haus blieb alles ruhig. Dillon versuchte es noch einmal. »Zwecklos«, meinte er schließlich. Aus dem Nachbarhaus, das eines von den heruntergekommenen war, kam eine junge Frau.

Sie trug einen Regenmantel aus schwarzem Plastik und ebensolche Stiefel, und auf ihrem blonden Haar thronte ein schwarzes Barett. »Sie wollen nicht zufällig zu mir?«

»Nein, zu Mr. Berger«, erklärte Dillon.

Sie verschloß ihre Haustür. »Schade, ich dachte, es sei vielleicht was Berufliches. Er ist die meiste Zeit nicht da. Lebt allein, seit seine Frau ihn verlassen hat. Schuldet er Ihnen Geld?«

»Nein, nein«, sagte Dillon. »Wir sind nur Mandanten. Er ist unser Anwalt.«

»Also, abends geht er gewöhnlich zu Gio. Das ist ein Restaurant hier in der Nähe. Die Straße runter, nach rechts und dann noch hundert Meter.«

»Vielen Dank«, rief Dillon ihr hinterher, als sie auf ihren hohen Absätzen davonspazierte.

»Wenn ich mir's recht überlege, habe ich auch noch nichts gegessen«, sagte Blake.

»Dann auf zu Gio. Es gibt da nur ein Problem. Wir wissen, daß man mich zu Hause in Stable Mews mit Richtmikrofon abgehört hat. Vielleicht hatte Berger mit dieser Sache zu tun, und es könnte sein, daß er mich kennt. Sie müssen also allein essen.«

»Sie haben recht«, sagte Blake. »Armer alter Sean, da werden Sie wohl fasten müssen.«

Das Gio war ein kleines familiäres Lokal mit einigen Nischen, karierten Tischdecken und Kerzenbeleuchtung. Dillon blieb etwas zurück, während Blake ans Fenster trat und scheinbar die Speisekarte begutachtete. »Er ist allein«, flüsterte er leise, »zweite Nische vom Fenster aus gesehen. Liest ganz vertieft in einem Buch und ißt Nudeln. Sehen Sie selbst.«

Dillon überzeugte sich und trat wieder zurück. »Gehen Sie hinein; ich warte so lange. Wir schnappen ihn uns später in der Hawk's Court.«

»Sollen wir ihm ins Haus folgen?«

»Nein, bei den Mandanten, die er vertritt, hat er wahrscheinlich gute Sicherheitsvorkehrungen; das könnte unangenehm werden. Wir bringen ihn auf den Kirchhof und reden dort mit ihm.«

»Dann bis später.«

Blake ging ins Lokal und wurde von einem Kellner an einen Tisch auf der anderen Seite des Raums geführt, wo er Berger gegenübersaß. Er bestellte ein Glas Rotwein und Spaghetti mit Fleischklößchen. Jemand hatte eine Zeitung auf dem zweiten Stuhl liegen lassen, und er begann darin zu lesen, ohne Berger aus den Augen zu lassen.

Dillon ging in den Laden zwei Häuser weiter, wo es Sandwiches zu kaufen gab. Er suchte sich ein Baguette mit Schinken und Tomaten aus, besorgte sich aus einem Automaten einen Plastikbecher Tee und ging wieder nach draußen. Es regnete leicht, deshalb blieb er im Eingang eines Ladens stehen, der bereits geschlossen hatte, verspeiste das Sandwich und trank den Tee. Danach rauchte er eine Zigarette und schlenderte am Gio vorbei.

Berger war immer noch in sein Buch vertieft, schien aber inzwischen beim Kaffee angelangt zu sein, während Blake die Hälfte seiner Spaghetti verzehrt hatte. Der Regen nahm zu. Dillon ging zurück zum Auto, öffnete die Tür und sah sich um. Auf der Ablage vor der Heckscheibe entdeckte er einen Taschenschirm. Als er wieder zum Restaurant kam, bezahlte Berger gerade seine Rechnung. Auch Blake winkte den Kellner zu sich.

Berger nahm unterdessen seinen Mantel von einem Haken, griff nach seinem Buch und ging zur Tür, wo er stehenblieb und seinen Kragen hochschlug, ehe er in den Regen hinaustrat. Dillon folgte ihm in einigem Abstand. Noch ehe sie Bergers Haus erreichten, holte Blake ihn ein.

»Mr. Brown?« rief Dillon, als Berger das Tor öffnete.

Berger wandte sich um. »Bitte?«

»George Brown?« fragte Dillon fröhlich.

»Tut mir leid, das muß ein Irrtum sein. Mein Name ist Berger – Paul Berger.«

»Klar, das wissen wir, aber im Gefängnis in Wandsworth

haben Sie sich Brown genannt, als Sie Dermot Riley besucht haben«, sagte Blake Johnson.

»Sie sollten es nicht abstreiten«, riet Dillon. »Wir haben Sie auf den Videos der Überwachungskamera und wissen auch, daß Sie ein Makkabäer sind, einer aus der fröhlichen Bruderschaft des guten alten Judas.«

»Sie sind verrückt.«

»Glaube ich nicht.« Dillon hatte eine Hand in der rechten Tasche seines Regenmantels und ließ ihn kurz seine Walther sehen. »Das Ding hat einen Schalldämpfer. Wenn ich Sie also jetzt erschieße, wird niemand was hören.«

»Das würden Sie nie wagen.«

»Nach allem, was Sie und Ihre Kumpane getan haben, würde ich noch ganz was anderes wagen. Deshalb gehen Sie besser schön los in Richtung Friedhof. Wir wollen mal miteinander reden.« Er drückte ihm die Walther in den Bauch.

Dillon drückte Berger auf eine Bank, die unter dem Dach der Friedhofshalle stand. In der Nähe befand sich eine Lampe, so daß es hell genug war.

»Also, Judas Makkabäus ist ein rechtsgerichteter jüdischer Terrorist, dessen Anhänger Makkabäer genannt werden, und Sie sind einer davon. Er hat die Tochter des Präsidenten der Vereinigten Staaten gekidnappt und jetzt auch noch Chief Inspector Hannah Bernstein.«

»Was reden Sie für einen Schwachsinn?«

»Hören Sie auf, sich dumm zu stellen«, sagte Blake. »Wir wissen, daß Sie George Brown sind, der Dermot Riley in Wandsworth besucht hat. Wir haben Sie auf den Videos der Überwachungskameras, und wir haben Riley.«

»Das ist doch völlig unmöglich«, erwiderte Berger, womit er sich verriet.

»Denken Sie! Hab' ihn heute morgen erst persönlich in Irland aufgelesen und nach London ins Verteidigungsministerium gebracht. Er wird beschwören, daß Sie ihm einen Plan erläutert haben, um ihn aus dem Gefängnis zu holen und einen gewissen Sean Dillon in Sizilien zu entführen, was auch Dillon bestätigen wird.«

Berger ging prompt in die Falle. »Das kann er ja gar nicht.«

»Warum? Weil er in Washington ermordet wurde?« Mit einem boshaften Lächeln setzte Dillon für einen Augenblick seine Brille ab. »Nein, hier steht er.«

Paul Berger schrie entsetzt auf.

»Alles ganz professionell, bis hin zu dem äußerst bequemen Tod dieses Gefängniswärters Jackson. Waren Sie das, Berger? Ich meine, er hätte Sie ja schließlich identifizieren können, oder?« Dillon zündete sich eine Zigarette an. »Aber selbst der große Judas irrt sich mal. Er wird untergehen, Berger, und Sie mit ihm, also reden Sie.«

»Ich kann nicht. Judas wird mich umbringen.«

Dillon begann mit dem Spielchen, das bei allen Polizisten auf der ganzen Welt beliebt war, bei dem einer den Hitzkopf, der andere den Besonnenen spielte. Vor Wut zitternd wandte er sich an Blake. »Haben Sie das gehört? Dann bringe ich diesen Dreckskerl lieber selbst um. Wir sind ja hier gerade am richtigen Ort.« Er deutete auf die Grabsteine, deren Umrisse in der Dunkelheit zu sehen waren. »Reichlich Platz, ihn irgendwo zu verscharren.« Er rammte Berger die Walther unters Kinn. »Ich mach's gleich – auf der Stelle.«

Blake zog ihn weg. »Von einem Mord war nicht die Rede.« Er setzte sich neben Berger. »Um Gottes willen, sagen Sie's ihm.«

Berger zitterte. »Was wollen Sie wissen?«

»Wie nimmt Judas mit anderen Verbindung auf?«

»Ich habe ein spezielles Handy, und durch einen Anruf hat er mir den Auftrag gegeben, Riley aus Wandsworth herauszuholen.«

»Haben Sie ihn jemals getroffen?«

»Nein, ich wurde von einem anderen Makkabäer angeworben.«

»Und von wo aus operiert Judas?« fragte Blake.

»Ich weiß nicht.«

»Kommen Sie, das soll ich Ihnen glauben?« rief Dillon.

Berger war kurz davor zusammenzubrechen. »Ich weiß es ehrlich nicht. Wirklich.«

Blake legte ihm eine Hand auf die Schulter. »Was ist mit Chief Inspector Bernstein?«

»Sie wurde vor dem Haus ihres Großvaters von zwei Makkabäern aus Judas' persönlichem Stab in einem Krankenwagen entführt.«

»Namen?«

»Aaron und Moshe.«

Dillon wandte sich an Blake. »Das sind die Burschen, die mich in Salinas geschnappt hatten.«

»Waren Sie dabei?« fragte Blake.

Berger nickte. »Wir haben sie zu einem Flugplatz aus dem Zweiten Weltkrieg bei Flaxby in Sussex gebracht. Dort stand ein Citationjet bereit, mit dem sie weggeflogen sind. Meine Aufgabe war, den Krankenwagen in Dorking abzustellen.«

»Und Sie wissen nicht, wohin man sie gebracht hat?«

»Keine Ahnung, ich schwöre es.«

Sie sahen, daß er die Wahrheit sagte, doch dann hatte Dillon einen plötzlich Einfall, der ihnen endlich weiterhalf.

»Sie haben gesagt, Sie seien als Makkabäer angeworben worden. Wie kam es dazu?«

»Ich war bei einer Konferenz über die Zukunft des Staates Israel, die an der Universität von Paris stattfand; dort habe ich an einem Seminar teilgenommen und auch offen meine Meinung vertreten.«

»Und?«

»Ein Anwalt sprach mich an. Er sagte, er habe meine Rede sehr bewundert, und lud mich zum Essen ein.«

»Ein Makkabäer?« fragte Blake.

»Ja. Wir waren in einem dieser schwimmenden Restaurants auf dem Fluß und haben geredet. Während der ganzen vier Tage, die ich dort war, habe ich ihn täglich getroffen.«

»Und er hat Sie angeworben?«

»Haben Sie eine Ahnung, wie das klang? Gott, ich wollte etwas tun, dazugehören, einen Beitrag leisten.«

»Und dann hat Judas, der Allmächtige höchstpersönlich, mit Ihnen gesprochen?« fragte Dillon.

»Er ist ein großer Mann, der sein Land liebt.« Berger schien wieder etwas Mut gefaßt zu haben.

»Wie hieß dieser Anwalt in Paris, der Sie angeworben hat? Und erzählen Sie mir nicht, Sie wüßten es nicht mehr.«

»Rocard – Michael Rocard.«

»Jesus, Maria und Josef!« Dillon wandte sich an Blake Johnson. »Der Anwalt der Familie de Brissac. Er muß irgendwie ihre Identität erfahren haben. Verdammt, ihm gehört sogar das Haus, das sie auf Korfu bewohnte, als sie gekidnappt wurde.«

»Dann geht's wohl als nächstes nach Paris. Was ist mit ihm?«

»Kommen Sie.« Dillon zog Berger hoch. »Wir fahren mit ihm zu einem Haus, in dem wir solche Leute unterbringen. Dort kann er bleiben, bis alles vorbei ist. Danach erstatten wir Ferguson Bericht.«

Berger ging zwischen ihnen die Straße hinunter. »Sie werden mich umbringen, nicht wahr?« sagte er plötzlich.

»Unsinn«, erwiderte Blake. »Seien Sie kein Narr.«

»Sie lügen!« flüsterte Berger und rannte Hals über Kopf los.

Sie liefen ihm hinterher. Er hatte inzwischen die Kreuzung erreicht und stürmte blindlings über die Camden High Street. Im gleichen Moment kam ein Doppeldeckerbus heran, der nicht mehr bremsen konnte. Berger wurde erfaßt und in die Luft geschleudert.

Ein Höllenlärm brach aus. Schreiend liefen die Leute zusammen, der kreidebleiche Busfahrer stieg aus, ein Polizeiwagen hielt an, zwei Beamte drängten sich durch die Menge. Einer kniete sich neben Berger und untersuchte ihn.

»Zwecklos«, sagte er zu seinem Kollegen, »der ist tot.«

Schockierte Aufschreie ertönten aus der Menge, und der Busfahrer flüsterte betroffen: »Es war nicht meine Schuld.«

»Er hat recht«, riefen einige, »der Mann ist direkt auf die Straße gerannt.«

Dillon nickte Blake zu. Sie gingen zurück zum Wagen und fuhren davon.

Hannah hatte während des Flugs soweit wie möglich jeden Kontakt mit Aaron und Moshe vermieden. Sie hatte nur den Kaffee und die Sandwiches angenommen, die man ihr gegeben hatte, und ein paar Zeitschriften durchgeblättert, um sich irgendwie die Zeit zu vertreiben. Außer gelegentlich aus dem Fenster zu sehen, gab es nichts zu tun, und da sie in dreißigtausend Fuß Höhe flogen und dichte Wolken unter ihnen lagen, hatte sie nicht die geringste Ahnung, wohin der Flug ging.

Nach drei Stunden war tief unten einmal kurz das Meer zu sehen, das nur das Mittelmeer sein konnte, und die Küste einer Insel, die sich überall befinden konnte, dann wurde die Wolkendecke wieder dichter.

Aaron war in ein Buch vertieft, in dem er die letzten drei Stunden gelesen hatte, und Moshe kochte frischen Kaffee. Nachdem er dem Piloten eine Tasse gebracht hatte, machte er einen kleinen Imbiß zurecht. Er reichte Aaron einige Sandwiches und Kaffee.

»Für Sie auch, Chief Inspector?«

»Nein, nur Kaffee.«

Erneut spähte sie aus dem Fenster und entdeckte tief unten durch eine Lücke in der Wolkendecke wieder ein Stückchen Land.

Während sie trank, merkte sie, daß Aaron sie beobachtete. Auf seinem Gesicht lag ein kleines irritierendes Lächeln.

»Sie scheinen mich amüsant zu finden?«

»Im Gegenteil, ich finde, Sie sind eine äußerst bemerkenswerte Frau. Der Großvater ein Rabbi, der Vater ein bedeutender Chirurg, also eine Frau aus bestem Haus, die nach Cambridge geht, dann in die Polizei eintritt, ein Spitzendetective bei Scotland Yard wird und keine Angst hat zu töten, wenn es sein muß. Wie oft eigentlich schon? Zweimal oder dreimal?«

Gott, wie sehr sie ihn haßte! Leider fiel ihr keine passende Antwort ein. Er stellte in Zeitlupe seinen Kaffee zur Seite.

»Ich nehme Ihnen Ihre Tasse ab, Chief Inspector«, sagte er. »Sie legen sich lieber hin und schlafen. Wir sind nämlich fast da. Es ist besser für alle, wenn Sie nicht wissen, wo wir landen.«

Der Kaffee. Aber es war natürlich zu spät, viel zu spät; um sie herum wurde bereits alles dunkel.

Ferguson saß in seiner Wohnung am Kamin und hörte Dillon und Blake Johnson zu, die ihm alles berichteten.

»Merkwürdig«, meinte er dann nachdenklich, »alles scheint derzeit bei dem Anwalt der de Brissacs, diesem Michael Rocard, zusammenzulaufen.«

»Ja, aber er kümmert sich seit Jahren um die Angelegenheiten der Familie«, sagte Dillon. »Wenn jemand über jeden Verdacht erhaben zu sein scheint, dann er, und trotzdem vermute ich, daß er Maries wahre Identität verraten haben muß. Vielleicht hat er es durch einen Zufall herausgefunden.«

»Wir haben beim FBI immer gesagt: Bei jedem Mord stets zuerst die Familie überprüfen«, meinte Blake. »Interessant ist hier allerdings die Frage, warum sich ein Mann wie Rocard, der einen berühmten Namen hat und zur gehobenen Gesellschaft gehört, überhaupt mit solchen Leuten wie den Makkabäern eingelassen haben sollte?«

Ferguson faßte einen Entschluß. »Ich ziehe mal Erkundigungen über ihn ein.«

»Ist das klug?« fragte Dillon.

»Keine Sorge, die Sache bleibt streng vertraulich. Ich rede nur mit Max Hernu.«

Der französische Geheimdienst war berüchtigter als der KGB und genoß als SDECE seit Jahren einen beinahe legendären Ruf. Unter der Regierung Mitterrand war er neu organisiert worden und hieß nun Direction Générale de la Sécurité Extérieure oder kurz DGSE.

Er war immer noch in fünf Abteilungen und unzählige Unterabteilungen aufgeteilt, und Section 5 bestand nach wie vor aus der Action Service, deren Chef Colonel Max Hernu war.

Er hatte als Fallschirmjäger in Indochina gedient, war in Diên Biên Phu gefangengenommen worden und hatte danach in bitteren, blutigen Schlachten in Algerien gekämpft, wenn auch nicht für die OAS, die von so vielen seiner Kameraden unterstützt worden war, sondern für General Charles de Gaulle.

Er war ein eleganter, grauhaariger Herr, der mit seinen siebenundsechzig Jahren längst in den Ruhestand hätte gehen können, nur wollte der französische Premierminister davon nichts wissen. Als Fergusons Anruf kam, saß er an seinem Schreibtisch im Hauptquartier der DGSE am Boulevard Mortier und las einen Bericht über Sympathisanten der ETA in Frankreich.

»Mein lieber Charles.« Seiner Stimme war anzuhören, daß er sich aufrichtig freute. »Lange nichts mehr von Ihnen gehört. Wie geht es Ihnen?«

»Man macht eben immer weiter. Sie kennen das ja«, erwiderte Ferguson. »Der Premierminister will mich nicht gehen lassen.«

»Das haben diese Herren so an sich.«

»Ist Ihr Anruf beruflicher Natur oder privat?«

»Sagen wir einfach, Sie sind mir einen Gefallen schuldig, und belassen es dabei.«

»Ich tue gern, was immer ich kann, das wissen Sie doch, Charles.«

»Kennen Sie die Familie de Brissac?«

»Aber natürlich. Den General kannte ich sehr gut und seine Frau ebenfalls. Beide sind inzwischen leider verstorben. Aber sie haben eine bezaubernde Tochter, Marie, die gegenwärtige Comtesse.«

»Ich hab' davon gehört«, entgegnete Ferguson unverbindlich. »Mir geht es um den Anwalt der Familie, Michael Rocard. Können Sie mir über ihn etwas sagen?«

Hernu horchte sofort auf. »Gibt es da ein Problem, Charles?«

»Nicht direkt. Im Zusammenhang mit einer Affäre, um die ich mich kümmere, ist sein Namen mal nebenbei gefallen. Aber ich wäre für jede Information, die Sie über diesen Mann haben, dankbar.«

»Gut. Ein absolut tadelloser Ruf, Mitglied der Ehrenlegion, ein angesehener Anwalt, der einigen der bedeutendsten Familien Frankreichs gedient hat. Akzeptiert in sämtlichen Kreisen der Gesellschaft.«

»Verheiratet?«

»Seine Frau ist vor einigen Jahren gestorben. Keine Kinder. Sie war seit Jahren krank. Kriegsfolgen.«

»Was meinen Sie damit?«

»Rocard und seine Frau wurden als Juden während der Zeit der Vichy-Regierung den Nazis ausgeliefert, zusammen mit ihren Familien und tausend anderen. Sie kamen beide ins Konzentrationslager von Auschwitz. Bei Kriegsende müssen sie fünfzehn oder sechzehn gewesen sein. Ich glaube, Rocard war der einzige, der aus seiner Familie überlebt hat. Wie es bei der Familie seiner Frau war, weiß ich nicht.«

»Danke«, sagte Ferguson. »Sehr interessant. Wo lebt er heute?«

»Ich glaube, er hat immer noch sein Apartment in der Avenue Victor Hugo. Hören Sie, Charles, ich kenne Sie lange genug, um zu merken, wenn etwas im Busch ist.«

»Max, diesmal irren Sie sich aber gründlich«, log Ferguson unverblümt. »Sein Name ist nur aufgetaucht, weil er juristisch mit einer Waffenfirma zu tun gehabt hat, die wir im Visier haben. Handel mit dem Iran und solche Sachen. Kein Grund für Sie, sich Gedanken zu machen. Ich würde es Ihnen sagen, wenn es anders wäre, das wissen Sie doch.«

»Charles, Sie lügen wie gedruckt.«

»Lassen Sie es gut sein, Max«, entgegnete Ferguson. »Wenn es etwas gäbe, das Sie wissen müßten, würde ich es Ihnen sagen.«

»So schlimm?«

»Ich fürchte ja. Ich wäre Ihnen sehr dankbar, wenn Sie mir sein Foto faxen könnten.«

»Gut, aber halten Sie mich auf dem laufenden.«

»Sobald ich kann, sollen Sie alles erfahren. Ich gebe Ihnen mein Wort.«

»Das Wort eines englischen Gentleman«, lachte Hernu. »Jetzt bin ich wirklich beunruhigt.«

Im Oval Office versuchte Jake Cazalet, sich mit seiner Rede zu beschäftigen, die er am folgenden Tag bei einem Mittagessen mit einer Delegation japanischer Politiker halten sollte. Es gelang ihm jedoch kaum, sich zu konzentrieren. Schließlich legte er seinen Stift zur Seite und versank in Gedanken, bis das Telefon läutete.

»Mr. President, hier Charles Ferguson.«

»Irgendwelche Fortschritte?«

»Ich glaube, das kann man sagen. Es ist uns gelungen, den Anwalt aufzuspüren, der sich George Brown genannt hat.«

Jetzt horchte Cazalet auf. »Der bei Riley in Wandsworth war?«

»Genau der.«

»Und er hat Ihnen gesagt, wo sie ist?«

»Er wußte es nicht.«

»Wie zur Hölle können Sie da so sicher sein?« rief Cazalet ärgerlich.

»Ich gebe Ihnen am besten mal Blake Johnson, Mr. President.«

Er hörte die beiden miteinander reden, ehe Johnson sich meldete. »Mr. President? Dillon und ich haben den Mann gründlich befragt. Er wußte wirklich nicht, wo sie ist.«

»Sie reden in der Vergangenheitsform.«

»Nun ja, er ist tot. Ich will es Ihnen kurz erzählen.«

Als Blake fertig war, sagte der Präsident: »Dann war Judas für ihn nur eine Stimme am Telefon.«

»Auf diese Weise organisiert er offenbar alles. Es erinnert ein wenig an das alte kommunistische System der Zellen. Jeder kennt nur ein oder zwei andere Leute.«

»Wie Berger, der diesen Anwalt in Paris kannte, diesen Rocard?«

»Genau.«

»Also geht es jetzt nach Paris?« fragte Cazalet.

»Ja. Heute abend ist es zu spät, aber gleich morgen früh sind Dillon und ich weg.«

»Gut, geben Sie mir noch mal den Brigadier.«

»Mr. President?« meldete sich Ferguson einen Moment später.

»Wie schätzen Sie die Sache ein?«

»Ich habe mit einem Kontaktmann im französischen Geheimdienst gesprochen, ganz vertraulich von Freund zu Freund. Als Junge war Michael Rocard in Auschwitz, ebenso seine Frau. Er hat als einziger seiner Familie überlebt.«

»Guter Gott. Also das ist der Grund, warum er Makkabäer geworden ist?«

»Es scheint so.«

»Gut, ich kann nur hoffen, daß Blake und Dillon von ihm erfahren, was wir wissen müssen.«

Cazalet dachte über alles nach, als es an der Tür klopfte und Teddy mit einigen Aktenordnern hereinkam.

»Ich brauche ein paar Unterschriften, Mr. President.«

»Gerade habe ich mit Ferguson und Blake telefoniert«, berichtete Cazalet.

»Irgendwelche Fortschritte?«

»Das könnte man sagen.« Der Präsident setzte ihn über die neusten Entwicklungen ins Bild.

»Dieser Rocard, das muß der Schlüssel sein!« rief Teddy aufgeregt. »Verdammt, der Kerl muß herausgefunden haben, daß sie Ihre Tochter ist, und es Judas erzählt haben.«

»Das könnte sein. Wo soll ich unterzeichnen?«

Teddy legte ihm eine Reihe Papiere vor, klappte danach die Mappe wieder zu und nahm sie vom Schreibtisch. Dabei entglitt ihm der zweite Ordner, den er sich unter seinen Arm geklemmt hatte, wobei einige Papiere herausfielen. Eines davon war die Kohleskizze des schwarzen Raben, die Marie de Brissac gezeichnet hatte.

Der Präsident hob das Blatt auf. »Was, zum Teufel, haben Sie denn hiermit vor, Teddy?«

»Es ist eine Skizze, die Ihre Tochter für Dillon angefertigt hat, Mr. President. Judas hatte ein silbernes Feuerzeug mit diesem Emblem darauf. Dillon war der Ansicht, es müsse ein Regimentsabzeichen sein, da wir ja wissen, daß Judas im Jom-Kippur-Krieg gekämpft hat. Ich habe mir ein Buch über israelische Divisionszeichen und so weiter besorgt. Dillon meinte, wenn wir den Trupp wüßten, könnte es eine Spur sein, aber ich habe nichts gefunden.«

»Weil Sie im falschen Buch nachgesehen haben«, entgegnete der Präsident. »Ein schwarzer Rabe mit Blitzen in den Klauen – das ist die 801. Airborne, einer dieser Trupps, die während des Vietnamkriegs aus dem Boden gestampft wurden. Ich habe im Januar neunundsechzig an einem Großeinsatz im Delta teilgenommen. Sie waren auf der linken Flanke.«

»Mein Gott!«

»Erinnern Sie sich daran, was Dillon gesagt hat? Judas klang wie ein Amerikaner, stritt es jedoch ab, und dafür kann es nur einen Grund geben: Falls er bei der 801. gedient hat, muß er Amerikaner sein.«

»Verdammt. Sie haben recht, und so ein Typ wie er war garantiert Offizier, darauf wette ich.«

»Das könnte gut sein.« Der Präsident lehnte sich zurück. »Ich erinnere mich, daß etliche dieser neuen Luftlandetruppen in Fort Lansing stationiert waren. Das liegt in Pennsylvania.«

»Ich werde die Sache gründlich nachprüfen.« Teddy ging zur Tür.

»Eine Sekunde noch, Teddy. Es gibt dort wahrscheinlich zwar ein Archiv, aber womöglich ist es zu riskant, nach Einzelheiten über ehemalige Offiziere zu fragen.«

»Ich kann mir eigentlich nicht denken, daß Judas auch dort einen seiner Makkabäer sitzen hat, der nur darauf lauert, ob irgendwer Erkundigungen einzieht, aber ich bin vorsichtig. Überlassen Sie das mir.«

Nach kaum zehn Minuten kam Teddy zurück. »Ja, sie haben ein Archiv. Ich habe mit der Leiterin gesprochen, einer netten Dame namens Mary Kelly, die gerade Feierabend machen wollte. Zwölf Luftlandeeinheiten waren dort stationiert. Ich habe ihr erzählt, ich sei an der historischen Fakultät der Columbia-Universität und habe vor, ein Buch über den Einsatz dieser Einheiten in Vietnam zu schreiben.«

»Ganz schön gerissen, Teddy, aber wonach zur Hölle wollen Sie suchen?«

»Er hat doch Dillon erzählt, er sei im Jom-Kippur-Krieg gewesen. Das war 1973. Im Sechstagekrieg 1967 war er nicht dabei. Warum nicht?«

»Ich verstehe, was Sie meinen«, nickte Cazalet. »Weil er zu dieser Zeit in Vietnam war.«

»Also werde ich die Liste der Offiziere überprüfen, die bei

diesem Regiment Dienst taten, und dabei natürlich nach jüdischen Offizieren Ausschau halten.«

»Davon hat es aber jede Menge gegeben.«

»Sicher, beispielsweise meinen alten Kompaniechef«, erwiderte Teddy ungeduldig. »Mein Gott, Jake, es ist besser, als gar nichts zu tun. Ich kann morgen früh mit einem der Jets von Andrews aus losfliegen, wenn Sie es genehmigen, und bin im Nu dort.«

Jake Cazalet nickte. »Schon gut, Teddy, Sie haben meinen Segen.« Er griff nach dem Telefon. »Ich informiere Ferguson.«

Die Dunkelheit löste sich allmählich auf. Hannah Bernstein blinzelte in das helle Licht eines kleinen Kronleuchters an der gewölbten Decke. Das Zimmer war mit dunklem Holz getäfelt und wirkte mit dem riesigen Bett und den Möbeln aus dunkler Eiche sehr altertümlich. Auf dem polierten Eichenboden lag ein großer Perserteppich.

Sie stand ein wenig unsicher auf, ging zu dem vergitterten Fenster und sah hinaus. Der Blick war der gleiche, den Marie de Brissac von ihrem Zimmer aus hatte – die Bucht, der Anleger mit dem Rennboot auf der einen und die Barkasse auf der anderen Seite; der Nachthimmel, an dem helle Sterne leuchteten; das Mondlicht, das auf dem Wasser schimmerte.

Die Tür öffnete sich, und Aaron trat ein; ihm folgte David Braun, der ein Tablett trug. »Na, wieder munter, Chief Inspector? Es gibt Kaffee, schön schwarz, danach werden Sie sich viel besser fühlen.«

»Wie das letzte Mal?«

»Ich hatte keine andere Wahl, das wissen Sie doch.«

»Wo bin ich?«

»Seien Sie nicht albern. Trinken Sie brav Ihren Kaffee und nehmen Sie eine Dusche. Das Bad ist dort hinter dieser Tür. Das ist übrigens David.«

»Chief Inspector?« sagte Braun auf hebräisch zu Aaron. »Das ist erstaunlich.«

»Raus mit Ihnen«, erwiderte Hannah in der gleichen Sprache, »alle beide! Verschwindet.«

Mit einem hatte er zumindest recht: Der Kaffee half wirklich. Sie trank zwei Tassen, ging dann ins Bad, duschte gut fünf Minuten lang kalt und trocknete ihr kurzes Haar mit dem an die Wand montierten Fön.

»Alle Annehmlichkeiten, die man sich nur wünschen kann«, sagte sie grimmig und ging zurück ins Schlafzimmer, um sich anzuziehen.

Zehn Minuten später wurde die Tür aufgeschlossen. Aaron ließ eine bedrohliche Gestalt in einem schwarzen Overall vorangehen, deren Gesicht von einer Skimütze verdeckt war.

Judas rauchte eine Zigarre und lächelte, so daß seine Zähne hinter der dunklen Maske blitzten. »Da haben wir ja den großen Detective Chief Inspector. Warum macht ein nettes jüdisches Mädchen so einen Job, anstatt verheiratet und Mutter von drei Kindern zu sein?«

»Und Hühnersuppe mit Nudeln für ihren Herrn und Meister zu kochen?«

»Ich mag schlagfertige Frauen!« sagte er auf hebräisch. »Tut mir leid, das mit Ihrem Kumpel Dillon, aber was sein muß, muß nun mal sein. Nach allem, was ich über ihn gehört habe, hat der Bursche sowieso seit Jahren schon mehr Glück als Verstand gehabt und hätte längst mit so etwas rechnen müssen.«

»Er war zehnmal so viel wert wie Sie.«

»Jetzt ist er's nicht mehr.« Lachend wandte er sich zu Aaron um. »Nimm sie mit. Es ist Zeit, sie mit unserem besonderen Gast bekannt zu machen.«

Marie de Brissac saß vor ihrer Staffelei und malte, als die Tür sich öffnete und Aaron hereinkam, gefolgt von Hannah und Judas. Verwirrt legte sie ihren Pinsel zur Seite.

»Was ist?«

»Ich habe Ihnen eine Freundin gebracht, eine Genossin, wenn Sie so wollen. Los«, forderte er Hannah auf, »sagen Sie ihr, wer Sie sind.«

»Mein Name ist Hannah Bernstein.«

»Aber wir wollen doch korrekt sein«, unterbrach Judas. »Das ist Detective Chief Inspector Hannah Bernstein. Sie war mit Dillon auf Sizilien, als wir ihn uns geschnappt haben. Ich habe sie damals laufen lassen, weil ich wollte, daß sie ihrem Chef Meldung macht. Dann dachte ich aber daran, daß

Sie hier so ganz allein und kummervoll sitzen, weil wir Dillon umgelegt haben, deshalb sind Aaron und Moshe nach London geflogen und haben sie hergeholt – nur für Sie.« Er wandte sich an Hannah. »Es hat Ihnen doch nichts ausgemacht, oder?«

»Warum verziehen Sie sich nicht endlich und lassen uns allein?« erwiderte sie ruhig.

Er lachte. »Na, na, ich bin doch nun wirklich nett zu Ihnen. Sie können miteinander zu Abend essen. Kümmere dich darum«, befahl er Aaron und ging hinaus.

»Woher soll ich wissen, daß Sie wirklich die sind, für die Sie sich ausgeben?« fragte Marie de Brissac.

»Sie meinen, für wen mich diese Dreckskerle ausgeben?« fragte Hannah und lachte etwas bitter. »Sie werden mir wohl einfach vertrauen müssen. Ich wußte gar nicht, daß Sie malen. Das ist wirklich gut.«

Sie ging zur Staffelei, blieb am Tisch stehen, nahm ein Stück Holzkohle und schrieb auf ein Blatt Zeichenpapier: *Dillon lebt.* Marie las die Worte und sah sie erstaunt an. *Das Zimmer ist möglicherweise verwanzt. Gehen Sie ins Bad,* schrieb Hannah weiter.

Marie gehorchte. Hannah schloß die Tür und drückte die Toilettenspülung. »Dillon und ich haben Ihren Vater getroffen. Dillon wußte, daß sie ihn danach umbringen würden, und hat es geschafft, sie zu täuschen, so daß sie nun glauben, er sei tot. Wie er das angestellt hat, ist vorerst egal.«

»O mein Gott.«

»Ob Ihr Zimmer tatsächlich verwanzt ist, weiß ich nicht, aber auf jeden Fall ist es besser, daran zu denken, daß Dillon tot ist, wenn wir ihn erwähnen.«

»Ja, ich verstehe.«

»Er kümmert sich jedenfalls um Ihre Sache.«

»Und Ihre.«

Hannah lächelte. »Er ist der Beste, Comtesse. Judas weiß gar nicht, mit wem er es zu tun hat. Gehen wir wieder ins Zimmer.« Sie drückte erneut die Toilettenspülung und öffnete die Tür. »Sie haben also keine Ahnung, wo wir hier sind?«

»Leider nicht. Und Sie, Chief Inspector?«

»Ich wurde in London gekidnappt und in einem Privatjet hierher gebracht, welcher Ort auch immer das ist. Wir sind jedenfalls über das Mittelmeer geflogen, das weiß ich, aber dann hat man mir etwas in den Kaffee getan.«

»Mir hat man auch etwas verabreicht, als man mich auf Korfu entführt hat.«

»Ja, das hat Dillon erzählt.« Hannah schüttelte den Kopf. »Der arme Sean. So ein jämmerliches Ende durch einen Schuß in den Rücken von einem schäbigen Killer.«

Der Schlüssel drehte sich in der Tür, und David Braun schob einen Servierwagen herein. »Das Abendessen, meine Damen.«

Während er den Tisch zu decken begann, sagte Marie: »Das ist David, Chief Inspector, David Braun. Er hat mich gern, das glaube ich ihm sogar, aber andererseits hält er Judas für einen wirklich bedeutenden Mann.«

»Dann kann ich nur sagen, daß er nicht ganz dicht sein kann.« Hannah schob David zur Tür. »Los, raus mit Ihnen. Wir kommen sehr gut allein zurecht.«

Ferguson hatte Dillon und Blake von Teddy Grants Absicht erzählt, nach Fort Lansing zu fliegen. Er konnte nicht einschlafen und versuchte zu lesen, als das Handy, das Judas Dillon mitgegeben hatte, läutete. Ferguson ließ einige Zeit verstreichen, ehe er danach griff.

»Ferguson.«

»Hallo, alter Knabe, hab' nur gedacht, ich lasse Sie kurz wissen, daß sie heil und gesund angekommen ist. Sie ißt gerade mit der Comtesse zu Abend. Die Zeit läuft, Brigadier. Wie lange haben wir noch? Drei Tage. Meine Güte, Jake Cazalet muß durch die Hölle gehen.«

Er lachte höhnisch, und Ferguson schaltete das Handy ab.

12

Nachdem die Gulfstream am folgenden Morgen gestartet war, meldete sich Captain Vernon über Lautsprecher.

»Wir werden auf dem Flughafen Charles de Gaulle landen können, aber das Wetter ist nicht gut. Starker Regen, und in Paris selbst herrscht Nebel.«

Blake machte sich eine Tasse Kaffee und für Dillon einen Tee. »Überleg dir nur mal, daß dieser Bastard einfach Ferguson anruft.«

»Er hat seinen Spaß daran, andere zu piesacken.«

»Na, kannst darauf wetten, daß ich ihn auch mal gern ein bißchen piesacken würde. Wie wollen wir vorgehen, Sean?«

»Ich habe nicht die geringste Ahnung. Was meinst du?«

»Offen gesagt, ich glaube nicht, daß sich eine direkte Konfrontation vermeiden läßt.«

»Die gleiche Taktik wie bei Berger.«

»So in etwa.«

»Und wie weit wärest du bereit zu gehen, um die Tochter des Präsidenten zu retten, Blake? Kann ich ihm ein Ohr abschießen oder eine Kugel in die Kniescheibe verpassen?«

»Sean, um Himmels willen.«

»Es dreht sich doch darum, Marie de Brissacs Leben zu retten. Wie weit kann ich gehen? Es könnte ja sein, daß Rocard aus zäherem Stoff gemacht ist als Berger. Was ist, wenn er sagt, wir sollen uns zum Teufel scheren? Ich meine ja nur: Wenn dir nicht gefällt, was ich tue, gehst du am besten aus dem Zimmer.«

Blake hob abwehrend die Hand. »Jetzt warten wir erst mal ab, wie es läuft, okay? Außerdem überprüft ja auch noch Teddy die 801. Airborne in Fort Lansing. Vielleicht entdeckt er ja was.«

Judas war früh aufgestanden und saß in seinem Arbeitszimmer hinter dem Schreibtisch. Er blätterte in einigen Papieren, als sein Spezialtelefon läutete.

»Ja?« Nach einer Weile nickte er. »Danke für die Information.«

»Verdammt!« fluchte er leise und drückte einen Knopf der Sprechanlage. »Aaron, komm mal her.«

Aaron betrat einen Moment später das Zimmer. »Was gibt's?«

»Ich wollte dir nur sagen, daß Berger tot ist. Einer meiner Leute hat eben aus London angerufen. Er wurde von einem Bus in der Camden High Street überfahren. Es kam in den Lokalnachrichten im Fernsehen.«

»Pech«, sagte Aaron.

»Ja, er war ganz nützlich für uns.«

»Wie wär's mit Frühstück?«

»Gut, ich komme gleich.«

Nachdem Aaron gegangen war, überlegte Judas einen Moment lang, ehe er nach seinem Spezialhandy griff und Rocards Nummer in Paris wählte. Eine metallische Stimme meldete sich: »Hier Michael Rocard. Ich bin für drei Tage in Morlaix und komme am Mittwoch zurück.«

Judas fluchte leise, ehe er auf hebräisch sagte: »Berger ist bei einem Unfall in London ums Leben gekommen. Setzen Sie sich so bald wie möglich mit mir in Verbindung.«

Eine junge Frau in einem Burberry-Trenchcoat, die einen großen Umschlag in der Hand hielt, erwartete Blake und Dillon nach der Landung im Flughafen Charles de Gaulle.

»Mr. Dillon, ich bin Angela Dawson von der Botschaft. Brigadier Ferguson hat um diese Unterlagen gebeten.« Sie reichte ihm den Umschlag. »Ich habe außerdem einen Wagen für Sie besorgt. Folgen Sie mir bitte.«

Wie die Tüchtigkeit in Person marschierte sie ihnen voran zum Ausgang. Auf dem Parkplatz blieb sie neben einem blauen Peugeot stehen, gab Dillon die Schlüssel und verabschiedete sich. »Viel Glück, meine Herren.«

»Wo zur Hölle hat Ferguson die bloß gefunden?« meinte Blake.

»Oxford, vermutlich.« Dillon setzte sich hinter das Steuer. »Fahren wir.«

Der Wetterbericht hatte ausnahmsweise einmal richtig gelegen. Es goß in Strömen, und ein grauer Nebel lag über der Stadt. »Was für eine Begrüßung«, seufzte Blake.

»Ich mag Paris«, erwiderte Dillon. »Regen, Schnee, Nebel – das kümmert mich nicht die Bohne. Ich finde es immer aufregend. Hab' hier auch eine Unterkunft.«

»Ein Apartment?«

»Nein, ein Boot auf der Seine. Jahrelang habe ich dort immer mal wieder gelebt während der Zeit, die Devlin meine dunkle Periode nennen würde.« Er bog in die Avenue Victor Hugo ein und hielt an. »Hier sind wir richtig.«

Sie stiegen aus und gingen die Treppe zum Haupteingang hinauf. Während sie die Namensschilder neben den Klingelknöpfen lasen, öffnete sich die Tür, und eine stämmige Frau mittleren Alters, die einen Regenmantel und ein Kopftuch trug, kam mit einem Korb am Arm heraus.

»Kann ich Ihnen helfen, meine Herren?«

»Wir suchen Monsieur Rocard«, antwortete Dillon.

»Er ist für ein paar Tage nach Morlaix gefahren. Morgen wollte er wieder zurück sein.« Sie ging die Treppe hinunter, spannte ihren Schirm auf und drehte sich noch einmal um. »Er hat zwar gesagt, es könnte sein, daß er heute am späten Nachmittag wieder da ist, aber er wußte es nicht genau.«

»Hat er eine Adresse hinterlassen? Wir wollten ihn in einer juristischen Sache konsultieren.«

»Nein, ich glaube, er wollte zu seinem Freund.« Sie lächelte. »Er hat viele solche Freunde, Monsieur.«

Nachdem sie gegangen war, grinste Dillon. »Wir schauen uns mal ein bißchen um.« Er drückte aufs geradewohl einen Knopf, und als eine Frauenstimme antwortete, sagte er auf französisch: »Ich bin's, Schatz.«

Der Summer ertönte, er drückte gegen die Tür, und sie waren im Haus.

Rocards Apartment lag im dritten Stock. Der Flur war leer. Dillon holte aus seiner Brieftasche einen Dietrich und machte sich an die Arbeit.

»Ist lange her, seit ich so ein Ding benutzen mußte«, meinte Blake.

»Aber man verlernt es nie«, entgegnete Dillon. »Ich hab' mir immer schon gedacht, es könnte ganz nützlich sein, wenn ich jemals kriminell werden müßte.«

Das Schloß gab nach, er öffnete die Tür und ging hinein. Blake folgte.

Das freundliche, etwas altmodische Apartment war mit antiken Möbeln im Empirestil eingerichtet; die Teppiche waren allesamt Sammlerstücke, an einer Wand hing ein Bild, das ein echter Degas zu sein schien, an der anderen ein Matisse. Es gab zwei Schlafzimmer, ein prachtvolles Bad aus Marmor und ein Arbeitszimmer.

Dillon spulte den Anrufbeantworter zurück, um ihn abzuhören, und eine Stimme erklang: »Hier Michael Rocard. Ich bin für drei Tage in Morlaix und komme am Mittwoch zurück.«

Darauf folgten einige Nachrichten, alle auf französisch, und dann hörte man Judas.

»Hebräisch«, sagte Dillon. »Volltreffer! Ich spiele es noch mal ab.« Er lauschte gespannt und nickte. »Berger ist bei einem Unfall in London ums Leben gekommen. Melden Sie sich so bald wie möglich.«

»Judas?« fragte Blake.

»Oder ich bin die längste Zeit Ire gewesen.« Dillon sah sich im Arbeitszimmer um. »Hat keinen Sinn, hier alles auf den Kopf zu stellen. Ein so kluger Mann wie er hebt daheim sicher keine belastenden Beweise auf.«

Blake griff nach einem Foto, das in einem Silberrahmen auf dem Schreibtisch stand. Die altmodische Schwarzweißaufnahme zeigte eine Frau in einem Chiffonkleid und einen Mann im dunklen Anzug mit steifem Kragen. Neben den Eltern waren ein Junge von vielleicht zehn oder zwölf Jahren zu sehen und ein Mädchen von fünf oder sechs. Das Bild wirkte fast wie aus einer anderen Zeit.

»Ob das ein Familienfoto ist?«

»Er ist wahrscheinlich der Junge in den kurzen Hosen«, meinte Dillon.

Blake stellte das Foto behutsam wieder zurück. »Und jetzt?«

»Wir schleichen uns besser wieder weg. Wir können es ja

am späten Nachmittag noch mal probieren, falls er wirklich heute zurückkommt. Bis dahin müssen wir uns eben einfach die Zeit vertreiben.« Er lächelte. »In Paris heißt das für gewöhnlich, sich ein wirklich großartiges Essen zu gönnen.«

Sie verließen das Apartment, und Dillon verschloß die Tür. Draußen regnete es noch immer. Sie blieben stehen und blickten hinüber zum Bois de Boulogne.

»Eine gute Adresse«, meinte Dillon.

»Wie es sich für einen erfolgreichen Mann gehört.«

»Der Mann, der alles hatte und am Ende bemerkt, daß er gar nichts hat.«

»Bis Judas daherkam?«

»So in etwa.«

»Und was machen wir jetzt?«

Dillon lächelte. »Wir sehen mal nach, ob mein Kahn noch in Ordnung ist.«

Das Boot lag ganz in der Nähe von Notre Dame am Quai St. Bernard. An der Steinmauer waren Vergnügungsboote vertäut und Motorkreuzer, die sich mit Leinenplanen vor Regen und Nebel schützten. Auf dem Deck stand am Heck eine Reihe von Blumentöpfen. Dillon hob einen hoch. Darunter lag ein Schlüssel.

»Wie lange ist es her, seit du das letzte Mal hier warst?« fragte Blake.

»Ungefähr ein Jahr oder achtzehn Monate.« Dillon ging den schmalen Niedergang hinunter und schloß die Tür auf.

»Jesus, wie muffig das ist. Muß mal gründlich gelüftet werden.«

Blake sah sich überrascht um. Er hatte etwas anderes erwartet als diese Luxuskabine aus Mahagoni mit bequemen Sofas, einem Fernsehgerät und einem Schreibtisch. In einer zweiten Kabine stand eine Polsterliege, daneben gab es eine Dusche und eine Kombüse.

»Ich suche uns mal was zu trinken.« Dillon ging in die Kombüse und kramte in den Schränken. Als er mit einer Flasche Rotwein und zwei Gläsern zurückkehrte, sah er, daß der Amerikaner einen vergilbten Zeitungsausschnitt betrachtete.

»Habe ich auf dem Boden gefunden. Der Premierminister. Ist aus der *London Times,* aber ich kann das Datum nicht erkennen.«

»Der gute alte John Major. Muß aus dem Schreibtisch gerutscht sein, als ich den Rest des Materials aufgeräumt habe. Februar einundneunzig, die Granatenattacke in der Downing Street.«

»Dann ist es wirklich wahr, daß du dafür verantwortlich warst? Du hättest es beinahe geschafft, du Bastard.«

»Stimmt. Es ging nur alles Hals über Kopf, und ich hatte keine Zeit mehr, Seitenflossen anzuschweißen, deshalb war die Flugbahn nicht exakt genug«, erwiderte er seelenruhig. »Komm mit.«

Er öffnete eine Tür, die zum Achterdeck führte, das von einer Markise überdacht war, auf welche der Regen tropfte. Zwei Korbstühle standen an einem kleinen Tisch. Dillon schenkte Bordeaux in die Gläser ein.

»Bitte sehr.«

Blake setzte sich und nahm einen Schluck. »Hervorragend. Ich hab' ja eigentlich damit aufgehört, aber jetzt könnte ich eine Zigarette vertragen.«

»Klar.« Dillon gab ihm eine und steckte sich ebenfalls eine an. Er schlenderte zur Reling, trank seinen Wein und blickte hinüber zu Notre Dame.

»Warum, Sean?« fragte Blake. »Mann, ich kenne deine Akte auswendig, aber begreifen kann ich es trotzdem nicht. All diese Anschläge, diese ganzen Jobs für Organisationen wie die PLO, den KGB. Okay, dein Vater wurde bei einem Straßenkampf in Belfast von einer Kugel getroffen, und du bist in die IRA eingetreten, weil du der englischen Armee die Schuld daran gegeben hast. Damals warst du neunzehn, nicht wahr? Das verstehe ich, aber später?«

Dillon wandte sich zu ihm um. »Denk mal an euren amerikanischen Bürgerkrieg, an Leute wie Jesse und Frank James. Überfälle, Kämpfe und Morde für die glorreiche Sache – das war das einzige, was sie kannten. Doch dann war der Krieg vorbei, und was haben sie getan? Banken ausgeraubt und Züge überfallen.«

»Und als du die IRA verlassen hast, hast du deine Fähigkeiten für Geld angeboten.«

»So in etwa.«

»Aber als die Serben dich in Bosnien abgeschossen haben, hast du doch medizinische Hilfsgüter für Kinder dorthin geflogen.«

»Eine gute Tat in einer bösen Welt – heißt es so ungefähr nicht schon bei Shakespeare?«

»Und Ferguson hat dich gerettet und sozusagen gewaltsam auf die richtige Seite gezogen.«

»Was für eine Pfuscherei.« Dillon lachte. »Ich mache genau das, was ich vorher gemacht habe, nur jetzt für Ferguson.«

Blake nickte. »Ja, schon, aber gibt es denn für dich gar nichts, was du ernst nimmst?«

»Klar doch. Marie de Brissac und Hannah zu retten, beispielsweise.«

»Sonst nichts?«

»Wie ich schon sagte, manchmal gibt es Situationen, in denen der Staat jemanden für die Drecksarbeit braucht, und so was kann ich zufälligerweise ganz gut.«

»Und ansonsten?«

»Man lebt, Blake, man lebt ganz einfach.« Er wandte sich um und schaute auf die Seine.

Zur gleichen Zeit bestieg Teddy einen Learjet der Air Force. Nachdem die Flughöhe von dreißigtausend Fuß erreicht war, ertönte die Stimme des Piloten aus dem Lautsprecher.

»Unser Flugzeit beträgt nur eine gute Stunde, Mr. Grant, wir haben beste Bedingungen. Wir werden in Mitchell Field landen. Von dort ist es noch eine Fahrt von ungefähr vierzig Minuten bis nach Fort Lansing.«

Teddy versuchte die *Washington Post* zu lesen, konnte sich aber nicht konzentrieren. Ein merkwürdiges Hochgefühl hatte ihn erfaßt, da er sicher war, daß sich etwas Entscheidendes in Fort Lansing ergeben würde – obwohl er nicht die geringste Ahnung hatte, was es sein mochte. Er machte sich eine Tasse Instantkaffee und dachte über die ganze Geschichte nach, während er trank.

»Sie haben eine gute Knochenstruktur«, sagte Marie de Brissac, die eine Kohleskizze von Hannah zeichnete. »Das macht es mir leicht. Waren Sie und Dillon ein Liebespaar?«

»Das ist aber eine ziemlich indiskrete Frage.«

»Ich bin zur Hälfte Französin. Wir sind sehr direkt. Waren Sie's?«

Hannah Bernstein achtete darauf, stets in der Vergangenheitsform zu reden, wenn es um Dillon ging, nur für alle Fälle. »Guter Gott, nein. Ich war noch nie einem Mann begegnet, der mich immer wieder derart in Wut gebracht hat.«

»Aber Sie haben ihn trotzdem gemocht?«

»Er hatte vieles, das man mögen konnte, war schlagfertig, hatte jede Menge Charme, war sehr intelligent, hatte aber leider einen Fehler – er hat zu unbekümmert getötet.«

»Ich nehme an, die IRA hat ihn zu früh erwischt.«

»Das habe ich auch mal geglaubt, aber nur zu Anfang. Es entsprach seiner Natur und lag ihm ganz einfach, wissen Sie.«

Der Schlüssel drehte sich in der Tür, und David Braun kam mit einem Tablett herein. »Kaffee und Gebäck, meine Damen. Heute ist ein prachtvoller Tag.«

»Stellen Sie die Sachen auf den Tisch, David, und gehen Sie«, sagte Marie. »Wir wollen besser nicht so tun, als sei alles in schönster Ordnung.«

Es war, als habe sie ihn geschlagen. Mit gesenkten Schultern verließ er das Zimmer.

»Er mag sie wirklich«, sagte Hannah.

»Ich habe keine Zeit für falsche Rührseligkeit, nicht unter diesen Umständen.«

Marie beschäftigte sich wieder mit ihrer Skizze, während Hannah den Kaffee einschenkte und ihr eine Tasse reichte, ehe sie an das vergitterte Fenster trat und hinausschaute.

»Komm schon, Dillon«, sagte sie leise. »Zeig's diesen Dreckskerlen.«

Die Vollmacht des Präsidenten hatte eine fast magische Wirkung. Der diensthabende Offizier in Mitchell Field, ein Major Harding, hatte binnen fünfzehn Minuten eine Limousine mit einem Fahrer für Teddy besorgt.

»Hilton«, befahl er dem Sergeant, »Sie kümmern sich um Mr. Grant, und zwar so, daß ich keine Klagen höre.«

»Selbstverständlich, Sir.«

Sie verließen den Stützpunkt und bogen auf eine Straße ein, die durch eine Landschaft mit sanften grünen Hügeln führte. »Sehr hübsch«, sagte Teddy.

»Hab' schon Schlimmeres gesehen«, erwiderte Hilton. »Zuletzt war ich in Kuwait stationiert. Ich bin erst seit zwei Monaten wieder zurück.«

»Ich hab' mich schon gewundert, warum Sie so schön braun sind.«

»Waren Sie auch ... auch beim Militär, Mr. Grant?« fragte Hilton etwas zögerlich.

»Wegen meines Arms?« Teddy lachte. »Braucht Ihnen nicht peinlich zu sein. Ich war Sergeant bei der Infanterie in Vietnam. Hab' ihn dort verloren.«

»Das Leben ist beschissen«, meinte Hilton.

»Was soll's. Erzählen Sie mir was über Fort Lansing.«

»Während des Vietnamkriegs war dort ein Regiment nach dem anderen, aber als der Konflikt vorbei war, verkam alles etwas. Zur Zeit des Golfkriegs gab es so was wie eine Wiederbelebung; heute ist es nur noch ein Stützpunkt für die Grundausbildung der Infanteristen.«

»Ich will nur ins Museum.«

»Kein Problem. Das ist für die Öffentlichkeit zugänglich.« Er bog auf eine Autobahn ein und erhöhte das Tempo. »Fünf Meilen weiter ist ein Schnellrestaurant, danach kommt dreißig Meilen lang nichts mehr. Wollen Sie einen Kaffee trinken oder noch mal für kleine Jungs?«

»Gute Idee«, sagte Teddy. »Aber nur zehn Minuten. Ich hab's eilig.« Er lehnte sich zurück und versuchte erneut, sich auf die *Post* zu konzentrieren.

Michael Rocard parkte so dicht wie möglich bei seinem Apartment, eilte die Treppe hinauf und schloß die Tür auf.

Für einen Mann seines Alters war er nur leicht ergraut und sah zehn Jahre jünger aus, während auch der ausgezeichnete Anzug, den er trug, diesen Eindruck unterstützte.

Er hörte seinen Anrufbeantworter ab und erstarrte vor Entsetzen, als er Judas' Mitteilung hörte. *Berger tot.* Rocard ging zur Anrichte und goß sich einen Cognac ein. Nicht einmal Judas hatte gewußt, daß Berger gelegentlich sein Geliebter gewesen war. Rocard hatte ihn mit der Zeit sogar ehrlich liebgewonnen. Aus einer verschlossenen Schublade in seinem Schreibtisch nahm er das Spezialhandy und drückte eine Nummer ein. Judas antwortete sofort.

»Hier Rocard.«

»Sie Narr«, sagte Judas. »Nach Morlaix zu rennen wie ein läufiger Hund und das zu einer solchen Zeit.«

»Was soll ich sagen?«

»Also, Berger ist tot, von einem Londoner Bus überfahren worden. Wie heißt es so schön? Jeder sollte das Recht haben, fünfzehn Minuten lang ein Star zu sein. Nun, Berger hatte zwar nur fünfzehn Sekunden – länger hat die Meldung über seinen Tod im Lokalfernsehen in London nicht gedauert –, aber immerhin.«

Diese zynische Grausamkeit traf ihn zutiefst, doch Judas' nächste Worte versetzten ihm einen richtigen Schock. »Sie werden sich einen neuen Freund für Ihre Reisen nach London zulegen müssen.«

Gab es irgend etwas, das dieser Bastard nicht wußte?

»Was kann ich tun?« murmelte Rocard.

»Nichts. Wenn ich Sie brauche, rufe ich an. Drei Tage, Rocard, es sind nur noch drei Tage.«

Rocard umklammerte das Handy, nachdem Judas abgeschaltet hatte, und dachte an Paul Berger. In seinen Augen standen Tränen.

Das Museum in Fort Lansing lag in einem modernen Gebäude mit Klimaanlage, gekachelten Böden und großen Wandgemälden mit Kampfszenen. Ohne sich am Empfang anzumelden, ging Teddy weiter zu einem Büro, an dessen Tür ›Direktorin‹ stand. Er klopfte und öffnete. Eine äußerst attraktive farbige Frau saß hinter einem Schreibtisch am Fenster.

»Kann ich Ihnen helfen?«

»Ich suche nach der Direktorin, Mary Kelly.«

»Das bin ich«, lächelte sie. »Sind Sie Mr. Grant von der Uni Columbia?«

»Na ja, ja ... und nein. Ich bin Mr. Grant, aber ich bin nicht von der historischen Fakultät der Columbia-University.« Teddy öffnete seine Brieftasche, nahm seine Karte heraus und legte sie auf den Tisch.

Mary Kelly las und war sichtlich bestürzt. »Mr. Grant, was soll das heißen?«

»Ich habe eine Vollmacht des Präsidenten dabei, falls Sie eine sehen möchten.«

Er nahm das Blatt aus einem Umschlag, faltete es auseinander und reichte es ihr. Mary Kelly las laut: »Mein Sekretär, Mr. Edward Grant, ist für das Weiße Haus mit einem Auftrag von äußerster Wichtigkeit betraut. Für jede Hilfe, die man ihm gewährt, bedankt sich im voraus der Präsident der Vereinigten Staaten.«

Sie sah auf. »O mein Gott!«

Er nahm ihr die Vollmacht ab, faltete sie wieder zusammen und schob sie zurück in den Umschlag. »Ich hätte es Ihnen nicht sagen sollen, aber ich riskiere es, weil ich keine Zeit habe, Komödie zu spielen. Nur kann ich Ihnen nicht die ganze Geschichte erzählen. Vielleicht eines Tages mal.«

»Wie kann ich Ihnen denn helfen?«

»Sie verfügen über die Akten von etlichen Luftlandeeinheiten, die hier während des Vietnamkriegs stationiert waren.«

»Das stimmt.«

»Ich möchte vor allem die Liste der Offizier überprüfen, die beim 801. Regiment gedient haben, sagen wir von siebenundsechzig bis siebzig.«

»Nach welchem Namen suchen Sie?«

»Das weiß ich nicht.«

»Haben Sie irgendeinen Anhaltspunkt?«

»Nur, daß er Jude war.«

»Das ist recht wenig. Es waren viele Juden während des Kriegs in der Armee. Die Wehrpflicht gilt für jeden, Mr. Grant.«

»Ich weiß. Es ist fast aussichtslos, aber werden Sie mir trotzdem helfen?«

Sie holte tief Luft. »Natürlich. Kommen Sie mit.«

Die Archive befanden sich im Keller. Außer ihnen war dort kein Mensch, und nur das sanfte Brummen der Klimaanlage war zu hören, während Mary Kelly die auf Mikrofilm gespeicherten Akten prüfte und Namen auf einen Block notierte. Schließlich lehnte sie sich zurück. »Das wär's. In den vier Jahren von siebenundsechzig bis einschließlich siebzig gab es dreiundzwanzig Offiziere jüdischen Glaubens.«

Teddy ging einen Namen nach dem anderen durch, aber sie sagten ihm nichts. Er schüttelte den Kopf. »Sinnlos. Ich hätte es wissen sollen.«

»Und Sie haben keine weiteren Informationen?«

»Na ja, er hat neunzehnhundertdreiundsiebzig während des Jom-Kippur-Kriegs in der israelischen Armee gedient.«

»Warum haben Sie das nicht gleich gesagt? Das müssen wir doch registriert haben. Das Pentagon verlangt, daß eine Akte geführt wird, wenn amerikanische Militärangehörige in der Armee eines anderen Landes Dienst tun.«

»Und das können Sie überprüfen?«

»Ziemlich einfach sogar. Ich habe hier einen kleinen Computer, der nicht an unseren Zentralcomputer angeschlossen ist, weil er nur dazu dient, unsere Aktenverwaltung zu vereinfachen. Hier drüben ist er?«

Sie setzte sich vor einen Bildschirm und drückte ein paar Tasten. »Ja, da haben wir's schon. Nur ein Offizier, der bei der 801. war, hat anschließend in der israelischen Armee gedient. Captain Daniel Levy, geboren neunzehnhundertfünfundvierzig in New York, hat die Armee neunzehnhundertsiebzig verlassen.«

»Bingo!« sagte Teddy anerkennend. »Das muß er sein.«

»Ein Held. Zwei Silver Stars. Vater Samuel und Mutter Rachel sind als nächste Angehörige angegeben, aber das ist schon lange her. Der Vater war Anwalt in New York. Die Adresse lautet Park Avenue, demnach müssen sie ziemlich wohlhabend gewesen sein, wenn sie sich dort eine Wohnung leisten konnten.«

»Das ist alles? Mehr nicht?«

»Nichts, mit dem wir Ihnen weiterhelfen könnten.« Sie sah ihn besorgt an. »Es ist wirklich wichtig, nicht wahr?«

»Es könnte sogar jemandem das Leben retten.« Er schüttelte ihre Hand. »Wenn es möglich ist, komme ich zurück, das verspreche ich, und vielleicht kann ich Ihnen dann die ganze Geschichte erzählen. Jetzt muß ich wieder nach Washington. Würden Sie mir bitte den Weg nach draußen zeigen?«

Ehe er in die Limousine stieg, rief er den Präsidenten über sein Handy an und erzählte ihm, was er herausgefunden hatte.

»Das klingt zwar vielversprechend, Teddy, aber was bringt es uns?«

»Wir könnten seine Familie überprüfen. Ich meine, der Vater war Anwalt, hatte eine Wohnung in der Park Avenue, muß also wichtig gewesen sein. Ich rede in der Vergangenheitsform, weil er entweder tot ist oder zumindest sehr alt.«

»Mir ist gerade was eingefallen«, sagte Cazalet. »Archie Hood. Er ist jahrelang der Doyen der New Yorker Anwälte gewesen.«

»Ich dachte, der lebt schon lange nicht mehr.«

»O doch, er ist einundachtzig. Ich habe ihn vor drei Monaten bei einer Wohltätigkeitsveranstaltung in New York getroffen, als Sie in L. A. waren. Überlassen Sie das mir, Teddy. Kommen Sie so schnell wie möglich zurück.«

Teddy ging zur Limousine. Hilton hielt ihm die Tür auf. »Okay, Sergeant, schleunigst wieder nach Mitchell. Ich muß dringend zurück nach Washington.«

Es war ungefähr vier Uhr, als Rocard seinen Regenmantel überstreifte und nach unten ging. In der Halle polierte die Concierge den Spiegel.

»Ah, Monsieur Rocard, Sie sind wieder da.«

»Wie Sie sehen.«

»Zwei Herren wollten heute morgen zu Ihnen. Es ging um was Juristisches, haben sie gesagt.«

»Wenn es wichtig war, werden sie sich wohl noch mal melden. Ich genehmige mir ein frühes Abendessen auf einem der Seinedampfer.«

Er schloß gerade seinen Wagen auf, als Dillon mit dem Peugeot auf der anderen Straßenseite am Bürgersteig anhielt.

Blake zog das Foto heraus, das Max Hernu an Ferguson gefaxt hatte. »Das ist er, Sean.«

Rocard war bereits eingestiegen und fuhr los. »Sehen wir mal, wohin er will«, sagte Dillon.

Rocard parkte am Quai de Montebello gegenüber der Île de la Cité, nicht weit von der Stelle entfernt, an der Dillons Boot vor Anker lag, und lief durch den Regen auf eines der Vergnügungsboote zu, die hier vertäut waren. Wegen des schlechten Wetters hatten alle Planen an Deck aufgespannt.

»Was sind das für Schiffe?« fragte Blake.

»Bateaux-mouches«, erklärte Dillon. »Schwimmende Restaurants. Man kann bei einer Flußfahrt die Aussicht genießen und gleichzeitig eine Mahlzeit oder auch nur eine Flasche Wein. Sie verkehren nach einem festen Zeitplan.«

»Sieht aus, als wollten sie gleich ablegen. Wir beeilen uns besser.«

Die beiden Männer, die gerade die Gangway einziehen wollten, ließen sie noch an Bord kommen. Sie gingen hinunter in den Salon, wo es auch eine Bar gab.

»Nicht viele Gäste«, sagte Blake und betrachtete die freien Tische.

»Kein Wunder bei einem solchen Wetter.«

Rocard hatte sich an der Bar ein Glas Wein bestellt und ging damit zu einer Treppe.

»Wo will er hin?« fragte Blake.

»Oben an Deck gibt es ebenfalls Sitzplätze, wo man essen kann, was bei gutem Wetter besonders schön ist. Wir besorgen uns besser einen Drink und sehen mal nach, was er macht.«

Dillon bestellte zwei Gläser Champagner. »Möchten Sie auch speisen, meine Herren?« fragte der Barmann.

»Wir haben uns noch nicht entschieden«, erwiderte Dillon in seinem ausgezeichneten Französisch. »Wir geben Ihnen noch Bescheid.«

Sie gingen die Treppe hinauf an Deck, das mit einer Plane überdacht war, die jedoch nur notdürftig Schutz vor dem

Regen bot, so daß man die Stühle in der Mitte gestapelt hatte.

Nebel trieb über den Fluß, auf dem noch andere Boote unterwegs waren. Drei zusammengebundene Kähne und ein weiteres Restaurantschiff fuhren in entgegengesetzter Richtung an ihnen vorbei.

»Nicht übel hier«, meinte Blake.

Dillon nickte. »Eine umwerfend tolle Stadt.«

»Und wo steckt er?«

»Versuchen wir es mal mit dem Promenadendeck.«

Sie spähten durch eine Tür mit einer Glasscheibe. Unter einer Markise standen drei oder vier Tische; an einem davon saß Rocard und hatte sein Glas Wein vor sich stehen.

»Am besten warten wir nicht länger«, meinte Blake.

Dillon nickte und öffnete die Tür. »Ein recht feuchter Abend, Monsieur Rocard«, grüßte er.

Rocard blickte langsam auf. »Bedaure, kennen wir uns, Monsieur ...?«

»Dillon – Sean Dillon, der eigentlich tot in Washington liegen sollte, aber heute ist der dritte Tag, und Sie wissen, was das bedeutet.«

»Mein Gott!«

»Dieser Herr hier ist Blake Johnson. Er begleitet mich im Auftrag des Präsidenten der Vereinigten Staaten, der verständlicherweise recht verzweifelt auf Neuigkeiten über seine Tochter wartet.«

»Ich weiß nicht, wovon Sie reden.« Rocard wollte aufstehen, doch Dillon drückte ihn wieder auf den Stuhl und zückte seine Walther. »Mit Schalldämpfer, ich kann Sie also ohne viel Lärm umlegen und über die Reling werfen.«

»Was wollen Sie?« flüsterte Rocard erstickt.

»Ach, ein bißchen plaudern über dies und das, zum Beispiel über Judas Makkabäus, den armen alten Paul Berger, aber vor allem über Marie de Brissac. Also, wo ist sie?«

»Bei Gott, ich weiß es nicht«, sagte Michael Rocard.

13

Das Boot fuhr weiter in den Nebel hinein. »Das kann ich nicht so recht glauben«, meinte Blake.

»Es ist wahr.«

»Das Spiel ist sowieso aus«, sagte Dillon. »Wir wissen über Judas und seine Makkabäer Bescheid. Sie wollen doch nicht abstreiten, daß Sie ebenfalls einer sind?«

»Nein, aber ich habe Judas nie persönlich getroffen.«

»Wie sind Sie dann angeworben worden?«

Rocard dachte lange nach, dann zuckte er resigniert die Schultern. »Na gut, ich sag's Ihnen. Ich bin die ganze Sache sowieso gründlich leid. Es ist viel zu weit gegangen. Ich war auf einem Treffen von Überlebenden des Konzentrationslagers Auschwitz, wohin ich als Junge mit meiner Familie deportiert worden war. Diese Vichy-Schweine hatten uns den Nazis ausgeliefert. Dort habe ich meine Frau kennengelernt.«

»Und?« fragte Blake.

»Wir alle haben davon Zeugnis abgelegt, was mit uns geschehen ist. Ich hatte eine Mutter, einen Vater und eine Schwester. Wir wurden nach Auschwitz II geschickt, in das Vernichtungslager Birkenau. Eine Million Juden sind dort gestorben. Können Sie sich das vorstellen? Eine Million? Ich war der einzige aus meiner Familie, der überlebt hat, weil ein homosexueller SS-Wachmann eine Schwäche für mich hatte und mich nach Auschwitz III überstellen ließ, um dort für die IG Farben zu arbeiten.«

»Ich hab' von dieser Fabrik gehört«, nickte Blake Johnson.

»Das Mädchen, das später meine Frau wurde, und ihre Mutter hat er mir zuliebe ebenfalls dorthin bringen lassen.« Sein Gesicht war schmerzgequält. »Wir haben überlebt, sind nach Frankreich zurück und haben versucht, weiterzuleben. Ich wurde Anwalt, ihre Mutter starb, wir heirateten.« Er zuckte die Schultern. »Es ging ihr gesundheitlich nie gut, sie war immer krank und ist schon vor Jahren gestorben.«

»Und wie sind Sie mit Judas in Verbindung gekommen?«

»Bei diesem Treffen der Auschwitz-Überlebenden sprach mich ein Mann an und bot mir die Chance, dabei mitzuhelfen, die Zukunft Israels zu sichern. Und das erschien mir alle Mühe wert, so daß ich nicht widerstehen konnte«, schloß er mit einer typisch französischen Geste.

»Sie waren der Anwalt der Familie de Brissac?« fragte Dillon.

»Ich habe sie jahrelang juristisch beraten.«

»Und haben die Tatsache, daß Maries tatsächlicher Vater der amerikanische Präsident ist, an Judas verraten«, sagte Blake.

»Daß es solche Folgen hat, habe ich doch wirklich nicht gewollt. Ehe er starb, unterzeichnete der General eine Urkunde, in der er gemäß des Code Napoléon bestätigte, daß er Maries rechtmäßiger Vater sei, um sicherzugehen, daß sie den Titel erbte. Eine Erklärung dafür wollte er mir allerdings nicht geben.«

»Und wie haben Sie es herausgefunden?«

»Auf eine beinahe lächerliche Weise. Kurz vor ihrem Tod saß die Gräfin eines Tages mit Marie auf der Terrasse und genoß die Sonne, als ich mit einigen Papieren kam, die sie unterzeichnen mußte. Sie hörten mich nicht, sondern besprachen die Situation, und die Gräfin sagte: ›Aber was wird dein Vater darüber denken?‹ Dabei war ihr Vater für mich ja tot.«

»Also haben Sie gelauscht?« fragte Blake.

»Ja, und ich erfuhr, was ich wissen mußte – den Namen ihres echten Vaters.«

»Und Sie haben es Judas erzählt?«

»Ja«, gestand Rocard widerstrebend. »Sehen Sie, ich habe mit vielen wichtigen Leuten zu tun, mit Politikern, hochrangigen Generälen ... Eine meiner Aufgaben ist es, Judas ständig über alles Interessante zu informieren.«

»Und so haben Sie ihm auch Marie de Brissacs Geheimnis verraten?«

»Mir war nicht klar, was er mit dieser Information anfangen würde, das schwöre ich.«

»Sie armer Narr«, sagte Dillon. »Stecken bis über beide Ohren drin und fanden alles nur wunderbar romantisch. Berger war ganz genauso.«

Rocard sah ihn erschrocken an. »Sie kannten Paul? Haben – haben Sie ihn getötet?«

»Seien Sie nicht albern und reißen Sie sich zusammen. Ich hole Ihnen einen Cognac.« Blake ging zurück unter Deck.

»Was ist mit Paul passiert? Sagen Sie es mir«, bat Rocard.

»Wir haben ihn aufgespürt und befragt. Er hat uns erzählt, wie er Sie angeworben hat. Ich hatte vor, ihn an einem sicheren Ort unterzubringen, bis die ganze Sache vorbei war, aber er geriet in Panik, rannte über die Straße und wurde von einem Bus überfahren. Das ist die Wahrheit.«

»Armer Paul.« In Rocards Augen standen Tränen. »Wir waren ...« Er zögerte. »Freunde.«

Blake kehrte mit einem großen Cognac zurück. »Trinken Sie den, das hilft vielleicht.«

»Danke.«

»Und jetzt erzählen Sie uns, wie das mit Marie passiert ist. Kommen Sie schon, Sie haben nichts mehr zu verlieren.«

»Judas rief an und befahl mir, ein kleines Häuschen an der Nordostküste von Korfu zu kaufen. Ich sollte dafür sorgen, daß Marie dort Urlaub machte.«

»Warum Korfu?«

»Ich hatte keine Ahnung. Es war leicht, sie zu überreden, dorthin zu fahren, weil sie sich seit dem Tod ihrer Mutter mit Malurlaub in allen möglichen Gegenden die Zeit vertrieben hat.«

»Ist Ihnen nicht in den Sinn gekommen, daß eine böse Absicht dahinterstecken könnte?« fragte Blake.

»Ich bin wie alle seine Leute daran gewöhnt, stets seinen Befehlen zu gehorchen. Ich habe nicht nachgedacht, und nun ist es eben geschehen.« Er schüttelte den Kopf. »Ich habe einfach nicht nachgedacht. Ich hatte keine Ahnung, was er vorhatte. Ich kenne Marie von Kindesbeinen an und habe sie immer sehr gern gehabt.«

»Aber Sie sind Judas blind gefolgt?« fragte Blake.

»Denken Sie an Auschwitz, Mr. Johnson. Ich bin ein guter

Jude. Ich liebe mein Volk, und Israel ist unsere große Hoffnung. Ich wollte helfen, können Sie das nicht verstehen?«

Dillon legte ihm eine Hand auf die Schulter. »Doch. Ich verstehe Sie sehr gut.«

»Wissen Sie, was er mit ihr vorhat?« fragte Blake.

»Sie als Druckmittel für einen Handel zu benutzen, nehme ich an«, erwiderte Rocard, der offenbar wirklich keine Ahnung hatte.

»In Wahrheit will er sie am Dienstag hinrichten, falls ihr Vater nicht den Einsatzbefehl für einen amerikanischen Militärschlag gegen den Irak, den Iran und Syrien unterzeichnet.«

Rocard war ehrlich entsetzt. »Was habe ich getan? Marie, was habe ich getan?« stammelte er betroffen und wirkte um Jahre gealtert. Er stand auf und ging zur Reling. »So wahr Gott mein Zeuge ist, das hab' ich nicht gewollt.«

»Ich glaube ihm das sogar«, flüsterte Dillon Blake Johnson zu.

Als er sich umwandte, war Rocard verschwunden, einfach verschwunden, als habe er nie existiert. Blake und er rannten zur Reling. Über dem Fluß wirbelten Nebelschwaden, sie glaubten, flüchtig einen Arm zu sehen, dann wurde alles wieder vom Dunst verdeckt. Dillon stützte sich auf die Reling.

»Ich glaube, ein Mensch kann nur eine bestimmte Menge an Leid ertragen, ehe er zerbricht.«

»Aber wir haben versagt, Sean«, erwiderte Blake gequält. »Wir sind keinen Schritt weitergekommen. Was machen wir nun?«

»Na ja, ich weiß nicht, wie es mit dir ist, aber ich gehe jetzt runter in die Bar und gönne mir einen ganz großen irischen Whiskey. Danach geht's zurück nach London, um Ferguson die schlechten Neuigkeiten zu berichten.«

Der Präsident hatte zunächst vergeblich versucht, sich mit Archie Hood in Verbindung zu setzen. Er war nicht in seinem Apartment, soviel stand fest, doch bei einem Anruf in der Kanzlei, für die er immer noch als Berater tätig war, erhielt er eine Nummer auf den Caymaninseln, wo er Urlaub machte.

Endlich gelang es Cazalet, ihn zu erreichen. »Archie, alter Bussard, hier ist Jake Cazalet. Wo stecken Sie denn?«

»Mr. President, ich sitze mit einem Glas Champagner in der Hand auf der Terrasse einer herrlichen Villa an einem Palmenstrand und bin umgeben von drei wunderschönen Frauen, die zufälligerweise meine Enkelinnen sind.«

»Archie, ich brauche Ihre Hilfe. Es geht um eine Sache von ungeheurer Wichtigkeit, die streng vertraulich bleiben muß. Ich kann Ihnen im Moment nicht mehr sagen, aber ich hoffe, bald.«

Die Stimme des alten Mannes wurde ernst. »In welcher Hinsicht kann ich Ihnen dienlich sein, Mr. President?«

»Levy, Samuel Levy, sagt Ihnen der Name was?«

»Hab' ihn gut gekannt. Er kam aus einer steinreichen Familie, die eine Schiffahrtslinie besaß, aber er hat sich für die Juristerei entschieden und sein Erbteil verkauft. Ein brillanter Anwalt. Hat seinen Beruf aus reinem Spaß an der Sache ausgeübt, denn das Geld hatte er bei seinen vielen Millionen nie nötig. Ist jetzt seit ungefähr fünf Jahren tot.«

»Und sein Sohn Daniel Levy?«

»Ja, das war ein merkwürdiger Bursche. Großer Kriegsheld in Vietnam, und dann hat er sich mit Haut und Haaren Israel verschrieben. Ist in die israelische Armee eingetreten und hat im Jom-Kippur-Krieg gekämpft. Ein paar Jahre vorher war es zu einer großen Familientragödie gekommen.«

»Was war passiert?«

»Dan Levys Mutter und seine Schwester fuhren zu ihm auf Urlaub und wurden bei einem Bombenangriff auf eine Bushaltestelle in Jerusalem getötet. Der alte Herr ist nie darüber weggekommen. Es hat ihn im Grunde umgebracht.«

Jake Cazalet hatte Mühe, die Ruhe zu bewahren. »Und was ist aus Daniel Levy geworden?«

»Hat fast hundert Millionen Dollar geerbt, ein Haus am Eaton Square in London und ein Schloß auf Korfu. Er war Colonel in der israelischen Luftwaffe, hat aber den Dienst quittieren müssen, als es einen Skandal gab, weil er arabische Gefangene exekutiert hatte oder so was. Das war das letzte, was ich von ihm gehört habe.«

»Ein Schloß auf Korfu, haben Sie gesagt?«

»Ja, sein Vater hat es ihm vererbt. Ich war vor Jahren einmal dort, als ich mit meiner Frau eine Kreuzfahrt machte und wir in Korfu anlegten. Ein merkwürdiger Kasten an der nordwestlichen Küste, genannt Kastell König. Hat früher offenbar mal einem deutschen Baron gehört. Die Krauts waren immer schon gern auf Korfu. Wenn ich mich recht erinnere, ist Prinz Philip dort geboren worden.« Er schwieg einen Moment. »Hilft Ihnen das irgendwie weiter?«

»Archie, Sie haben mir den größten Dienst Ihres Lebens erwiesen. Eines Tages werden Sie erfahren, um was es ging, aber im Moment ist alles streng geheim.«

»Mr. President, Sie können sich auf mich verlassen.«

Der Präsident erwartete Teddy mit sichtlicher Ungeduld im Oval Office. »Sagen Sie kein Wort, Teddy, hören Sie nur zu.«

Als er fertig war, nickte Teddy. »Stimmt, Judas hat Dillon erzählt, daß Angehörige von ihm umgebracht worden seien. Es paßt alles zusammen.«

»Und alles weist darauf hin, daß Marie und Chief Inspector Bernstein in diesem Kastell König sind. Es war nur ein Bluff, als man ihr von einem Flug erzählt hat.«

»Was machen wir also? Die Kampfschwimmer losschicken oder die SAS von den Briten ausleihen?«

»Auf keinen Fall, Teddy. Beim ersten Anzeichen für einen Angriff wird er sie töten.« Cazalet griff nach dem Telefon. »Reden wir mit Ferguson.«

Ferguson hatte gerade mit Dillon gesprochen, der ihn auf dem Rückflug von London aus der Gulfstream angerufen hatte.

»Teddy hat recht, Mr. President, es paßt alles zusammen. Ich fürchte, Rocard, der Familienanwalt der de Brissacs, ist Berger in sein frühes Grab gefolgt, aber ehe er starb, hat er zugegeben, sie nach Korfu gelockt zu haben.«

»Was nun?«

»Ich habe Verbindungen nach Korfu, da wir einige Jahre lang illegal Leute nach Albanien geschleust haben, das direkt gegenüber liegt und, wie Sie wissen, immer noch kommunistisch ist. Die Männer, die ich dort kenne, sind genau die richtigen für eine solche Operation. Wenn Dillon und Blake Johnson mit der Gulfstream gelandet sind, werde ich sie über alles ins Bild setzen und so bald wie möglich mit ihnen nach Korfu fliegen. Vertrauen Sie mir, Mr. President. Wir bleiben in ständiger Verbindung.«

Jake Cazalet legte auf.

»Und?« fragte Teddy gespannt.

Der Präsident erzählte ihm alles.

Ferguson dachte eine Weile nach und wählte dann eine Nummer. Eine Frau meldete sich auf griechisch.

»Ja, wer ist da?«

»Brigadier Ferguson«, sagte er auf englisch. »Sind Sie das, Anna?«

»Ja, Brigadier. Schön, mal wieder von Ihnen zu hören.«

»Ich brauche Ihren Ehemann, diesen nichtsnutzigen Gauner Konstantin.«

»Heute abend geht's nicht, Brigadier, er arbeitet.«

»Ich weiß, was das heißt. Wann ist er zurück?«

»Vielleicht in vier Stunden.«

»Dann rufe ich in vier Stunden wieder an. Sagen Sie ihm Bescheid und sorgen Sie dafür, daß er da ist, Anna. Es steckt ein ordentlicher Verdienst für ihn drin.«

Er legte auf, goß sich einen Scotch ein und sah zum Fenster hinaus, während er trank. »So, du Bastard, jetzt kommen wir und machen dich fertig.«

Konstantin Aleko stand am Steuer seines Fischerboots, der *Kretischen Geliebten,* die sich auf halber Strecke zwischen Korfu und Albanien befand. Im Licht des Kompaßhauses war nur sein Kopf zu sehen. Es regnete etwas, und eine leichte Brise wehte von See her.

Aleko war fünfzig Jahre alt und ein ehemaliger Korvettenkapitän der griechischen Marine, dessen vielversprechende Karriere abrupt beendet war, nachdem er im betrunkenen Zustand in einer Bar in Piräus einen Kapitän in einem Streit um eine Frau niedergeschlagen hatte.

Er war nach Korfu in den kleinen Hafenort Vitari zurückgekehrt, wo er zu Hause war, und hatte seine Abfindung als Anzahlung auf die *Kretische Geliebte* benutzt, angeblich ein Fischerboot, das mit seinen Motoren fünfundzwanzig Knoten machen konnte.

Unterstützt von seiner geliebten Frau Anna war er ins Schmuggelgeschäft eingestiegen, wobei ihm die ausgezeichneten Kenntnisse der albanischen Küste zugute kamen, die er sich in der griechischen Marine angeeignet hatte. Der Handel mit Zigaretten war besonders lukrativ. Die Albaner zahlten fast jeden Preis für englische und amerikanische Marken.

Natürlich waren es heimtückische Schurken, bei denen man stets wachsam sein mußte, deshalb hatte er immer seine beiden Neffen, Dimitri und Yanni, an seiner Seite und den Cousin seiner Frau, den alten Stavros, der ihm einen Kaffee ins Steuerhaus brachte.

»Ich habe ein schlechtes Gefühl bei dieser Sache. Diesem Bolo traue ich nicht über den Weg. Immerhin hat er letztes Mal erst versucht, uns bei der Lieferung schottischen Whiskeys reinzulegen.«

»Keine Sorge, du alte Unke. Ich weiß, wie man solchen Abschaum behandelt.« Konstantin trank Kaffee. »Hervorragend. Hier, übernimm mal das Steuer. Ich will ein Wort mit den Jungs reden.«

Aleko ging an den Netzen und den Körben mit Fischen vorbei zum Niedergang. In der Kajüte streiften Dimitri und Yanni sich gerade Taucheranzüge über. Auf dem Tisch lagen zwei Uzi-Maschinenpistolen.

»Hallo, Onkel«, sagte Yanni. »Meinst du, diese albanischen Idioten werden versuchen, uns reinzulegen?«

»Natürlich«, schnaubte Dimitri. »Was denkst du denn?«

»Bolo schuldet mir fünftausend amerikanische Dollar für die Ladung Marlboro-Zigaretten«, sagte Aleko. »Ich habe guten Grund zu glauben, daß er sich um die Zahlung drücken will. Also – ihr wißt, was ihr zu tun habt. Sauerstoff braucht ihr keinen. Springt nur zur rechten Zeit ins Wasser und schwimmt auf die andere Seite seines Boots.«

Er deutete auf eine der Uzis. »Und vergeßt die hier nicht.«

»Wie weit können wir gehen?« fragte Dimitri. ·

»Wenn sie versuchen, euch zu erschießen, legt ihr sie um.«

Er ging wieder an Deck. Als er ins Steuerhaus kam, zündete er zwei Zigaretten an und gab Stavros eine.

»Eine gute Nacht für unser Vorhaben.«

»Hoffentlich«, meinte Stavros, »und wenn ich mich nicht sehr irre, sind sie das dort.«

Das andere Boot ähnelte ihrem und wirkte mit seinen Netzen ebenfalls wie ein harmloses Fischerboot. Im trüben Licht einer Lampe, die an einer Ecke des Steuerhauses hing, sortierten einige Männer anscheinend Fisch, am Steuer stand ein Mann, den Aleko noch nie vorher gesehen hatte; neben ihm lehnte Bolo und rauchte eine Zigarette. Er war ein großgewachsener Mann von fünfundvierzig Jahren, mit breiten Schultern, trug einen Seemannsmantel und hatte ein Gesicht, das mit seinem Ausdruck rücksichtsloser Verschlagenheit beinahe schon faszinierend war.

»Hallo, Konstantin, alter Freund. Was hast du diesmal für mich?«

»Was du verlangt hast – Marlboros, für die du mir mit deinem üblichen Widerstreben fünftausend amerikanische Dollar zahlen wirst.«

»Aber Konstantin, ich bin doch dein Freund.« Bolo zog ein Bündel Geldscheine aus der Tasche, das mit einem Gummiband zusammengebunden war, und warf es ihm hin. »Hier, zähl selbst nach. Es stimmt bis auf den letzten Penny. Wo sind meine Zigaretten?«

»Hier unter den Netzen. Zeig sie ihnen, Stavros.«

Während Aleko rasch das Geld zählte, entfernte Stavros die Netze, unter denen mehrere Pappkartons zum Vorschein kamen. Bolos Männer kamen an Bord und schafften sie hinüber. Als sie fertig waren, kletterten sie wieder über die Reling.

Aleko blickte auf. »Stimmt ja tatsächlich. Erstaunlich.«

»Nicht wahr? Und jetzt will ich es zurück haben.«

Bolo griff ins Steuerhaus und holte eine Maschinenpistole aus dem Zweiten Weltkrieg heraus, eine deutsche Schmeisser, die die italienischen Partisanen sehr geschätzt hatten. Seine beiden Männer hatten Revolver in den Händen.

»Ich hätte es wissen müssen«, seufzte Aleko. »Der Leopard verliert seine Flecken nicht.«

»Stimmt. Jetzt gib mir das Geld zurück, oder ich bringe euch alle um und versenke dein verdammtes Boot.«

»Oh, das glaube ich nicht.«

Dimitri und Yanni schlüpften auf der anderen Seite des albanischen Boots unter der Reling durch und richteten sich mit schußbereiten Uzis auf.

»Guten Abend, Kapitän Bolo«, sagte Yanni.

Der Albaner wandte sich erschrocken um und erblickte zwei bedrohliche Gestalten in schwarzen Taucheranzügen.

Yanni feuerte eine kurze Salve ab, die Bolo am rechten Arm erwischte, so daß ihm die Schmeisser wegflog. Dimitri traf einen der Männer ins Bein, der zu Boden ging. Der andere ließ seine Waffe fallen und hob die Hände.

»Das war prima«, lobte Aleko. »Zurück an Bord, Jungs, und ablegen.«

Langsam verbreiterte sich der Abstand zwischen den Booten. »Ich verfluche dich, Konstantin!« schrie Bolo, der mit schmerzverzerrtem Gesicht seinen blutdurchtränken Ärmel umklammerte.

Aleko winkte ihm zu. »Du bist nur ein Anfänger. Ich glaube, für eine Weile werden wir uns nicht wiedersehen.«

Die Jungs gingen nach unten, um sich umzuziehen, und Stavros machte Kaffee, während Aleko das Steuer übernahm. Als der alte Mann mit einem Becher Kaffee zurückkehrte, meinte er: »Eins verstehe ich nicht: Warum haben wir uns die Zigaretten nicht zurückgeholt?«

»Geschäft ist Geschäft.« Aleko grinste. »Allerdings habe ich gerade das Kanonenboot informiert, das heute nacht auf Patrouille ist. Lieutenant Kitros hat das Kommando. Er hat mal in der Marine unter mir gedient. Ich habe ihm ihre Position genannt, aber was wäre das alles wert ohne Beweise.«

»Die Zigaretten?«

»Genau.«

»Du durchtriebener Hund.«

»Stimmt. Und jetzt wollen wir heim nach Vitari.«

Vitari war ein kleines Fischerdorf an der Nordostküste Korfus, und sein Zuhause war eine Taverne auf einem Hügel mit Blick über den Hafen. Anna, eine stattliche, tiefgebräunte Frau, die ein Kopftuch trug und die traditionelle schwarze Bauerntracht, führte das Lokal. Sie war ihrem Ehemann treu ergeben und bedauerte als einziges, daß sie nicht fähig gewesen war, ihm Kinder zu gebären.

Ein junges Mädchen aus dem Ort bediente die Fischer, die an der Bar saßen und die Mannschaft der *Kretischen Geliebten* begrüßten.

»Ich geh' mal in die Küche zu Anna«, sagte Aleko. »Trinkt ihr inzwischen was.«

Seine Frau stand am Herd und rührte in einem Lammtopf. Lächelnd wandte sie sich um. »Eine erfolgreiche Nacht?«

Er küßte sie auf die Stirn, goß sich ein Glas Rotwein aus dem Krug auf dem Tisch ein und setzte sich. »Bolo hat versucht, uns reinzulegen.«

»Was ist passiert?« Aleko erzählte ihr alles, worauf sie mit finsterem Gesicht meinte: »Dieses Schwein! Ich hoffe, Kitros erwischt ihn. Dann kriegt er bestimmt fünf Jahre aufgebrummt.«

»Kitros wird ihn schon finden. Ich habe den jungen Mann schließlich selbst ausgebildet.«

»Du hattest übrigens einen Anruf aus London von Brigadier Ferguson.«

Aleko horchte auf. »Was hat er gewollt?«

»Er hat nur gesagt, es wäre ordentlich was für dich drin. Er will zurückrufen.«

»Das klingt interessant. Er hat sowieso immer gut gezahlt.«

»Das ist nur recht und billig. Diese Fahrten, die du für ihn zur albanischen Küste gemacht hast, sind gefährlich genug, Konstantin. Wenn die Kommunisten dich erwischt hätten ...«

»Ich liebe dich, Frau, aber du machst dir zu viele Sorgen.« Er stand auf und schlang seine Arme um ihre Taille. »Es ist eine gute Arbeit.«

Stavros und die beiden Jungen kamen mit ihren Gläsern herein. »In eurem Alter immer noch wie die Turteltauben«, meinte Stavros.

»Ach, halt die Klappe und setzt dich«, befahl Anna.

Während sie den Tisch deckte, sagte Aleko: »Anna hat mir erzählt, daß unser alter Freund Brigadier Ferguson aus London angerufen hat.«

Alle horchten interessiert auf. »Weswegen?« fragte Yanni. »Wieder Albanien?«

»Keine Ahnung. Hat gemeint, es sei ordentlich was drin, und will sich später wieder melden.«

»Mensch, das klingt gut«, grinste Dimitri.

Anna stellte den Topf auf den Tisch und begann das Essen auszuteilen. »Hört auf und eßt.«

Ungefähr zehn Minuten später klingelte das Telefon in dem kleinen Büro, und Aleko stand auf.

»Was kann ich für Sie tun, Brigadier«, sagte er in hervorragendem Englisch. »Wieder Albanien?«

»Diesmal nicht. Erzählen Sie mir, was Sie über ein gewisses Kastell König wissen.«

»Liegt ungefähr fünfzehn Meilen nördlich von hier an der Küste. Hat viele, viele Jahre lang einer amerikanischen Familie gehört. Levy hießen die.«

»Ist im Moment jemand dort, soweit Sie wissen?«

»Ein Ehepaar aus dem Ort kümmert sich um alles. Geerbt hat das Kastell ein Sohn namens Daniel. Ist so was wie ein Kriegsheld in Vietnam gewesen und hat sogar für die Israelis gekämpft. Er kommt und geht, das hört man zumindest. Ist beliebt bei den Leuten hier. Worum geht es denn?«

»Ich habe Grund zu der Annahme, daß er momentan dort zwei Frauen festhält. Eine davon ist meine Assistentin, Chief Inspector Bernstein. Wer die andere ist, kann ich Ihnen zur Zeit nicht sagen, das ist geheim.«

»Hat es was mit Politik zu tun?«

»Eher mit Terrorismus«, erwiderte Ferguson. »Ich komme so bald wie möglich in einem Privatjet hinuntergeflogen und bringe zwei erstklassige Mitarbeiter mit. Wir haben vor, diese Frauen herauszuholen, Konstantin, und dazu brauche ich Ihre Hilfe. Es wäre sehr viel Geld dabei für Sie drin.«

»Vergessen Sie das mal für den Moment. Wozu sind denn Freunde da? Wann sind Sie hier?«

»Irgendwann am Vormittag. Ich sorge dafür, daß ein Range Rover am Flughafen für mich bereitsteht. Wir fahren dann gleich weiter zu Ihrer Taverne. Die *Kretische Geliebte* ist doch in gutem Zustand, nehme ich an?«

»Aber sicher. Sie denken daran, von See aus anzugreifen?«

»Wahrscheinlich.«

»Ich habe eine Idee. Können Sie mir eine Kontaktnummer geben?«

»Kein Problem. Ich gebe Ihnen die Nummer meines Handys. Es hat eine Satellitenantenne, Sie können mich also sogar im Flugzeug erreichen. Was haben Sie vor?«

»Ich fahre mal dort hoch. Mit dem Motorrad schaffe ich's in einer halben Stunde. Ein Cousin von mir namens Goulos hat in der Nähe des Kastells einen kleinen Bauernhof. Mal sehen, was ich rausfinden kann.«

»Gut, melden Sie sich danach wieder.«

Aleko kehrte in die Küche zurück, griff nach seinem Mantel, der hinter der Tür hing, und streifte ihn über. »Aber du hast noch nicht mal aufgegessen«, protestierte Anna.

»Später, die Sache ist wichtig.« Aus einer Schublade nahm er eine Browning, überprüfte sie und steckte sie in die Tasche.

»Was ist los?« fragte Stavros.

»Erzähle ich euch später. Ich nehme mal deine Suzuki, Yanni. Gib mir die Schlüssel.«

»Wohin willst du?«

»Meinen Cousin Goulos besuchen. Im Kastell König geht was Komisches vor sich, und ich möchte gern wissen, was es ist.«

Dillon und Blake erhielten bei der Landung die Anweisung zu warten, bis sich Ferguson bei ihnen meldete. Sie gingen mit den Piloten ins Offizierskasino, um etwas zu essen, und waren fast mit ihrer Mahlzeit fertig, als Dillons Handy läutete. Er stand auf und ging nach draußen.

»Sie warten jetzt schon eine ganze Weile«, sagte Ferguson, »aber es ist auch eine Menge passiert. Ich weiß inzwischen, daß sie auf Korfu ist, und ich weiß, wer Judas ist.«

»Wie haben Sie das rausgekriegt?«

Ferguson berichtete ihm kurz alles Nötige.

»Und jetzt?« fragte Dillon.

»Ich komme, sobald es geht, zu Ihnen raus nach Farley. Sagen Sie Captain Vernon, er soll alles vorbereiten. Hoffentlich meldet sich auch Aleko noch.«

»Also greifen wir von See her an?«

»Erscheint mir logisch.«

»Dafür brauchen wir aber einige Dinge.«

»Aleko ist so ziemlich mit allem ausgerüstet, aber ich lasse mir selbst noch einiges von unserem Waffentechniker mitgeben.«

»Gut. Dann bis später.«

Dillon ging zurück ins Kasino und setzte sich. »Das war Brigadier Ferguson«, berichtete der Captain Vernon. »Er möchte, daß Sie einen Flugplan nach Korfu einreichen.«

»Das dürfte nicht vor morgen früh möglich sein.« Vernon schob seinen Teller weg und stand auf.

»Ich komme mit.« Lieutenant Gaunt folgte ihm.

»Was, zum Teufel, ist los?« fragte Blake.

»Wir haben sie gefunden, dank Teddy und dieser Skizze des schwarzen Raben. Es war kein israelisches Abzeichen, sondern ein amerikanisches. Judas ist einer von uns.«

»Dann erzähl endlich«, drängte Blake. »Und zwar alles.«

Ferguson stand am Fenster und schaute hinaus auf die Horse Guards Avenue, als der Waffentechniker des Verteidigungsministeriums an die Tür seines Büros klopfte und eintrat.

»Ah, Mr. Harley.«

»Brigadier.« Harley, ein ehemaliger Stabsfeldwebel, der unter Ferguson im Koreakrieg gedient hatte, schlug beinahe die Hacken zusammen. »Wie kann ich Ihnen behilflich sein, Brigadier?«

»Eine geheime Operation, Stabsfeldwebel, sehr geheim. Ihre Vollmacht liegt dort auf dem Schreibtisch.«

»Danke, Sir.« Harley faltete das Blatt zusammen, steckte es ein und zog einen Block und einen Stift aus seiner Tasche. »Was benötigen Sie?«

»Drei kugelsichere Westen in Schwarz, die neuesten Modelle, dazu schwarze Overalls, Handgranaten, Nachtsichtbrillen und außerdem zwei gute Nachtsichtgläser.«

»Waffen, Sir?«

»Faustfeuerwaffen mit Schalldämpfer, und schallgedämpfte Maschinenpistolen. Was würden Sie vorschlagen?«

»Bei den Pistolen Brownings, Sir, das sind immer noch die besten, und als Maschinenpistolen würde ich Uzis nehmen. Das neueste Modell, das die Israelis entwickelt haben, ist eine hervorragende schallgedämpfte Version. Sonst noch etwas?«

»Semtex ist immer nützlich. Womöglich müssen wir Türen aufsprengen.«

»Ich werde ein Päckchen für Sie zurechtmachen. Kleine Ladungen mit Zeitzündern von fünf Sekunden, dazu einige größere für alles andere, samt einer Auswahl geeigneter Zeitzünder.«

»Ausgezeichnet. Und alles so bald wie möglich nach Farley Field liefern, Stabsfeldwebel.«

»Ich kümmere mich persönlich darum, Sir.« Harley klappte den Block zu. »Solche Bestellungen kenne ich sonst nur von Mr. Dillon«, meinte er zögernd. »Ich hab' was läuten hören, Sir. Ich hoffe, es ist nicht wahr.«

»Farley Field, Stabsfeldwebel, so bald wie möglich.«

»Natürlich, Sir.« Harley verabschiedete sich rasch.

Aleko bog von der Hauptstraße auf einen schmalen holprigen Weg ein, der zu Goulos' Bauernhof führte. Es war bereits Mitternacht, doch in der Küche brannte noch Licht, und ein Hund bellte. Er schaltete den Motor ab und hob die Suzuki auf ihren Ständer. Goulos, ein älterer Mann mit grauem Haar, der ein Gewehr in der Hand hielt, spähte aus der Tür.

»Wer ist da?«

»Dein Cousin Konstantin, du Narr. Leg das Gewehr weg.«

Der Hund war bellend auf ihn zugerannt, aber jetzt begann er ihm winselnd die Hand zu lecken.

»Um diese Zeit?«

»Laß mich rein, ich erklär's dir.«

»Na, dann komm. Meine Frau ist nicht da, mußt dich also mit mir begnügen.«

Aleko nahm ein Päckchen aus der Seitentasche der Suzuki und folgte ihm in die Bauernküche mit steinernem Boden, offener Feuerstelle und Möbeln aus Kiefernholz. Er legte das Päckchen auf den Tisch.

»Tausend Marlboro. Schenk' ich dir.«

Goulos geriet förmlich außer sich. »Diese Dinger sind teuer wie Gold, fast zu schade, sie auch nur anzurühren. Aber ich werd' sie trotzdem rauchen.«

»Hier, nimm erst mal eine von meinen und laß uns was trinken.«

Goulos holte eine Flasche aus der Zisterne. »Das ist ein deutscher Wein. Schmeckt wunderbar, wenn er kalt ist – die Zisterne ist besser als jeder Kühlschrank.«

Er öffnete die Flasche, schenkte zwei Gläser ein und nahm eine von Alekos Zigaretten. »Ein Gedicht.« Genießerisch stieß er den Rauch aus. »Selbst wenn ich deshalb ein bißchen früher sterbe, was soll's? Wie ich höre, gehen deine Geschäfte ganz hervorragend.«

»Na ja, so einigermaßen.«

»Unsinn, du machst ein Vermögen mit dem Schmuggeln. Was also willst du von deinem armen alten Cousin?«

Aleko schenkte sich noch etwas Wein ein. »Du gehörst zur Familie, Goulos, und ich hab' dich wirklich sehr gern, aber falls du ein Wort zuviel plauderst, bringe ich dich persönlich um.«

»So wichtig? Na, wozu sind Familien da? Nun rede schon.«

»Kastell König«, sagte Aleko.

Goulos hörte auf zu lächeln. »Gibt's dort ein Problem, das dich was angeht?«

»Könnte sein. Ein ziemlich ernstes sogar. Erzähl mir alles, was du weißt.«

»Na ja, es hat jahrelang dieser amerikanischen Familie Levy gehört, die immer recht beliebt war. Der jetzige Besitzer ist oder war Colonel in der israelischen Armee und hat als Junge früher hier die Ferien verbracht, auch etwas Griechisch gelernt, aber heutzutage ...« Er zuckte die Schultern. »Es hat sich alles sehr verändert.«

»Wieso?«

»Na ja, er hatte als Hausmeister immer Zarchas und seine Frau, weil er nur gelegentlich herkam, aber vor ungefähr zwei Monaten hat er sie ohne eine Erklärung gefeuert.«

»Und dann?«

»Sind fünf junge Männer aufgetaucht, lauter Israelis, die seitdem dauernd da sind. Einer von ihnen namens Braun erledigt die Einkäufe im Dorfladen. Er spricht kein Griechisch, nur Englisch.« Er schenkte Aleko ein weiteres Glas Wein ein. »Sie sind auch jetzt wieder da, das weiß ich genau, und Colonel Levy ebenfalls. Was ist los, Konstantin?«

»Üble Gesellen sind das«, sagte Aleko. »Ich glaube, sie halten dort zwei Frauen gefangen.«

Goulos horchte auf. »Na, wenn das kein Zufall ist! Mein Ziegenhirte, der kleine Stefanos, war vor ein paar Tagen auf dem Abhang in der Nähe des Kastells und suchte im Olivenhain nach einem Tier, das sich verlaufen hatte. Von dort aus konnte er in den Hof schauen und hat gesehen, wie zwei dieser Israelis einer Frau aus einem Fahrzeug halfen und sie hineinbrachten.«

»Mein Gott, dann stimmt es also!«

»Warte, es kommt noch mehr. Gestern war er wieder dort, als das gleiche passierte, nur mußten sie diesmal die Frau reintragen.«

Aleko schlug auf den Tisch. »Hab' ich's nicht gesagt! Üble Gesellen, mein Alter.«

»Und was willst du mit ihnen machen?«

Aleko lächelte. »Oh, genau das, was sie verdienen.« Er stand auf und schüttelte ihm die Hand. »Laß dir deine Zigaretten schmecken.«

Als er in die Taverne zurückkehrte, saßen nur noch seine Neffen und Stavros bei Anna an der Bar.

»Was ist passiert?« fragte sie.

»Zuerst rufe ich mal Brigadier Ferguson an, dann erkläre ich alles.« Er verschwand in seinem Büro und kam nach fünf Minuten zurück. »So«, sagte er. »Was willst du wissen?«

Ferguson saß bereits auf dem Rücksitz seines Daimlers und war unterwegs nach Farley Field, als er den Anruf erhielt.

Einen Moment dachte er über alles nach und empfand eine ungeheure Genugtuung, ja fast ein Hochgefühl wie selten zuvor. Zufrieden griff er nach seinem Handy, um den Präsidenten anzurufen. Cazalet trank gerade im Wohnzimmer des Weißen Hauses mit Teddy Kaffee und verzehrte einige Sandwiches.

»Volltreffer, Mr. President. Mein Kontaktmann hat bestätigt, daß sie dort sind.«

»Gott sei Dank!« seufzte der Präsident. »Was passiert jetzt?«

»Ich bin morgen mit Dillon und Blake Johnson dort und entscheide vor Ort, wie es weitergeht. Wir bleiben ständig mit Ihnen in Verbindung.«

»Danke«, sagte Cazalet und wandte sich an Teddy. »Sie sind tatsächlich im Kastell König. Ferguson hat die Bestätigung erhalten.«

Das einzige Haar in der Suppe war das Wetter, denn es regnete unaufhörlich. Ferguson saß in dem kleinen Büro, das der Kommandant von Farley Field ihm überlassen hatte, und redete mit Blake und Dillon, als Captain Vernon und Lieutenant Gaunt hereinkamen. Gaunt breitete eine Karte auf dem Schreibtisch aus.

»Alles klar, Brigadier, wir fliegen über Frankreich, die Schweiz, Norditalien und über die Adria nach Korfu.«

»Wie weit?«

»Fast vierzehnhundert Meilen.«

»Wie lange wird es dauern?«

»Normalerweise nur rund drei Stunden, aber das Wetter in ganz England ist momentan so schlecht, daß man mir vor acht Uhr morgens keine Starterlaubnis geben will.«

»Verdammt!«

»Tut mir leid, Brigadier, daran ist nichts zu ändern.«

»Ja, es ist nicht Ihre Schuld. Dann bereiten Sie alles für diese Zeit vor.«

Nachdem Vernon gegangen war, öffnete Dillon das Fenster und sah hinaus in den Regen. »Eine verteufelte Nacht.«

»Ich weiß, Sie brauchen es nicht extra zu betonen«, sagte Ferguson.

»Aber selbst wenn wir erst mittags nach Korfu kommen«, meinte Blake, »und noch mit dem Range Rover quer über die ganze Insel müssen, macht es nicht viel Unterschied. Für welchen Plan wir uns auch immer entscheiden, ein Angriff auf das Kastell König kann jedenfalls nur im Schutz der Dunkelheit erfolgen.«

Ferguson nickte. »Sie haben natürlich recht.« Er schob seinen Stuhl zurück und stand auf. »Nutzen wir die Gelegenheit, noch ein paar Stunden zu schlafen, meine Herren.«

14

Es regnete beim Start am folgenden Morgen noch immer; erst in Höhe von fünfzigtausend Fuß hatten sie die dunklen Wolken hinter sich gelassen. Sergeant Kersey servierte Dillon Tee, den anderen Kaffee und verschwand wieder.

»Können wir noch mal durchgehen, was Stabsfeldwebel Harley geliefert hat?«

Ferguson zählte alles auf, und Dillon nickte. »Damit kommen wir bestimmt hin. Ich bin froh, daß Sie an die Sprengladungen gedacht haben.«

»Dillon«, erwiderte Ferguson nachsichtig, »ich möchte Sie daran erinnern, daß ich solche Unternehmungen schon länger als Sie mache.«

»Tatsache?« fragte Dillon mit gespielter Überraschung. »Ich hätte nicht gedacht, daß Sie so alt sind.«

»War als neunzehnjähriger Unteroffizier im Koreakrieg dabei, wie Sie sehr gut wissen.«

»Ich hab' oft gehört, da sei es besonders schlimm gewesen«, meinte Blake.

»Das können Sie laut sagen. Ein Grabenkrieg, genau wie im Ersten Weltkrieg. Das ganze Regiment von siebenhundertfünfzig Mann hockte da, und die Chinesen griffen in Divisionsstärke an, gewöhnlich rund zwölftausend.« Er zuckte die Schultern. »Aber wen kümmern schon die Geschichten alter Männer?«

»Nun, Sie haben damals das Militärkreuz bekommen, und das ist wahrhaftig nicht schlecht für einen Neunzehnjährigen, alter Knabe«, sagte Dillon. »Sehen wir uns noch mal die Landkarte an.«

Ferguson holte die vergrößerte Karte von Korfu aus seiner Aktentasche und faltete sie auseinander. »Hier liegt Vitari – das ist das Dorf, in dem Aleko wohnt, und er hat gesagt, Kastell König liege ungefähr fünfzehn Meilen weiter nördlich.«

»Ist aber nicht drauf.«

»Es ist ja auch nur eine einfache Landkarte. Meinen Sie, es ist machbar?«

»Im Schutz der Dunkelheit, ja.«

»Da gibt's nur ein Problem. Aleko und seine Kumpel sind gute Männer und eine Bande ausgemachter Strolche dazu, aber gegen Judas oder Levy, wie wir ihn jetzt wohl nennen müssen ...« Ferguson schüttelte den Kopf. »Er ist immerhin ein erstklassiger Soldat, und ich bin sicher, daß jeder einzelne seiner Männer in der israelischen Armee gedient hat.«

»Spielt keine Rolle. Das Ganze ist eine Operation für einen Mann. Aleko und seine Jungs bringen mich an Land und warten auf See auf ein Signal, daß sie mich abholen sollen.«

»Das ist die schlechteste Idee, die ich je gehört habe«, sagte Blake Johnson. »Ich glaube, du hast vergessen, wie man zählt, Dillon. Levy hat fünf Männer, soweit wir von dir selbst wissen – mit ihm zusammen sind es also sechs. Was zur Hölle stellst du dir vor? Willst du dort reinschleichen und einen nach dem anderen töten wie in einem schlechten Actionfilm?«

»Ich kenne das Innere des Kastells und weiß, wohin ich muß.«

»Du weißt gar nichts. Du warst, ebenso wie Marie de Brissac, im dritten Stock, und das weißt du nur, weil sie dich mal runter in den Keller gebracht haben. Ach ja, im Arbeitszimmer des großen Mannes warst du auch, weißt also, wo das ist. Aber davon abgesehen weißt du gar nichts.«

»Und was willst du damit sagen?«

»Daß du einen zweiten Mann zur Unterstützung brauchst, mein Bester, und zwar mich.«

»Das ist nichts für dich.«

»Ich war zweimal in Vietnam, Dillon, und habe auch beim FBI ein paarmal getötet. Wir brauchen überhaupt nicht weiterzureden.« Blake wandte sich an Ferguson. »Sagen Sie es ihm, Brigadier.«

Ferguson lächelte. »Offen gesagt, ich nahm das als selbstverständlich an. Ich habe sogar einen Overall und eine kugelsichere Weste für mich mitgenommen.«

»Jetzt weiß ich, daß die Welt verrückt geworden ist«, stöhnte Dillon.

»Ja, wenn ich mir's recht überlege, werde ich doch im Boot bleiben. Die kugelsichere Weste könnte trotzdem ganz nützlich sein, falls wir beschossen werden. Aber jetzt habe ich Hunger. Sergeant Kersey!«

Kersey kam aus der Bordküche. »General?«

»Wie oft habe ich Ihnen schon gesagt, daß es in der britischen Armee Brigadier heißt. Ich weiß nicht, was die beiden hier möchten, aber ich könnte jetzt einen Tee, Toast und Marmelade vertragen.«

»Kommt sofort, General«, grinste Kersey.

Colonel Dan Levy alias Judas stand in seinem Arbeitszimmer am Fenster und blickte hinaus, als es an der Tür klopfte. Unter Führung von Aaron kamen die anderen herein und warteten schweigend, bis er sich zu ihnen umwandte.

Levy nahm seine Zigarette aus dem Mund. »Guten Morgen, Männer.«

»Colonel«, Aaron nickte. »Sie haben uns gerufen.«

»Die Operation befindet sich an einem kritischen Punkt. Übermorgen muß der Präsident die Entscheidung treffen, ob er Nemesis unterzeichnet.«

»Colonel«, meldete sich David Braun, »glauben Sie wirklich, daß er es tut?«

»Ich weiß nicht. Aber ich weiß mit Sicherheit, daß ich andernfalls seine Tochter hinrichten werde. Das ist mein fester Vorsatz.« Sein Blick war kalt und entschlossen. »Gibt es hier jemanden, der das bezweifelt?«

Prüfend schaute er von einem zum anderen. »Gibt es hier jemanden, der Zweifel an der Sache hat, für die wir kämpfen?«

»Natürlich nicht«, entgegnete Aaron. »Wir sind alle dabei bis zum Ende und zu allem bereit, was auch immer nötig ist.«

»Gut. Also, die nächsten achtundvierzig Stunden sind entscheidend. Wie geht es den Frauen, David?«

»Ich habe Bernstein wieder über Nacht in ihr Zimmer gebracht.«

»Sag nicht Bernstein, David. Verwende den korrekten Titel.

Ich persönlich bewundere sie ungemein. Bei der Kriminalpolizei von Jerusalem könnte man sie gut gebrauchen.«

David Braun senkte verlegen den Blick. »Ich habe Chief Inspector Bernstein über Nacht zurück in ihr eigenes Zimmer gebracht. Dort ist sie auch jetzt noch, weil ich mit dem Frühstück gewartet habe bis zu diesem Treffen.«

»Gib ihnen alles, was sie wollen.« Er lachte schroff. »Zum Beispiel heute ein Champagnerfrühstück.«

»Irgendwelche anderen Befehle, Colonel?« fragte Aaron.

»Im Moment nicht. Offen gesagt, es besteht kein Grund zur Sorge. Wie ihr ja wißt, habe ich überall Augen und Ohren. Uns werden weder Froschmänner angreifen noch Fallschirmjäger, und nicht nur deshalb, weil sie nicht wissen, wo wir sind, sondern weil der Präsident der Vereinigten Staaten weiß, daß seine Tochter beim kleinsten Zeichen eines Angriffs sofort stirbt. Ist es nicht so, Aaron?«

»Natürlich, Colonel.«

»So simpel, daß es der Plan eines Genies sein könnte.« Levy warf den Kopf zurück und lachte. »Wenn ich mir's recht überlege, dann *bin* ich ein Genie.« Seine Augen funkelten.

Die anderen wirkten betreten. »Wir gehen dann jetzt, Sir«, sagte Aaron.

»Gut. Die üblichen beiden Wachen heute nacht. Jeder zwei Stunden und danach vier Stunden frei. Ihr seid entlassen.«

Moshe, Raphael und Arnold gingen ihrer Wege, während David Braun und Aaron vor dem Arbeitszimmer zurückblieben. »Hast du ein Problem?« fragte Aaron, der sah, wie aufgewühlt Braun war.

»Zum erstenmal fange ich an zu glauben, daß er verrückt ist. Vielleicht hat er am Sinai zuviel Sonne abgekriegt.«

»Laß ihn bloß nicht hören, daß du so redest, sonst bist du tot, du Narr. Jetzt reiß dich zusammen und bring ihnen ihr Frühstück.«

Braun holte Hannah und führte sie durch den Korridor. »Ich hoffe, Sie haben gut geschlafen?«

»Ob ich gut geschlafen habe oder nicht, ist Ihnen doch total egal, wozu also die Frage?«

Er schloß die Tür zu Marie de Brissacs Zimmer auf und ließ Hannah hineingehen. »Ich bringe gleich das Frühstück.«

Marie kam aus dem Bad. »Wer war das?«

»Nur Braun. Er holt Frühstück.«

»Er ist spät dran heute morgen. Ob etwas ist?«

Hannah ging zum Fenster und spähte durch die Gitterstäbe hinaus. Ein Fischerboot fuhr an der Bucht vorbei. »Wenn es nur die Flagge seines Landes gesetzt hätte, wüßten wir, wo wir sind. Wenigstens ungefähr.«

Marie deutete auf ihre Staffelei. »Wie finden Sie's?« Die Kohleskizze war jetzt farbig ausgeführt. »Ich habe Kreide genommen, da mir Wasserfarben nicht ganz passend erschienen.«

»Es ist wunderbar«, sagte Hannah. »Kann ich es haben? Ich würde es gern rahmen lassen.«

Im gleichen Moment wurde ihr klar, was sie gesagt hatte, und sie begann zu lachen.

»Na, Sie sind jedenfalls ganz schön optimistisch«, sagte Marie.

Zehn Minuten später öffnete sich die Tür, und Braun schob den Servierwagen herein. »Rühreier und Würstchen heute morgen.«

»Sind sie auch koscher?« fragte Hannah.

»Ach, wir nehmen, was wir kriegen können.« Er hob die Abdeckung von einer Platte. »Das Brot ist hier gebacken, und der Honig stammt von einem Imker aus dem Dorf. Kaffee ist in der Thermosflasche.«

»Und der Champagner?« Marie nahm die Flasche aus dem Eiskübel. »Wessen Idee war das? Die von Judas?«

Braun senkte verlegen den Blick. »Na ja, er fand, es könnte Sie vielleicht aufheitern.«

»Eine Henkersmahlzeit für die Verurteilten?« meinte Hannah.

»Sehr großzügig«, sagte Marie. »Immerhin Louis Roederer Cristal 1989. Judas hat Geschmack, das muß man ihm lassen. Auch wenn er eindeutig verrückt ist.«

»Er ist ein großer Mann«, stieß Braun hervor. »Im Jom-Kippur-Krieg, als uns die Ägypter überrumpelten, hatte

Judas das Kommando über einen Bunker, der von strategischer Bedeutung war, und nur ein paar hundert Männer dabei. Sie kämpften wie die Löwen in der sengenden Hitze des Sinai. Als endlich Hilfe kam, waren nur noch achtzehn am Leben.«

»Das ist lange her«, entgegnete Marie. »Inzwischen müßte er das doch überwunden haben.«

»Was überwunden?« rief Braun wütend. »Den Haß der Araber, die beständigen Überfälle von Terroristengruppen wie der Hamas? Was ist mit dem Libanon oder dem Golfkrieg, als der Irak uns mit Raketen beschossen hat?«

»Ist ja gut«, beschwichtigte Hannah.

»Nein, ist es nicht, und dabei sind Sie auch noch Jüdin. Sie sollten sich schämen. Was ist mit Aarons Bruder, der über Syrien abgeschossen und gefoltert wurde? Was ist mit meinen beiden Schwestern, die in einem Schulbus in Stücke gerissen wurden?«

»David, beruhigen Sie sich doch«, sagte Marie.

Aber er wurde immer aufgeregter. »Und was ist mit Judas? Seine Mutter und seine Schwester, die keinem Menschen was zuleide getan hatten und aus Amerika zu Besuch bei ihm waren, sind von einer Bombe an einer Bushaltestelle in Jerusalem zerrissen worden. Mehr als achtzig Menschen wurden damals getötet oder verwundet. Ist das lustig?«

»David, niemand hält das für lustig.«

Er ging zur Tür, wo er sich noch einmal umwandte. »Glauben Sie, mir macht das hier Spaß, Comtesse? Ich mag Sie. Ich mag Sie sogar sehr. Ist das nicht ganz besonders lustig?«

Rasch verließ er das Zimmer und schloß hinter sich ab. »Armer Junge« sagte Hannah, »ich glaube tatsächlich, er hat sich in Sie verliebt.«

»Na, das nützt weder ihm noch mir was«, erwiderte Marie. »Fangen wir besser mit den Rühreiern an, und den Champagner können wir auch ruhig öffnen.«

»Warum eigentlich nicht? Wissen Sie übrigens, warum die Flaschen von Louis Roederer Cristal die einzigen durchsichtigen Champagnerflaschen sind?«

»Nein, ich glaube nicht.«
»Die Idee stammt von Zar Nikolaus von Rußland, der sagte, er wolle den Champagner sehen können.«
»Und überlegen Sie mal, was für ein Ende er genommen hat.« Marie de Brissac entkorkte die Flasche.

Die *Kretische Geliebte* fuhr zur gleichen Zeit mit Stavros am Steuer in ein paar Meilen Entfernung am Kastell König vorbei. Aleko stand ebenfalls im Steuerhaus, Yanni und Dimitri taten, als arbeiteten sie an den Netzen. Aaron, der mit Moshe auf den Zinnen war, richtete ein Fernglas auf das Boot und stellte es scharf.
»Nur ein paar Fischer.«
Moshe nahm das Glas und schaute ebenfalls hindurch. »Die *Kretische Geliebte.* Ja, ich habe sie schon in Vitari liegen sehen, wenn ich dort eingekauft habe.«
»Ich bin froh, wenn es vorbei ist, so oder so, Hauptsache vorbei.«
»Da geht's mir genauso.« Moshe rückte die M16 zurecht, deren Riemen er über die linke Schulter geschlungen hatte, und ging weiter.

Im Steuerhaus stellte Aleko das alte Fernglas aus seiner Zeit bei der Marine ein, und das Kastell wurde gestochen scharf sichtbar.
»Zwei Männer auf den Zinnen«, sagte er leise, »einer davon mit einer Waffe. Am Anleger sind ein seetüchtiger Motorkreuzer und ein Motorboot, und zwar ein regelrechtes Rennboot, wie es aussieht. Ich wette, dieses Schätzchen macht dreißig Knoten.« Er nickte Stavros zu. »Ich hab' genug gesehen. Fahren wir wieder heim.«
Während er den Kurs änderte, sagte Stavros: »Man bräuchte eine Armee, um in diesen Kasten reinzukommen.«
»Vielleicht auch nicht. Sehen wir mal, was Ferguson sich ausgedacht hat.«

Nachdem die Gulfstream auf dem Flughafen von Korfu gelandet war, wurde sie zu einer abgelegenen Stelle dirigiert, wo in einigen älteren Hangars ein paar Privatflugzeuge abgestellt waren. Dort wartete ein Polizeiwagen auf sie. Der Fahrer, ein junger Captain, kam auf sie zu.

»Brigadier Ferguson?« grüßte er in leidlichem Englisch und schüttelte ihm die Hand. »Mein Name ist Andreas. Colonel Mikali hat mich aus Athen angerufen und mir aufgetragen, Ihnen jeden Wunsch zu erfüllen.«

»Sehr freundlich von ihm.«

»Um Zoll und Paßkontrolle brauchen Sie sich nicht zu kümmern, und es steht ein Range Rover für Sie bereit. Gibt es sonst noch etwas, das ich für Sie tun kann?«

»Helfen Sie uns, das Zeug zu verladen, dann wollen wir gleich weiter.«

Die verschiedenen Kisten wurden in den Range Rover umgeladen, und Captain Andreas verabschiedete sich.

»Sehr zuvorkommend, dieser Colonel Mikali«, grinste Dillon. »Hilft uns sogar dabei, Waffen ins Land zu importieren. Hat er eine Ahnung, was wir vorhaben?«

»Natürlich nicht«, erwiderte Ferguson, »aber er schuldet mir den einen oder anderen Gefallen.« Er wandte sich an Vernon und Gaunt, zu denen sich auch Kersey gesellte. »Meine Herren, Sie platzen vermutlich vor Neugier, aber ich kann Ihnen zu diesem Zeitpunkt lediglich sagen, daß Sie noch nie bei einer so wichtigen Sache dabei waren. Falls unsere Bemühungen heute nacht erfolgreich sind, wird Ihr nächstes Ziel Washington sein.«

»Dann machen wir uns besser mal ans Auftanken, Brigadier«, meinte Vernon.

Ferguson stieg in den Range Rover, Blake setzte sich auf den Beifahrersitz, und Dillon übernahm das Steuer.

»So, nun wird die Sache interessant, meine Herren«, grinste er und fuhr los.

Als sie in Vitari vor der Taverne hielten, kam Aleko die Stufen hinunter, um Ferguson zu begrüßen.

»Hallo, Brigadier, Sie sehen immer jünger aus.« Er umarmte ihn kräftig und küßte ihn auf beide Wangen.

»Lassen Sie diesen griechischen Unsinn. Das ist Sean Dillon, heutzutage mein Mann für die speziellen Aufgaben.«

Dillon schüttelte ihm die Hand. »Hab' schon viel von Ihnen gehört«, sagte er in passablem Griechisch.

»Aha, ein vielseitig begabter Mann«, erwiderte Aleko auf englisch.

»Und ein amerikanischer Freund, Blake Johnson.«

Auch ihm schüttelte Aleko die Hand. »Kommen Sie mit. Ich habe die Taverne für den Rest des Tages geschlossen, damit wir ungestört sind.«

Yanni, Dimitri und Stavros saßen an der Bar, und während Ferguson sie wie alte Freunde begrüßte, erzählte Aleko Blake und Dillon: »Das ist schon ein Mann, der Brigadier. Vor ein paar Jahren erhielt er die Nachricht, er solle einen seiner Agenten aus Albanien abholen. Wir kommen an den Strand und sehen sechs Polizisten dort lauern. Der Brigadier gleitet mit einer Maschinenpistole ins Wasser und schleicht sich von hinten an sie ran, erschießt zwei und hält die anderen in Schach, bis die ganze Sache über die Bühne war.«

»Eine tolle Geschichte«, sagte Blake.

Anna stellte ein Tablett mit Kaffeetassen auf die Bar und umarmte Ferguson, Aleko machte sie mit den anderen bekannt, und schließlich setzte man sich, um zur Sache zu kommen.

»Wir sind heute morgen mal mit dem Boot am Kastell vorbeigefahren«, sagte Aleko. »Auf den Zinnen waren zwei Männer; einer hatte ein Gewehr über der Schulter.«

»Aha«, nickte Ferguson.

»Ich habe mir überlegt, daß heute abend am besten noch ein paar andere Fischerboote mit uns dorthin fahren. Ist eine gute Tarnung.«

»Eine ausgezeichnete Idee.«

Aleko nickte. »Also, was erwarten Sie nun eigentlich von uns?«

»Meine beiden Freunde hier haben vor, bis an die Zähne bewaffnet ins Kastell einzudringen und die Frauen zu befreien, die dort als Geiseln festgehalten werden. Die sechs Männer dort sind alle ehemalige israelische Soldaten.«

»Mutter Gottes«, sagte Yanni. »Das könnte ein Blutbad geben.«

»Das soll uns nicht kümmern«, erwiderte Aleko, »und die beiden sehen mir aus, als ob sie ihre Sachen verstünden. Unser Job ist es also, sie an Land zu bringen?«

»Und zwar ohne daß die Wachen was merken«, erklärte Dillon. »Ist das möglich?«

»Möglich ist alles, Mr. Dillon. Können Sie tauchen? Die nötige Ausrüstung hätten wir.«

»Ich bin sogar ein Meistertaucher.«

»Na, da muß ich passen«, sagte Blake. »Mein rechtes Trommelfell ist vor ein paar Jahren geplatzt, als bei einem FBI-Einsatz eine Sprengladung explodierte. Unter Wasser geht deshalb für mich nichts.«

»Egal, wir lassen uns was einfallen«, versicherte Aleko.

»Was springt dabei raus, Brigadier?« fragte Dimitri.

Ferguson blickte zu Blake, der an seiner Stelle antwortete. »Bar auf die Hand gibt es im Moment nichts, aber sagen wir mal – hunderttausend Dollar.«

Alle schwiegen fast betroffen, bis Yanni fragte: »Und wen müssen wir dafür umbringen?«

»Das sind ganz üble Burschen«, erwiderte Dillon. »Und sie wissen sich zu wehren. Das heißt, es könnte eher euch erwischen.«

»Na, das lassen Sie mal unsere Sorge sein«, erklärte Yanni großspurig.

Aleko machte eine ernste Miene. »Sie haben mir erzählt, daß eine der Frauen, diese Chief Inspector Bernstein, Ihre Assistentin ist.«

»Das stimmt.«

»Demnach ist es die andere Frau, um die es geht?«

»Nicht jetzt, Konstantin. Eines Tages werden Sie es erfahren, aber nicht jetzt.«

Dillon stand auf. »Ich möchte mir gern das Boot ansehen, wenn das möglich ist.«

»Klar. Aber ihr braucht nicht mitzukommen«, meinte Aleko zu den anderen.

»Ich kenne es sowieso schon von früher«, sagte Ferguson. »Vielleicht könnten die Jungs die Ausrüstung abladen, die wir mitgebracht haben, die Waffen und so weiter.«

»Aber sicher, Brigadier.« Aleko wandte sich an Stavros. »Schafft alles in die Scheune, und was immer der Brigadier möchte, soll er haben.«

»Ist klar«, nickte Stavros.

Auf der *Kretischen Geliebten* waren die Netze aufgespannt, um an der Sonne zu trocknen, und ein starker salziger Geruch nach Fisch lag in der Luft. Dillon und Blake überprüften das Boot, während Aleko auf der Ruderbank saß und eine Zigarette rauchte.

»Sie fischen also immer noch?« fragte Dillon.

»Warum nicht? Erstens haben wir dann was zu tun, wenn wir nicht mit den Albanern und unserem Handel beschäftigt sind, und zweitens brauchen wir eine Tarnung.«

»Wollen Sie etwa behaupten, der Zoll und die Leute von der Marine wüßten nicht, was Sie treiben?« Dillon spähte hinunter in den Maschinenraum. »Sie haben ja einen Motor da unten, um ein Torpedoboot anzutreiben.«

»Klar wissen sie Bescheid. Aber der Polizeimeister ist ein entfernter Cousin von mir, und den Lieutenant, der das wichtigste Patrouillenboot kommandiert, habe ich selbst ausgebildet, als ich noch bei der Marine war. Andererseits muß alles nach außen hin schön korrekt aussehen.«

»Damit jedermann mit reinem Gewissen zur Seite schauen kann?« fragte Blake.

Aleko lächelte nur. »Wie wär's mit einer kleinen Fahrt? Dabei sehen wir mal, ob uns eine Lösung für Ihr Problem einfällt.«

Er ging ins Steuerhaus und startete den Motor, Dillon löste das Tau am Heck und wickelte es auf; Blake tat dasselbe am Bug.

Langsam verließ die *Kretische Geliebte* den Hafen, ehe Aleko Gas gab und das Boot übers Wasser raste. Nach ungefähr vier- oder fünfhundert Metern stellte er den Motor ab.

»Anker werfen.«

Während Blake diese Aufgabe erledigte, lehnte sich Aleko gegen die Tür des Steuerhauses.

»Stellen wir uns mal vor, daß die Fischerboote ungefähr

in dieser Entfernung von der Anlegestelle des Kastells ihre Netze auswerfen. Dort ist es ganz ähnlich wie hier im Hafen.«

»Wie tief?« fragte Dillon.

»Achtzig Faden, manchmal hundert. Um diese Jahreszeit gibt's ziemlich viele Sardinen, und sie stehen nicht tief, also würde alles ganz unverdächtig aussehen.«

»Der entscheidende Punkt ist, unbemerkt ans Ufer zu kommen«, sagte Dillon.

»Na ja, bleibt nur unter Wasser.«

»Aber nicht für mich«, erinnerte ihn Blake.

»Versuchen wir es trotzdem mal, wenn auch nur, um zu prüfen, ob's machbar ist. Wie wär's, Dillon? Ich habe die nötigen Sachen in der Kabine.«

»Ich bin dabei.«

Sie schleppten zwei Sauerstoffflaschen an Deck, dazu Neoprenjacken, Masken und Flossen. »Anzüge sind nicht nötig«, meinte Aleko. »Wir gehen nur fünf bis sechs Meter tief, da ist es noch warm genug.«

Nachdem sie sich mit Blakes Hilfe fertig gemacht hatte, nahm Aleko aus einer Kiste zwei kleine Geräte und reichte Dillon eines davon.

»Was sind das für Dinger?« fragte Blake.

»Tauchcomputer. Sind wirklich klasse. Sie zeigen dir automatisch deine Tiefe an, wieviel Zeit du unter Wasser verbracht hast und wieviel noch übrig ist.«

»Ist das nötig? Ich denke nicht, daß es Probleme geben wird, wenn du in flachem Gewässer bleibst.«

»Es besteht immer das Risiko einer Taucherkrankheit – egal in welcher Tiefe, wenn's auch nur klein ist, aber trotzdem. Tauchen ist ein gefährlicher Sport.«

»Okay«, sagte Aleko. »Also los.«

Er ließ sich rückwärts über Bord gleiten. Dillon zog seinen Bleigürtel fester, überzeugte sich, daß er durch sein Mundstück genügend Luft bekam, und folgte ihm. Er schluckte einige Male, um den Druck in seinen Ohren auszugleichen, und schwamm Aleko hinterher.

Das tiefblaue Wasser war so klar, daß man den weißen Sandboden rund fünfundzwanzig Meter weiter unten sehen konnte, und er schien sich ins Unendliche zu erstrecken. Überall ringsum waren Fische, meistens ziemlich kleine, und einmal wurde Dillon von den Druckwellen eines Motorboots erfaßt, das über sie hinwegfuhr.

Er spürte eine Strömung, die sie in Uferrichtung trug, und blieb stets ein paar Meter hinter Aleko. Als sie den Hafen erreichten, war das Wasser noch knapp neun Meter tief. Sie schwammen unter den Kielen der zahlreichen Fischerboote hindurch und tauchten neben den steinernen Stufen auf, die zur Mole hinaufführten.

Aleko spuckte sein Mundstück aus und schaute auf die Uhr. »Fünfzehn Minuten. Nicht schlecht, aber wir hatten auch eine starke Strömung, die uns getrieben hat.«

»Was für den Rückweg nicht so gut ist«, sagte Dillon. In diesem Moment erschien Yanni oben an der Treppe.

»Was machst du hier?« fragte Aleko.

»Die anderen kommen auch ohne mich klar, deshalb dachte ich, ich sehe mal, was ihr so macht.«

»Kommst gerade recht. Geh und hol mal das Schlauchboot. Du kannst uns zurück zum Boot bringen.«

Das schwarze Schlauchboot wurde von einem Außenbordmotor angetrieben, der unglaublichen Lärm machte, obwohl Yanni ihn etwas drosselte. Als sie die *Kretische Geliebte* erreichten, stellte er ihn ab, und Aleko warf Blake ein Tau zu.

»Mit diesem Ding kommen wir unmöglich ans Kastell ran, nicht mal im Schutz der Dunkelheit«, sagte Dillon. »Vielleicht könnten wir rudern?«

»Wäre ziemlich mühsam«, erwiderte Aleko. »Außerhalb der Bucht gibt's dort eine starke Gegenströmung, die gute zwei oder drei Knoten betragen kann, also genug, um weit vom Ziel abgetrieben zu werden.«

»Verdammt, wie sollen wir es dann machen?«

»Ich wüßte vielleicht eine Lösung.« Aleko wandte sich an Yanni. »In der Achterkabine ist das Aquamobil. Bring es mal her. Helfen Sie ihm, Mr. Johnson, es ist ziemlich groß.«

Es ähnelte einem großen Schlitten mit einem Gestell aus Aluminium. In der Mitte befand sich eine große Batterie und im Inneren eines Drahtkäfigs ein Propeller.

»Wieviel macht so ein Ding?« fragte Dillon.

»Vier Knoten. Gehen wir runter, dann können Sie es ausprobieren.«

Dillon tauchte, und das Aquamobil wurde ins Wasser gelassen. Aleko packte den Lenker am Heck, schaltete ein und glitt davon. Er kehrte zurück, Dillon übernahm den Lenker und umrundete das Boot, ehe er abschaltete und neben dem Schlauchboot auftauchte.

»Was schlagen Sie vor?«

»Sie und Mr. Johnson setzen sich ins Schlauchboot, und ich ziehe Sie mit dem Aquamobil ans Ufer.«

Dillon nickte. »Das ginge, falls es nicht zu schwer ist.«

»Probieren wir's mal aus. Setzen Sie sich zu Yanni ins Schlauchboot, Mr. Johnson, dann sehen wir's ja.«

Blake kletterte über die Reling, und Yanni warf Aleko ein Tau zu, das er an der Lenkstange befestigte. »Los geht's.«

Dillon schwamm direkt unter der Oberfläche neben ihm her, konnte aber auf Dauer mit dem Aquamobil und dem Schlauchboot nicht mithalten. Nach einer Weile schlugen sie einen Bogen und kamen zum Boot zurück. Dillon folgte, doch bis er dort war, zogen die anderen das Aquamobil bereits über die Reling.

Er und Aleko streiften die Sauerstoffflaschen ab, reichten sie an Bord und stiegen die kleine Leiter hinauf.

Dillon trocknete sich ab und zündete sich eine Zigarette an. »Das wär's dann.«

»Scheint so«, nickte Aleko. »Fahren wir zurück und sagen es dem Brigadier.«

Alle hatten sich in der weißgestrichenen fensterlosen Scheune versammelt, die aus massiven Steinen erbaut war und nur durch elektrisches Licht erhellt wurde. Eine Reihe von Sandsäcken lag an einer Wand, davor standen Pappschablonen von Soldaten.

»Ihr nehmt es also sehr ernst?« fragte Dillon.

»Sagen wir mal, ich bleibe gern in Form«, entgegnete Aleko.

Die Ausrüstung, die Ferguson bei Harley im Ministerium bestellt hatte – die schwarzen Overalls, die kugelsicheren Westen, die Brownings und Uzis mit Schalldämpfern, die Nachtsichtbrillen, die Handgranaten und der Sprengstoff mitsamt den Zeitzündern –, war auf grobgezimmerten Tischen ausgebreitet.

»Mutter Gottes, sieht aus, als ginge es in den Krieg«, sagte Yanni.

Aleko hob eines der Nachtsichtgläser hoch. »Mann, so was könnte ich auch gebrauchen. Wunderbar.«

»Wenn die Sache klappt, könnt ihr alles behalten«, sagte Ferguson und wandte sich an Dillon. »Noch was?«

»Ja, ich hätte gern ein anständiges Tau. Sagen wir mal, dreißig Meter lang und alle fünfzig Zentimeter geknotet. Können Sie so was beschaffen?« fragte er Aleko.

»Die Jungs kümmern sich sofort darum.« Er nahm eine der Brownings und wog sie in der Hand. »Darf ich?«

»Nur zu«, nickte Ferguson.

Aleko zielte bedächtig, feuerte dreimal und traf den Pappsoldaten in die Brust; allerdings lagen die Schüsse weit auseinander. »Ich war nie besonders gut.« Er reichte das Gewehr Blake. »Zeigen Sie mal.«

»Ist schon eine Weile her, daß ich Schießübungen gemacht hab'. Zuviel zu tun.« Blake hielt das Gewehr vorschriftsmäßig in beiden Händen und gab drei Schüsse ab, die dicht nebeneinander in der Herzgegend saßen.

Er reichte Dillon die Waffe. »Jetzt du.«

Dillon wandte sich an Ferguson. »Muß ich?«

»Also ehrlich, Dillon, ihr Iren seid alle gleich. Sie zeigen doch in Wirklichkeit gar zu gern, was Sie können.«

»Meinen Sie?«

Dillon wandte sich um, riß die Waffe hoch, und mit zwei dumpfen Aufschlägen hatte er der Pappfigur die Augen ausgeschossen. Einige Zeit herrschte völliges Schweigen, bis Dimitri flüsterte: »Jesus Maria.«

»Eine ganz anständige Waffe.« Dillon legte die Browning auf den Tisch. »Aber mir ist die Walther trotzdem lieber.«

»Nun, ich denke, nach dieser Kostprobe gehen wir am besten erst mal was essen«, meinte Aleko.

15

Der Wind kam von See her und trieb dunkle Wolken auf Vitari zu. Es hatte angefangen zu regnen. Stavros stand im Steuerhaus, und die beiden Jungen an Deck suchten Schutz unter der Segeltuchplane, die sie aufgezogen hatten.

Die anderen vier waren in der Kajüte und hatten die Waffen auf dem Tisch ausgebreitet. Aleko trug einen schwarzen Taucheranzug, Dillon und Blake hatten bereits ihre Overalls übergestreift und die kugelsicheren Westen angelegt.

»Von Regen haben Sie nichts gesagt«, meinte Blake.

»Weil der Wetterbericht wie üblich mal wieder nicht gestimmt hat. Dieser kleine Schauer sollte eigentlich erst morgen früh fällig sein.« Aleko zuckte die Schultern. »Andererseits bietet er uns gute Deckung, sofern es Ihnen nichts ausmacht, naß zu werden.«

»Das stimmt«, sagte Dillon. »Was ist mit den anderen Fischerbooten?«

»Sind schon ausgefahren, schön nacheinander, damit es ganz normal aussieht. Es ist üblich, in der Sardinensaison wegen der größeren Netze zusammenzuarbeiten. Wenn sie uns vom Kastell aus beobachten, werden sie nur Fischer bei der Arbeit sehen.«

»Hervorragend«, nickte Ferguson.

Aleko zündete sich eine Zigarette an. »Also, ich setze euch dort am Anleger ab. Was glauben Sie, wie lange wird die Sache dauern?«

»Eine halbe Stunde«, erwiderte Dillon. »Höchstens. Wir müssen rein, sofort zuschlagen und gleich wieder weg, sonst geht's gar nicht.«

»Na ja, Sie könnten euch schließlich auch umlegen«, sagte Aleko.

»Das wäre schon möglich.«

»Jedenfalls machen wir es folgendermaßen: Wir bleiben bei den anderen Fischerbooten, fahren nur ein wenig näher ans Ufer, Yanni und Dimitri legen die Netze aus, wir lassen das Schlauchboot auf der Seeseite zu Wasser, und ich ziehe euch an Land.« Aleko griff nach vier Leuchtpatronen. »Schön rot, die nehme ich mit. Ihr nehmt ebenfalls zwei für den Fall, daß irgendwas ist. Feuert eine ab, wenn ihr aus dem Kastell kommt, dann sind wir sofort mit der *Kretische Geliebten* am Anleger, um euch aufzulesen.«

»Was wissen Ihre Freunde in den anderen Booten von der Sache?« fragte Ferguson.

»Sie glauben, es ist eine der üblichen Schmuggelgeschichten. Wenn sie uns wegfahren sehen, machen sie sich ebenfalls still und leise davon.«

Alle schwiegen einen Moment, bis Dillon zu Ferguson sagte: »Wollen Sie über Ihr Handy noch jemanden anrufen – Sie wissen schon, wen?«

Ferguson schüttelte den Kopf. »Erst wieder, wenn ich ihm sagen kann, daß wir es geschafft haben.«

»Gut.« Blake Johnson stand auf. »Dann wollen wir mal.«

Marie de Brissac stand am Fenster und spähte hinaus in den Regen. »Da sind Fischerboote. Ich kann die Lichter sehen.«

Hannah beendete gerade ihr Abendessen, trank einen Schluck Wasser und kam zu ihr. »Ein merkwürdiges Gefühl, daß da draußen das Leben ganz normal weitergeht und wir hier hinter Schloß und Riegel sitzen, wie es in den historischen Romanen immer hieß, die ich als Kind gelesen habe.«

»Ich mochte die Märchen der Brüder Grimm am liebsten«, sagte Marie. »Einige handelten auch von jungen Frauen, die in Türmen eingesperrt waren. Gab es da übrigens nicht eine, deren Haar so lang war, daß sie es aus dem Fenster herunterließ, damit ihr Retter daran hochklettern konnte?«

»Ich glaube, das war Rapunzel.«

»Wie schade. Wenn Mr. Dillon kommt, ist mein Haar leider nicht lang genug.« Sie schluchzte plötzlich auf und klammerte sich an Hannah. »Auf einmal habe ich richtig Angst. Die Zeit wird immer knapper.«

»Er wird kommen.« Hannah umarmte sie fest. »Er hat mich nie im Stich gelassen, noch nie. Das müssen Sie mir glauben.«

Sie hielt Marie an sich gedrückt und sah hinaus in den Regen. *Ach, Sean, du elender Schuft,* dachte sie, *wo steckst du? Laß mich jetzt nicht im Stich.*

Raphael hatte seine M16 über eine Schulter geworfen und betrachtete durch sein Nachtsichtglas von den Zinnen aus die Fischerboote mit ihren roten und grünen Ankerlichtern. Schritte ertönten, und er wandte sich um. Aaron und Levy kamen auf ihn zu.

»Nichts zu melden, Colonel. Nur die Fischerboote, sonst ist alles ruhig.«

Levy reichte Aaron seinen Schirm, den er zum Schutz gegen den Regen aufgespannt hatte, und nahm Raphael das Fernglas ab. »Gib mal her.«

Er stellte es ein, so daß er die Boote und die Fischer an ihren Netzen deutlich sehen konnte. Auch auf der *Kretischen Geliebten* waren Yanni und Dimitri fleißig bei der Arbeit. Was er nicht sehen konnte, waren Blake Johnson und Aleko, die auf der Steuerbordseite das Aquamobil neben das Schlauchboot gleiten ließen.

»Bleib wachsam.« Er gab Raphael das Glas zurück, wandte sich um und verschwand wieder im Kastell. Aaron folgte ihm. In diesem Moment kam David Braun mit dem Servierwagen aus Marie de Brissacs Zimmer.

»Haben sie gegessen?« fragte Levy.

»Ja, Colonel.«

Levy streifte seine Kapuze über und betrat das Zimmer. Die beiden Frauen saßen am Tisch.

»Die Uhr tickt immer schneller«, sagte er, »aber schließlich hat bereits Einstein gesagt, daß Zeit relativ ist.« Er lachte. »Besonders, wenn man nicht mehr allzuviel davon übrig hat.«

»Wie freundlich von Ihnen, uns daran zu erinnern«, entgegnete Marie de Brissac.

»Ist mir immer ein Vergnügen, einer echten Lady zu Diensten zu sein, Comtesse.« Er verbeugte sich spöttisch.

»Schließ sie gut ein für die Nacht, David«, befahl er und verschwand mit Aaron wieder.

Einen Moment herrschte Schweigen, bis David Braun sagte: »Es tut mir leid, aber Sie müssen zurück in Ihr Zimmer, Chief Inspector.«

Hannah küßte Marie auf die Wange. »Gute Nacht. Wir sehen uns morgen früh.« Sie ging an Braun vorbei in den Korridor.

David schien zu zögern. »Ich kann nichts tun – gar nichts«, sagte er leise zu Marie.

»Natürlich nicht, David. War es nicht Kennedy, der einmal gesagt hat, damit das Böse triumphiert, genügt es, daß gute Männer gar nichts tun?«

Er zuckte zusammen, verließ das Zimmer und sperrte hinter sich ab, ehe er Hannah zurückbrachte.

Auf der *Kretischen Geliebten* war man gerade mit den Vorbereitungen fertig geworden. Dillon und Blake trugen ihre schwarzen Overalls, hatten sich Handgranaten und Packungen mit zusätzlicher Munition umgehängt, dazu die Sprengladungen aus Semtex für die Türen und ein paar Viertelpfund-Blöcke für besondere Notfälle; jeder hatte eine Browning im Halfter und eine Uzi um den Hals geschlungen, und beide trugen die Nachtsichtbrillen, die sie sich in die Stirn geschoben hatten.

Aleko befestigte einen Bleigürtel um seine Taille, und Stavros half ihm, den Sauerstoff anzulegen. »Noch was?«

Aleko nickte. »Gib mir mal den Tauchbeutel. Ich nehme ihnen ein kleines Geschenk mit. Sie haben gesagt, Sie brauchen eine halbe Stunde?« fragte er Dillon.

»Genau.«

»Dann lege ich ein bißchen Semtex mit einem Zeitzünder von vierzig Minuten in den Motorkreuzer und das Schnellboot. Auf diese Weise können sie uns nicht verfolgen.«

Er steckte die Sachen in den Beutel und hängte ihn sich um. Ferguson nahm das schwere Tau, das die Jungen vorbereitet und aufgerollt hatten, und hängte es Dillon quer über eine Schulter.

Dillon lächelte. »Vergessen Sie nicht, Ihre kugelsichere Weste anzulegen, nur für den Fall, daß es später ein bißchen brenzlig wird.«

»Passen Sie auf sich auf, Sean«, erwiderte Ferguson.

»Oho, jetzt nennen Sie mich schon beim Vornamen? Wo wird das bloß noch enden?« Dillon folgte Blake und Aleko hinauf an Deck.

Aleko stellte die Luftzufuhr ein, ließ sich rückwärts über die Reling gleiten und befestigte das Seil am Aquamobil. Stavros zog das Schlauchboot heran, in das Blake und Dillon einstiegen und sich geduckt zusammenkauerten. Gleich darauf gab es einen leichten Ruck, und sie setzten sich, gezogen von dem Aquamobil, in Bewegung.

Der Regen prasselte erbarmungslos auf die herab, und die Wellen schlugen ins Boot, so daß sie bald durchnäßt waren. Am Anleger war alles dunkel, aber oben im Kastell brannte Licht. Als Dillon die Nachtsichtbrille aufsetzte, konnte er deutlich den Strand sehen, dem sie sich jetzt näherten. Sie stiegen aus und zogen das Schlauchboot und das Aquamobil auf den Sand.

»Viel Glück!« flüsterte Aleko. Blake und Dillon schlichen davon.

Aleko streifte seine Sauerstoffflasche und die Flossen ab und schwamm am Anleger entlang, bis er den Motorkreuzer erreichte. Er stieg die kurze Leiter hinauf, nahm einen Block Semtex aus seinem Beutel, präparierte ihn mit einem entsprechenden Zeitzünder, öffnete die Luke zum Maschinenraum und warf ihn hinein.

Danach huschte er über die Mole zu dem Schnellboot, deponierte auch dort eine Ladung und ließ sich ins Wasser gleiten. Er schwamm zum Strand, um seine Sauerstoffflasche und die Flossen zu holen, und war einige Augenblicke später mit dem Aquamobil wieder auf dem Rückweg zur *Kretischen Geliebten*.

Arnold, der im Garten Wache schob, war so durchnäßt, daß er die Treppe zur Terrasse hinaufging und sich dort unterstellte. Er rückte seine M16 über der Schulter zurecht und zündete sich im Schutz der hohlen Hand mit einiger Mühe eine Zigarette an.

Dillon und Blake, die sich dem Gebäude von vorn näherten, blieben stehen, um sich umzusehen. Dank ihrer Nachtsichtbrillen konnten sie alles deutlich sehen. Dillon bemerkte Raphael auf den Zinnen, der sich hinunterbeugte. Er duckte sich und zog Blake mit sich hinunter.

»He, Arnold, bist du da?«

»Ja, auf der Terrasse.«

»Und du rauchst, ich rieche es bis hierher. Laß dich nicht vom Colonel erwischen. Ich mache jetzt die Runde durch die Korridore.«

»Okay.«

Arnold trat wieder zurück an die Hauswand, und Dillon flüsterte: »Ich gehe nach links und lenke ihn ab, und du packst ihn von hinten. Bring ihn nicht um. Er kann uns noch nützlich sein.«

Er huschte davon, setzte über ein Blumenbeet und erreichte unbemerkt die Terrasse.

»He, Arnold«, rief er auf hebräisch. »Wo steckst du?«

»Wer ist da?« Arnold machte einen Schritt nach vorn. Im gleichen Moment packte Blake ihn, legte einen Arm um seinen Hals und preßte ihm eine Hand auf den Mund.

In seinem dunklen Overall mit der Nachtsichtbrille bot Dillon einen furchteinflößenden Anblick. Er entsicherte seine Browning und drückte sie Arnold unters Kinn.

»Das Ding ist schallgedämpft«, sagte er auf englisch. »Ich kann dir also eine Kugel ins Herz verpassen, und niemand wird einen Laut hören. Du wirst mir jetzt ein paar Fragen beantworten. Wenn nicht, bringe ich dich um, und dann schnappen wir uns deinen Freund, den wir eben auf den Zinnen gesehen haben. Hast du verstanden?«

Arnold versuchte zu nicken, und Blake nahm die Hand von seinem Mund. »Ich würde an Ihrer Stelle tun, was er sagt.«

»Wer sind Sie?«

»Gespenster, die man nie mehr los wird. Ich bin Dillon.«

»Mein Gott, das kann nicht sein. Der Colonel hat gesagt, Sie seien tot.«

»Colonel heißt er jetzt? Also, für mich wird er für alle Zeit Judas bleiben. Antworte. Ist die Comtesse noch im gleichen Zimmer im dritten Stock?«

»Ja.«

»Und Chief Inspector Bernstein?«

»In dem Zimmer, in dem Sie waren.«

»Wie viele seid ihr?«

Arnold zögerte, und Dillon drückte ihm die Browning fest in die Seite. »Komm schon. Judas und fünf von euch. Stimmt's?«

»Ja.«

»Wer war auf den Zinnen?«

»Raphael.«

»Wir haben ihn mit dir reden gehört.«

»Aber er hat doch hebräisch gesprochen.«

»Kann ich auch, nur hat Judas das nicht gewußt. Raphael hat gesagt, er mache die Runde durch die Korridore. Was heißt das?«

»Na ja, daß er die Flure und die Treppen abgeht.«

»Und wo sind die anderen?«

»Braun ist gewöhnlich in der Küche im Keller. Er erledigt die Kocherei für uns. Es gibt einen kleinen Aufzug, mit dem das Essen in die anderen Stockwerke gebracht wird, auch zu den Frauen.«

»Und die anderen?«

»Der Colonel ist meistens in seinem Arbeitszimmer.«

»Womit noch Aaron und Moshe bleiben.«

Arnold zögerte. »Aaron und Moshe?«

Dillon drückte ihm die Browning gegen den Hals.

»Ich weiß nicht genau. Neben der Bibliothek im Erdgeschoß gibt es ein Billardzimmer. Manchmal spielen sie dort.«

»Wo könnten sie sonst sein?«

»Im Aufenthaltsraum im ersten Stock. Da gibt's Satellitenfernsehen und so was.«

Dillon nickte. »Na gut, um zu den Treppen zu kommen, müssen wir also durch die Eingangshalle?«

»Ja, von dort aus geht es die Treppe hoch.«

»Gut.« Dillon gab ihm einen Stoß. »Zeig uns den Weg.«

Arnold öffnete eine eisenbeschlagene Tür, die in einen Korridor führte. Im Licht einer Lampe sah man am anderen Ende eine weitere Eichentür.

Dillon schob seine Brille hoch. »Wo sind wir?«

»Da drüben geht es zur Eingangshalle.«

»Dann geh voraus.«

Arnold erreichte die Tür und öffnete sie durch eine Drehung des eisernen Rings. Dahinter erstreckte sich eine enorme Eingangshalle mit einer gewölbten Decke, einem Boden aus Steinplatten und einem offenen Kamin, in dem ein Holzfeuer brannte; darüber hing eine Reihe von Flaggen. Vermutlich war es für ihn selbst ebenso ein Rätsel wie für die anderen, warum er plötzlich die Tür hinter sich zuschlug und quer durch die Halle rannte.

»Colonel!« rief er. »Achtung! Dillon!«

Dillon riß die Tür wieder auf und schoß ihn in den Rücken. Aus einem Zimmer auf der gegenüberliegenden Seite erschienen Aaron und Moshe mit Gewehren in den Händen. Dillon sah flüchtig den Billardtisch im Raum hinter ihnen und gab zwei Schüsse ab, Blake feuerte einige kurze Salven aus seiner Uzi, so daß sie ins Billardzimmer zurückwichen und die Tür zuschlugen.

»Los!« brüllte Dillon und rannte, gefolgt von Blake, die große steinerne Treppe hinauf.

Als sie den zweiten Absatz erreichten, tauchte Raphael am Ende des Gangs auf und hob seine M16. Blake gab eine weitere Salve ab, worauf Raphael mit einem Sprung in Deckung ging.

»Komm!« Dillon rannte voraus in den dritten Stock.

Daniel Levy hatte in seinem Arbeitszimmer bei einem Cognac gesessen und gelesen, als er die Schüsse hörte. Er öffnete eine Schreibtischschublade, nahm seine Beretta heraus, die er in die Tasche seines Overalls steckte, und griff nach einer M16, die an der Wand lehnte. Sein Arbeitszimmer befand sich im ersten Stock. Als er die Tür öffnete, sah er Aaron und Moshe am Ende des Korridors, die über die Hintertreppe hinaufgekommen waren. Jeder war mit einem Sturmgewehr bewaffnet.

»Was ist?« fragte Levy.

»Wir haben Arnold rufen gehört, danach wurde in der Halle geschossen, wir sind rausgelaufen und sahen zwei Männer in schwarzen Overalls mit Nachtsichtbrillen, die ihn erschossen«, berichtete Aaron. »Er hat ›Dillon‹ gerufen.«

»Dillon?« Levy starrte ihn an. »Das kann nicht sein. Dillon ist tot.« Doch dann dämmerte ihm eine Erkenntnis. »Berger ist in London nicht überfahren worden – das war Dillon!« Aus dem nächsten Stockwerk ertönten Schüsse. »Kommt! Der Schweinehund will zu den Frauen.« Er stürmte zur Hintertreppe.

Dillon und Blake erreichten den dritten Stock und rannten auf die Tür des Zimmers zu, in dem Dillon gefangengehalten worden war. Mit voller Wucht trat er dagegen.

»Die Comtesse ist zwei Türen weiter«, rief er Blake zu. »Hannah, hier ist Sean!«

»Sean«, hörte er ihre Stimme, »sind Sie das wirklich?«

»Zurück, ich sprenge die Tür.«

Er nahm eine der Sprengladungen, schob sie ins Schlüsselloch, drehte die Zündkappe und wich zur Seite. Es dauerte lediglich vier Sekunden, bis die Explosion erfolgte und die Tür zersplitterte.

Hannah rannte auf ihn zu und warf sich tatsächlich in seine Arme. »Ich bin noch nie im Leben so glücklich gewesen, jemanden zu sehen.« Eine zweite Explosion ertönte. »Was war das?«

»Blake Johnson an Marie de Brissacs Tür.« Er zog seine Browning aus dem Halfter. »Nehmen Sie die hier, wir sind noch nicht aus dem Schneider und nur zu zweit.«

David Braun hatte in dem kleinen Schlafzimmer im dritten Stock am Ende des Gangs geschlafen. Verwirrt und erschrocken wachte er bei den ersten Schüssen auf, zog sich hastig an und griff nach einer Armalite, die er neben dem Bett hatte, ehe er die Tür öffnete.

Als erstes sah er Blake und Marie aus ihrem Zimmer kommen; ihnen folgten Dillon und Hannah Bernstein. Er hob die

Armalite, zögerte jedoch, da er Marie nicht gefährden wollte. Dillon sah ihn, stieß einen Warnruf aus und zog den Stift einer Handgranate, die er den Korridor hinunterwarf. Braun sprang in eine Nische, die Granate rollte ungehindert durch den Gang und explodierte auf der Treppe.

Im gleichen Moment erschienen Levy, Aaron und Moshe am anderen Ende des Korridors und begannen sofort zu schießen. Dillon zog Hannah mit sich zurück in ihr Zimmer; Blake und Marie de Brissac folgten ihnen.

Raphael war inzwischen ebenfalls von irgendwoher aufgetaucht und stieß auf dem Treppenabsatz auf Braun. »Colonel, ich bin's, Raphael! David ist auch hier.«

»Gut« rief Levy. »Ich habe Aaron und Moshe bei mir. Sie sind nur zu zweit und sitzen jetzt in der Falle. Hörst du das, Dillon?«

»Wenn Sie meinen«, erwiderte Dillon. »Sie wollten mir ja auch in Washington schon den Garaus machen, aber ich bin immer noch quicklebendig.« Er warf eine weitere Granate den Korridor entlang und sprang zurück.

Levy öffnete geistesgegenwärtig die Tür des letzten Zimmers. »Hier rein!« Aaron und Moshe gehorchten, und er knallte gerade noch rechtzeitig die Tür zu, ehe die Granate auf dem Treppenabsatz explodierte.

Levy öffnete wieder. »War nicht besonders gut, Kamerad. Wie schon gesagt, Sie sitzen in der Falle. Wenn Sie mal Zeit haben, müssen Sie mir mal erzählen, wie Sie das in Washington angestellt haben. Ist bestimmt interessant.«

Er feuerte mehrere Salven aus seiner M16 ab, die in die Wand neben der zerbrochenen Tür von Hannahs ehemaligem Zimmer einschlugen. Dillon schob den Lauf der Uzi hinaus und bedeckte den ganzen Gang mit seinen Salven ab.

»Was machen wir jetzt?« fragte Blake.

Dillon legte die Uzi zur Seite und streifte sich das aufgerollte Tau über den Kopf. »Gut, daß ich das hier mitgebracht habe, das ist unsere einzige Chance. Alle ins Bad. Los, um Himmels willen, die Zeit wird knapp.«

Hannah drängte Marie, die ziemlich benommen aussah, vor sich her, Blake folgte ihnen. Dillon feuerte noch eine

Salve aus seiner Uzi in den Korridor, ehe er sie wieder ablegte, einen Block Semtex aus einer seiner Taschen nahm, ihn auf den Fenstersims an die Gitterstäbe preßte und mit einem Zeitzünder von zwei Sekunden präparierte.

Er rannte zurück und warf sich neben dem Bett zu Boden. Die Explosion schien das ganze Zimmer zu erschüttern, und als der Rauch sich verzog, sah er, daß das Fenster, die Gitterstäbe und ein Stück des Mauerwerks verschwunden waren. Statt dessen klaffte ein zackiges Loch in der Wand.

Dillon sprang auf und spähte hinaus. Blake kam mit den beiden Frauen zu ihm. »Zwölf Meter bis zur Terrasse«, sagte Dillon. »Du läßt nacheinander die Comtesse und Hannah hinunter, dann bindest du das Tau mit einem Ende ans Bett und kletterst selbst los. Ich halte die Stellung und komme nach, sobald ich kann.«

Ohne zu zögern, wickelte Blake das Tau auf und machte eine große Schlinge an einem Ende. Dillon griff nach seiner Uzi und lud nach.

»Sean!« Hannah packte seinen Arm. »Sie wollen doch nicht etwa Blödsinn machen und mit dem Schiff untergehen oder so was?«

Er grinste. »Ja, was denn? Sie machen sich ja echte Sorgen um mich. Das gibt mir direkt Hoffnung.«

»Gehen Sie zum Teufel!«

»Wird gemacht.« Er rannte zur Tür, schob die Uzi wieder hinaus in den Gang und feuerte auf Braun und Raphael, die sofort zurückschossen.

Auf der *Kretischen Geliebten* sah man die Explosion oben im Kastell und eine Sekunde später kam der Knall als hohles Echo übers Wasser.

»Was zur Hölle ist da los?« sagte Ferguson, der an der Reling stand. Er hatte die dritte kugelsichere Weste angelegt und hielt eine Browning in der Hand.

»Was immer es ist, ich bin jedenfalls bereit«, versicherte Aleko. »Wir fahren mal bis auf hundert Meter an die Mole ran. Laßt die Netze fallen, schneidet sie los und sorgt dafür, daß ihr alle bewaffnet seid.«

Er übernahm von Stavros das Steuer. Einen Moment später sprangen die Motoren an, die Netze trieben davon, und die *Kretische Geliebte* fuhr auf die Mole zu.

Hannah kletterte als erste hinunter, was überraschend leicht ging, da die Schlinge unter den Armen ihr Sicherheit gab und die rauhe Mauer des Kastells guten Halt für die Füße bot. Sie erreichte die Terrasse, streifte die Schlinge über den Kopf und zupfte am Seil, worauf Blake es hochzog.

»Wie ist es?« fragte er Marie de Brissac. »Sie können sich auf mich verlassen, ich verspreche es. Schauen Sie einfach nicht nach unten.«

»Und dabei sind wir uns noch nicht einmal vorgestellt worden.«

»Johnson – Blake Johnson. Ich arbeite für Ihren Vater und bin für streng vertrauliche Aufgaben zuständig.«

»Es ist nett, Sie kennenzulernen, Mr. Johnson, und Höhenangst habe ich keine. Seit ich zehn war, hat mich der General jedes Jahr zum Klettern in die Schweizer Alpen mitgenommen.« Sie zog sich die Schlinge über den Kopf. »Danke, Mr. Dillon. Ich hab' schon damals gewußt, daß Sie ein Mann sind, der kein Mädchen im Stich läßt, sondern die Heldin rettet, wie es sich gehört.«

»Erst im letzten Kapitel, Comtesse, und soweit sind wir noch nicht. Los jetzt.« Eine Salve von Schüssen kam aus dem Korridor, und Dillon duckte sich.

Marie de Brissac erreichte sicher die Terrasse. Diesmal ließ Blake das Seil hängen und verknotete das Ende an einem der massiven Beine des alten Betts. »Was jetzt?«

»Gib mir deine Uzi, dann sieh zu, daß du nach unten kommst. Lauf schnurstracks mit den Mädchen auf die Mole zu.«

»Und du?«

»Ich mache ihnen erst noch ein bißchen die Hölle heiß, dann turne ich wie Tarzan persönlich auch das Seil runter.« Er schob ein volles Magazin in seine Uzi und hielt nun in jeder Hand eine Waffe. »Los, Blake, weg mit dir.«

Blake wußte nicht, was er sagen sollte. Er drehte sich um, packte das Seil und kletterte eilig daran hinunter. Dillon beugte sich hinaus und beobachtete ihn. Der Regen hatte inzwischen aufgehört, und die Wolken hatten sich verzogen, so daß er ihn im Licht des Vollmonds gut sehen konnte. Die beiden Frauen blickten ihm entgegen.

»He, Dillon«, rief Levy, »hör mal!«

»Oh, ruft da mein alter Kumpel Judas nach mir? Oder muß ich jetzt Colonel Dan Levy sagen? Bist wohl bereit aufzugeben, was?«

Levy schien endgültig durchzudrehen. »Jetzt schnappen wir ihn uns«, schrie er in voller Wut.

Dillon holte tief Atem und trat hinaus in den Korridor. Raphael kam mit schußbereiter M16 aus einem Zimmer, hinter ihm stand David Braun. Moshe hatte sich am anderen Ende des Gangs aus der Deckung gewagt. Dillon feuerte beide Uzis gleichzeitig ab, eine mit links, die andere mit rechts. Raphael kippte rückwärts gegen Braun, und Moshe fiel, von vier oder fünf Kugeln getroffen, gegen die Wand.

Die Uzis waren leer. Dillon warf sie zu Boden, rannte auf das Loch in der Wand zu, packte das Seil und begann hinabzuklettern.

Levy blickte auf Moshe, dessen blutbefleckter Körper im Todeskampf zuckte, und ihm war, als bestätige dieser Anblick die Tatsache, daß er verloren hatte, daß alles, wofür er gekämpft hatte, in Scherben zerbrach. Und daran war einzig und allein dieser Dillon schuld.

»Dillon!« brüllte er. »Du Dreckskerl! Stell dich!«

Er rannte um sich schießend den Korridor entlang und blieb im Eingang des Zimmers stehen, als er das klaffende Loch und das Seil erblickte. Einen Moment schien er wie gelähmt. Aaron, der ihm gefolgt war, drängte sich an ihm vorbei, lief zur Fensteröffnung und spähte hinaus.

Levy riß sich zusammen. Mit zwei raschen Schritten war er neben ihm. »Kannst du sie sehen?«

»Da unten auf der anderen Seite des Gartens. Die beiden Frauen und der zweite Mann laufen in Richtung Strand.«

»Geh zur Seite.« Levy hob seine M16. »Ich kann diese Schlampe immer noch umlegen.«

»Nein, Colonel, genug ist genug.« David Braun stand in der Tür und hob seine Armalite. »Legen Sie die Waffe weg und lassen Sie sie gehen.«

»Ach, David, das ist aber eine Überraschung.«

Levy legte die M16 auf den Tisch, steckte beide Hände in die Hosentasche und umfaßte mit der rechten seine Beretta. Blitzschnell wandte er sich um und feuerte zweimal. Braun taumelte zurück in den Korridor, ließ die Armalite fallen und blieb stöhnend liegen. Levy griff wieder nach seiner M16.

»Komm«, sagte er zu Aaron. »Ihnen nach.« Während er an Braun vorbeiging, machte er seinem Leben mit einem Kopfschuß ein Ende.

Im Laufen zog Dillon eine der Leuchtraketen aus seiner Tasche und zündete sie. Die kleine Rakete stieg in die Höhe und explodierte wie eine rote Blüte, die nicht nur auf der *Kretischen Geliebten*, sondern von der ganzen Fischerflotte deutlich gesehen werden konnte.

Aleko startete den Motor. »Alle bereit? Dann los.«

Blake und die beiden Frauen hatten inzwischen die Mole erreicht, und kurz darauf tauchte die *Kretische Geliebte* aus der Dunkelheit auf.

Als Dillon herangelaufen kam, packte Hannah erleichtert seinen Arm. »Gott sei Dank!«

»Ja, ich muß einen Schutzengel haben«, lachte er aufgeregt und umarmte sie heftig. »Wir haben's geschafft, Mädchen, wir haben diesen Hundesohn geschlagen.«

Die *Kretische Geliebte* stoppte und trieb mit gedrosseltem Motor an die Mole. Yanni und Dimitri halfen den beiden Frauen an Bord, wo Ferguson und Stavros sie in Empfang nahmen.

»Na, ihr beiden Helden? Habt den Krieg gewonnen, was?« rief Aleko aus dem Steuerhaus.

Von irgendwoher kam eine Salve, und eine Kugel prallte an der Steinmauer der Mole ab.

»Noch nicht«, erwiderte Dillon, während er und Blake an Deck sprangen. »Weg hier!«

Levy und Aaron erreichten den Anleger, als die *Kretische Geliebte* zurück zu den anderen Fischerbooten fuhr, von denen die meisten bereits dabei waren, die Netze einzuholen.

»Sie sind uns entwischt, Colonel«, sagte Aaron.

»Du Narr, wir haben noch das Schnellboot, das macht dreißig Knoten. Ich bezweifle, ob sie da mithalten können. Du gehst ans Steuer.«

Sie sprangen hinein, Aaron tastete nach dem Zündschlüssel, der wie üblich unter der Gummimatte versteckt lag, und startete den kräftigen Motor.

»Jetzt zeig ihnen, was du drauf hast«, sagte Levy.

»Er kommt«, warnte Stavros.

»Keine Sorge«, erwiderte Aleko. »Wir sind gleich bei den anderen Booten. Aber bringt besser mal die Frauen nach unten.«

Ferguson begleitete sie in die Kabine und kehrte gleich wieder zurück. Mit der dritten Uzi in der Hand stellte er sich neben Dillon und Blake. Yanni, Dimitri und Stavros waren mit Revolvern bewaffnet, und Ferguson reichte Dillon seine Browning.

»Chief Inspector Bernstein meinte, die würden Sie vielleicht brauchen.«

Das Schnellboot war im Licht des Mondes deutlich zu sehen. Mit dröhnendem Motor kam es auf sie zu. Levy kauerte im Heck. Ferguson entsicherte die Uzi, die anderen gaben vereinzelte Schüsse ab, doch Aaron steuerte einen Zickzackkurs, und plötzlich stand Levy auf und nahm die *Kretische Geliebte* mit seiner M16 unter Dauerbeschuß.

Das Steuerhaus wurde förmlich zerfetzt, eine Kugel warf Ferguson zu Boden; eine andere traf Dimitri in die Schulter.

Dillon gab ein paar Schüsse ab; das Motorboot drehte ab, kam jedoch sofort wieder näher, und alle duckten sich, als Levy erneut das Deck beschoß.

»Wir sind die reinsten Zielscheiben für ihn!« rief Blake.

»Abwarten«, entgegnete Aleko. An der Mole flammte Feuer auf, als der Motorkreuzer explodierte.

»Nummer eins«, sagte Aleko.

Das Rennboot kam wieder näher. Levy stand auf und hob die M16. Im Licht der Flammen, die am Ufer loderten, sah man nur eine schwarze Gestalt. »Jetzt hab' ich dich, Dillon«, hallte seine Stimme über das Wasser.

Und dann explodierte das Motorboot vor ihren Augen in einem Feuerball; einzelne Teile flogen durch die Luft, einige prasselten gegen den Rumpf der *Kretischen Geliebten*, Dampf zischte auf, und die Überreste verschwanden unter der Oberfläche des Meeres.

»Und das war Nummer zwei«, sagte Aleko. »Jetzt fahren wir heim.«

Stavros versorgte Dimitris Schulter; Ferguson hatte sich aufgesetzt und zog die Kugel aus seiner Schutzweste. »Ich habe das Gefühl, als hätte mir ein Maultier einen Tritt verpaßt.«

Hannah und Marie lugten vorsichtig aus der Kabine. »Ist es vorbei?« fragte Marie de Brissac.

»Das kann man wohl sagen«, erwiderte Ferguson. »Aber jetzt spreche ich besser zuerst mal mit Ihrem Vater.«

Cazalet gab im Weißen Haus einen Empfang für eine russische Delegation und hielt sich bemerkenswert gut, obwohl seine Gedanken verständlicherweise ganz woanders waren. Er war ins Gespräch mit dem russischen Botschafter vertieft, als Teddy zu ihm kam.

»Verzeihen Sie die Störung, Mr. President, aber ein äußerst dringender Anruf für Sie.«

Cazalet entschuldigte sich und folgte Teddy, der die Tür schloß und ihm das Spezialhandy reichte, in ein kleines Vorzimmer.

»Hier ist Brigadier Ferguson, Mr. President.«

Cazalets Gesicht wurde bleich. »Ja, Brigadier?«

Und dann schienen zehn Jahre von ihm abzufallen. »Gott segne Sie, Brigadier. Gott segne Sie alle. Wir erwarten Sie morgen hier in Washington.«

Er schaltete das Handy ab.

»Mr. President?« fragte Teddy.

»Wissen Sie was, Teddy?« Jake Cazalet lächelte sein berühmtes Lächeln. »Lieber als alles andere hätte ich jetzt gern ein Glas Champagner, und ich möchte, daß Sie es mit mir trinken.«

WASHINGTON

Epilog

Als die Gulfstream auf dem Stützpunkt Andrews landete, dirigierte man sie zu einem abgelegenen Teil des Flughafens in einen leeren Hangar. Zwei Limousinen erwarteten sie dort; neben einer stand Teddy Grant.

Kersey öffnete die Tür, und Ferguson kam als erster die Gangway hinunter, gefolgt von Dillon und Blake. Teddy eilte auf sie zu, schüttelte Blake die Hand und begrüßte die anderen. »Ich kann es kaum glauben, und dem Präsidenten geht's genauso. Ein großartiger Tag!«

»Letzten Endes hat alles geklappt, und das haben wir zum guten Teil Ihnen zu verdanken.« Ferguson drückte ihm herzlich die Hand.

Kersey, Vernon und Gaunt waren inzwischen ausgestiegen, und kurz darauf kamen Marie de Brissac und Hannah die Gangway hinunter.

Teddy begrüßte sie begeistert. »Ich kann Ihnen gar nicht sagen, was für eine Freude es ist, Sie zu sehen. Bitte, folgen Sie mir.«

»Einen Moment noch.« Ferguson wandte sich an die Mannschaft. »Meinen herzlichen Dank, Gentlemen. Wie ich bereits gesagt habe, Sie sind nie zuvor an einer so wichtigen Sache beteiligt gewesen.«

Er schüttelte allen die Hand, ehe er zu den anderen ging, die neben den Limousinen warteten.

»Die Comtesse und Blake werden im Weißen Haus erwartet«, sagte Teddy. »Ich bringe sie gleich dorthin. Alle anderen fahren ins Ritz-Carlton. Dort sind drei Suiten reserviert. Sie haben Zeit sich zu erfrischen und so weiter, danach wird der Präsident Sie holen lassen.«

»Natürlich«, nickte Ferguson. »Dann sehen wir uns später.«

Marie sah etwas müde und verwirrt aus. »Ja, später. Wir müssen uns unbedingt wiedersehen.«

Sie fuhr mit Teddy und Blake davon, und Dillon, Ferguson und Hannah stiegen in die zweite Limousine. Ferguson drückte den Knopf, um die gläserne Trennscheibe zu schließen.

»Das alles scheint mir unter den gegebenen Umständen ein bißchen sehr formell.«

»Sie verstehen das nicht recht, Brigadier«, erwiderte Hannah. »Der Präsident will im Moment einfach mit seiner Tochter allein sein.«

»Ja, ich glaube, da könnten Sie recht haben.«

Hannah schüttelte den Kopf und lehnte sich zurück. »Männer! Alle gleich – keine Ahnung von Gefühlen.«

Im Weißen Haus saß Jake Cazalet am Kamin und kämpfte mit den widerstreitensten Empfindungen. Wie würde es sein? Wie würde sie reagieren? Es klopfte, und Teddy trat ein.

»Mr. President, Ihre Tochter.«

Cazalet stand auf und merkte, daß er zitterte. Marie de Brissac erschien in der Tür und sah ihn regungslos an, aber nur einen Moment lang.

»Vater.«

Cazalet, der so aufgewühlt war wie noch nie in seinem Leben, öffnete die Arme, und sie rannte auf ihn zu.

Drei Stunden später holte die Limousine des Weißen Hauses Ferguson, Dillon und Hannah Bernstein ab.

»Einen hübschen Hosenanzug, den Sie da anhaben«, sagte Dillon. »Armani, stimmt's?«

»Im Hotel gibt es eine ganz großartige Boutique. Ich muß doch ordentlich aussehen fürs Weiße Haus.«

»Ich habe am Aushang im Foyer gelesen, daß der Präsident heute abend im Ritz-Carlton ein Dinner zu Ehren des russischen Premierministers gibt«, bemerkte Ferguson.

»Na, das paßt ja bestens«, meinte Dillon. »Nachdem wir sie ihm zurückgebracht haben, kann er es wenigstens genießen.«

Es regnete heftig, als die Limousine über die Constitution Avenue auf das Weiße Haus zufuhr, trotzdem sah man auf der Pennsylvania Avenue etliche Fernsehkameras und zahlreiche Touristen.

Ferguson öffnete die Trennscheibe. »Das überrascht mich doch bei diesem Wetter.«

»Ist viel los wegen der russischen Delegation«, erklärte der Chauffeur. »Ich habe Anweisung, Sie zum östlichen Eingang zu bringen.«

Ferguson ließ die Scheibe wieder hochfahren. »Dachte ich mir. Sie benutzen den Osteingang für besondere Besucher, von denen die Reporter nichts mitkriegen sollen.«

Die Limousine fuhr die East Executive Avenue hinauf und hielt kurz am Tor, wo der Fahrer einige Worte mit dem Wächter wechselte, der sie durchwinkte. Schließlich stoppte der Wagen, der Chauffeur stieg aus und hielt die Tür auf.

»Dort hinein, bitte.«

Er deutete auf eine Tür, die sich sofort öffnete. Ferguson ging voran. Ein Marineleutnant in Paradeuniform salutierte.

»Brigadier.«

Teddy Grant kam lächelnd auf sie zu. »Schön, Sie alle wiederzusehen. Wenn Sie mir folgen wollen? Der Präsident erwartet Sie.«

Cazalet saß im Oval Office hinter seinem Schreibtisch, während Marie sich mit Blake Johnson unterhielt. Sie lief auf Hannah zu und umarmte sie.

Cazalet stand auf und schüttelte allen die Hand. »Ich weiß nicht, wie ich Ihnen danken soll. Blake hat mir schon alles erzählt. Wären wir hier im Buckingham Palast, würde ich Ihnen einen Orden verleihen, aber wir sind nun einmal in Amerika.«

»Und da kann ich nur sagen: Gott sei Dank«, grinste Dillon.

Der Präsident lächelte und schüttelte ihm noch einmal die Hand. »Sie werden sicher mit allem fertig, mein irischer Freund.« Er wandte sich an Ferguson. »Ich habe mit Ihrem Premierminister gesprochen und ihm berichtet, was passiert ist. Außerdem habe ich mich dafür entschuldigt, daß ich mir erlaubt habe, so einfach Ihre Dienste in Anspruch zu nehmen, aber die ungewöhnlichen Umstände betont.«

»Oje, das könnte peinlich werden.«

»Überhaupt nicht. Er war sehr verständnisvoll und freut sich darauf, alles von Ihnen persönlich zu hören. Und jetzt sagen Sie mir, ob es noch etwas gibt, das ich für Sie tun kann?«

»Was ist mit Nemesis, Mr. President?«

Cazalet zuckte die Schultern. »Es muß einen besseren Weg geben.«

»Da stimme ich Ihnen zu«, nickte Ferguson. »Einen Gefallen könnten Sie uns übrigens tatsächlich erweisen. Ich denke, wir sollten so bald wie möglich zurück nach London. Wenn wir uns die Gulfstream ausborgen dürften?«

»Natürlich. Kein Problem, oder, Teddy?«

»Eigentlich nicht«, sagte Teddy. »Wir brauchen nur eine neue Crew. Die erste überschreitet sonst ihre Dienstzeit.«

»Kümmern Sie sich darum.« Cazalet wandte sich wieder an die anderen. »Nochmals meinen aufrichtigen Dank.«

Marie küßte den Brigadier auf die Wange und umarmte Hannah, ehe sie mit seltsamer Befangenheit Dillon ansah und nach Worten zu suchen schien.

»Sie sind ein bemerkenswerter Mann, Mr. Dillon«, meinte sie schließlich.

»Das hat man mir schon so manches Mal gesagt, Comtesse«, lachte er fröhlich.

Zwei Stunden später starteten sie zu ihrem Rückflug über den Atlantik. Nachdem sie die Flughöhe von fünfzigtausend Fuß erreicht hatten, drückte Dillon den Summer, und aus der Bordküche erschien der Steward mit Namen Roscoe.

»Ich hätte gern einen Bushmills, einen doppelten.«

»Kommt sofort, Sir.«

Dillon grinste Ferguson und Hannah an. »Den habe ich mir verdient.«

Ausnahmsweise stimmte Hannah ihm einmal zu. »Das haben Sie wirklich, Dillon.«

Roscoe brachte den Whiskey, und Dillon seufzte behaglich. »Ja, ich hab' eine Schwäche für Happy-Ends, und ich vermute, Jake Cazalet genießt es ganz genauso.«

»Was um alles in der Welt reden Sie denn da?« fragte Ferguson.

»Ich meine nur, daß ich ganz tief im Innern ein unheilbarer Romantiker bin.«

»Sie?« fragte Hannah. »Und was ist so romantisch?«

»Warten Sie mal ab, es steht demnächst bestimmt in allen Zeitungen. Der große Dillon irrt sich nie.« Damit lehnte er sich zurück und trank seinen Whiskey.

Im Ritz-Carlton an der Massachusetts Avenue in Washington erwarteten der russische Premierminister und die geladenen Gäste die Ankunft des Präsidenten der Vereinigten Staaten. Endlich fuhr seine Limousine vor; er stieg aus und winkte der Menge zu. An seiner Seite stand Comtesse Marie de Brissac. Sie trug ein schlichtes schwarzes Abendkleid und ein goldenes Kreuz um den Hals. Teddy sprang mit zwei Männern vom Secret Service aus der zweiten Limousine und lief voraus.

Cazalet lächelt und bot Marie seinen Arm. »Comtesse?« Gemeinsam gingen sie durch das Foyer und blieben am Eingang zum Speisesaal stehen.

Teddy drängte sich hastig an ihnen vorbei. »Herr Premierminister, meine Damen und Herren, darf ich um Ihre Aufmerksamkeit bitten?«

Es gab ein allgemeines Stühlerücken, als sich alle erhoben. Teddy holte tief Atem und verkündete mit kräftiger Stimme: »Der Präsident und seine Tochter!«